黑暗塔系列 I THE DARK TOWER

THE GUNSLINGER

枪侠

STEPHEN KING

〔美〕斯蒂芬·金 著

陆晓星 译

人民文学出版社
PEOPLE'S LITERATURE PUBLISHING HOUSE

著作权合同登记号　图字 01-2016-6298

图书在版编目(CIP)数据

枪侠/(美)斯蒂芬·金著;陆晓星译. —北京:
人民文学出版社,2016
(黑暗塔系列)
ISBN 978-7-02-012064-2

Ⅰ. ①枪…　Ⅱ. ①斯…　②陆…　Ⅲ. ①长篇小说-美国-现代　Ⅳ. ①I712.45

中国版本图书馆 CIP 数据核字(2016)第 235870 号

出 品 人　**黄育海**
责任编辑　**叶显林**
特约策划　**任　战　张玉贞**
封面设计　**陈　晔**
封面插图　**郝　钰**

出版发行　**人民文学出版社**
社　　址　**北京市朝内大街 166 号**
邮政编码　**100705**
网　　址　**http://www.rw-cn.com**

印　　刷　**上海利丰雅高印刷有限公司**
经　　销　**全国新华书店等**

字　　数　**168 千字**
开　　本　**670 毫米×960 毫米　1/16**
印　　张　**15.75**
版　　次　**2006 年 5 月北京第 1 版**
印　　次　**2016 年 12 月第 1 次印刷**

书　　号　**978-7-02-012064-2**
定　　价　**42.00 元**

如有印装质量问题,请与本社图书销售中心调换。电话:01065233595

THE DARK TOWER

目录

序言:关于十九岁

(及一些零散杂忆)

1

在我十九岁时,霍比特人正在成为街谈巷议(在你即将要翻阅的故事里就有他们的身影)。

那年,在马克思·雅斯格牧场上举办的伍德斯托克音乐节上,就有半打的“梅利”和“皮平”在泥泞里跋涉,另外还有至少十几个“佛罗多”,以及数不清的嬉皮“甘道夫”。在那个时代,约翰·罗奈尔得·瑞尔·托尔金的《魔戒》让人痴迷狂热,尽管我没能去成伍德斯托克音乐节(这里说声抱歉),我想我至少还够得上半个嬉皮。话说回来,他的那些作品我全都读了,并且深为喜爱,从这点看就算得上一个完整的嬉皮了。和大多数我这一代男女作家笔下的长篇奇幻故事一样(史蒂芬·唐纳森的《汤玛斯·考文南特的编年史》以及特里·布鲁克斯的《沙娜拉之剑》就是众多小说中的两部),《黑暗塔》系列也是在托尔金的影响下产生的故事。

尽管我是在一九六六和一九六七年间读的《魔戒》系列,我却迟迟未动笔写作。我对托尔金的想象力的广度深为折服(是相当动情的全身心的折服),对他的故事所具有的那种抱负心领神会。但是,我想写具有自己特色的故事,如果那时我便开始动笔,我只会写出他那样的东西。那样的话,正如已故的“善辩的”迪克·尼克松喜欢说的,就会一错到底了。感谢托尔金先生,二十世纪享有了它所需要的所有的精灵和魔法师。

一九六七年时,我根本不知道自己想写什么样的故事,不过那倒也并不碍事；因为我坚信在大街上它从身边闪过时，我不会放过去的。我正值十九岁，一副牛哄哄的样子，感觉还等得起我的缪斯女神和我的杰作（仿佛我能肯定自己的作品将来能够成为杰作似的）。十九岁时，我好像认为一个人有本钱趾高气扬；通常岁月尚未开始不动声色地催人衰老的侵蚀。正像一首乡村歌曲唱的那样，岁月会拔去你的头发，夺走你跳步的活力，但事实上，时间带走的远不止这些。在一九六六和一九六七年间，我还不懂岁月无情，而且即使我懂了，也不会在乎。我想象不到——简直难以想象——活到四十岁会怎样，退一步说五十岁会怎样？再退一步。**六十岁？**永远不会！六十岁想都没想过。十九岁，正是什么都不想的时候。十九岁这个年龄只会让你说：**当心，世界，我正抽着 TNT[①]，喝着黄色炸药，你若是识相的话，别挡我的道儿——斯蒂芬在此！**

十九岁是个自私的年纪，关心的事物少得可怜。我有许多追求的目标，这些是我关心的。我的众多抱负，也是我所在乎的。我带着我的打字机，从一个破旧狭小的公寓搬到另一个，兜里总是装着一盒烟，脸上始终挂着笑容。中年人的妥协离我尚远，而年老的耻辱更是远在天边。正像鲍勃·西格歌中唱到的主人公那样——那首歌现在被用做了售卖卡车的广告歌——我觉得自己力量无边，而且自信满满；我的口袋空空如也，但脑中满是想法，心中都是故事，急于想要表述。现在听起来似乎干巴无味的东西，在当时却让自己飘上过九重天呢。那时的我感到自己很“酷”。我对别的事情毫无兴趣，一心只想突破读者的防线，用我的故事冲击他们，让他们沉迷、陶醉，彻底改变他们。那时的我认为自己完全可以做到，因为我相信自己生来就是干这个的。

---

① 一种烈性炸药。

这听上去是不是狂傲自大？过于自大还是有那么一点？不管怎样，我不会道歉。那时的我正值十九岁，胡须尚无一丝灰白。我有三条牛仔裤，一双靴子，心中认为这个世界就是我稳握在手的牡蛎，而且接下去的二十年证明自己的想法没有错误。然而，当我到了三十九岁上下，麻烦接踵而至：酗酒，吸毒，一场车祸改变了我走路的样子（当然还造成了其他变化）。我曾详细地叙述过那些事，因此不必在此旧事重提。况且，你也有过类似经历，不是吗？最终，世上会出现一个难缠的巡警，来放慢你前进的脚步，并让你看看谁才是真正的主宰。毫无疑问，正在读这些文字的你已经碰上了你的“巡警”（或者没准哪一天就会碰到他）；我已经和我的巡警打过交道，而且我知道他肯定还会回来，因为他有我的地址。他是个卑鄙的家伙，是个“坏警察”，他和愚蠢、荒淫、自满、野心、吵闹的音乐势不两立，和所有十九岁的特征都是死对头。

但我仍然认为那是一个美好的年龄，也许是一个人能拥有的最好的岁月。你可以整晚放摇滚乐，但当音乐声渐止、啤酒瓶见底后，你还能思考，勾画你心中的宏伟蓝图。而最终，难缠的巡警让你认识到自己的斤两；可如果你一开始便胸无大志，那当他处理完你后，你也许除了自己的裤脚之外就什么都不剩了。“又抓住一个！”他高声叫道，手里拿着记录本大步流星地走过来。所以，有一点傲气（甚至是傲气冲天）并不是件坏事——尽管你的母亲肯定教你要谦虚谨慎。我的母亲就一直这么教导我。她总说，**斯蒂芬，骄者必败**……结果，我发现当人到了三十八岁左右时，无论如何，最终总是会摔跟头，或者被人推到水沟里。十九岁时，人们能在酒吧里故意逼你掏出身份证，叫喊着让你滚出去，让你可怜巴巴地回到大街上，但是当你坐下画画、写诗或是讲故事时，他们可没法排挤你。哦，上帝，如果正在读这些文字的你正值年少，可别让那些年长者或自以为是的有识之士告诉你该怎么做。当然,你可能从来没去过巴黎;你也从来没在潘普洛纳奔牛节上和公牛一起狂奔。不错,你只是个毛头小伙,三年前腋下才开始长毛——但这又怎样?如果你不一开始就准备拼命长来撑坏你的裤子,难道是想留着等你长大后再怎么设法填满裤子吗?我的态度一贯是,不管别人怎么说你,年轻时就要有大动作,别怕撑破了裤子;坐下,抽根烟。

2

我认为小说家可以分成两种,其中就包括像一九七〇年初出茅庐的我那样的新手。那些天生就更在乎维护写作的文学性或是"严肃性"的作家总会仔细地掂量每一个可能的写作题材,而且总免不了问这个问题:**写这一类的故事对我有什么意义?**而那些命运与通俗小说紧密相连的作家更倾向于提出另一个迥异的问题:**写这一类的故事会对其他人有什么意义?**"严肃"小说家在为自我寻找答案和钥匙;然而,"通俗"小说家寻找的却是读者。这些作家分属两种类型,但却同样自私。我见识过太多的作家,因此可以摘下自己的手表为我的断言做担保。

总之,我相信即使是在十九岁时,我就已经意识到佛罗多和他奋力摆脱那个伟大的指环的故事属于第二类。这个故事基本上能算是以古代斯堪的纳维亚的神话为背景的一群本质上具有英国特征的朝圣者的冒险故事。我喜欢探险这个主题——事实上,我深爱这一主题——但我对托尔金笔下这些壮实的农民式的人物不感兴趣(这并不是说我不喜欢他们,相反我确实喜欢这些人物),对那种树木成荫的斯堪的纳维亚场景也没有兴趣。如果我试图朝这个方向创作的话,肯定会把一切都搞砸。

所以我一直在等待。一九七〇年时我二十二岁，胡子中出现了第一缕灰白（我猜这可能与我一天抽两包半香烟有关），但即便人到了二十二岁，还是有资本再等一等的。二十二岁的时候，时间还在自己的手里，尽管那时难缠的巡警已经开始向街坊四处打探了。

有一天，在一个几乎空无一人的电影院里（如果你真好奇的话，我可以告诉你是在缅因州班戈市的百玖电影院里），我看了场瑟吉欧·莱昂内执导的《独行侠勇破地狱门》。在电影尚未过半时，我就意识到我想写部小说，要包含托尔金小说中探险和奇幻的色彩，但却要以莱昂内创造的气势恢弘得几乎荒唐的西部为背景。如果你只在电视屏幕上看过这部怪诞的西部片，你不会明白我的感受——也许这对你有些得罪，但的确是事实。经过潘纳维申[1]镜头的精确投射，宽银幕上的《独行侠勇破地狱门》简直就是一部能和《宾虚》相媲美的史诗巨作。克林特·伊斯特伍德看上去足有十八英尺高，双颊上挺着的每根硬如钢丝的胡楂都有如小红杉一般。李·范·克里夫嘴角两边的纹路足有峡谷那么深，在每条纹路的底部可能都有一个无阻隔界（见《巫师与玻璃球》）。而望不到边的沙漠看上去至少延伸到海王星的轨道边了。片中人物用的枪的枪管直径都如同荷兰隧道般大小。

除了这种场景设置之外，我所想要获得的是这种**尺寸**所带来的史诗般的世界末日的感觉。莱昂内对美国地理一窍不通（正如片中的一个角色所说，芝加哥位于亚利桑那州的凤凰城边上），但正由于这一点，影片得以形成这种恢弘的错位感。我的热情——一种只有年轻人才能迸发出的激情——驱使我想写一部长篇，不仅仅是**长篇**，而且是**历史上最长的通俗小说**。我并未

---

① 一种制作宽银幕电影的工艺，商标名。——译者注。如无特别说明，后文中的注解一律为译者注。

如愿以偿，但觉得写出的故事也足够体面；《黑暗塔》，从第一卷到第七卷讲述的是一个故事，而前四卷的平装本就已经超过了两千页。后三卷的手稿也逾两千五百页。我列举这些数字并不是为了说明长度和质量有任何关联；我只是为了表明我想创作一部史诗，而从某些方面来看，我实现了早年的愿望。如果你想知道我**为何**有这么一种目标，我也说不出原因。也许这是不断成长的美国的一部分：建最高的楼，挖最深的洞，写最长的文章。我的动力来自哪里？也许你会抓着头皮大喊琢磨不透。在我看来，也许这也是作为一个美国人的一部分。最终，我们都只能说：**那时这听上去像个好主意**。

3

另一个关于十九岁的事实——不知道你还爱不爱看——就是处于这个年龄时，许多人都觉得身处困境（如果不是生理上，至少也是精神和感情上）。光阴荏苒，突然有一天你站在镜子跟前，充满迷惑。**为什么那些皱纹长在我脸上？**你百思不得其解，**这个丑陋的啤酒肚是从哪来的？天哪，我才十九岁呢！**这几乎算不上是个有创意的想法，但这也并不会减轻你的惊讶程度。

岁月让你的胡须变得灰白，让你无法再轻松地起跳投篮，然而一直以来你却始终认为——无知的你啊——时间还掌握在你的手里。也许理智的那个你十分清醒，只是你的内心拒绝接受这一事实。如果你走运的话，那个因为你步伐太快，一路上享乐太多而给你开罚单的巡警还会顺手给你一剂嗅盐[①]。我在二十

① 嗅盐，是一种芳香碳酸铵合剂，用作苏醒剂。

世纪末的遭遇差不多就是如此。这一剂嗅盐就是我在家乡被一辆普利茅斯捷龙厢式旅行车撞到了路边的水沟里。

在那场车祸三年后，我到密歇根州蒂尔博市的柏德书店参加新书《缘起别克8》的签售会。当一位男士排到我面前时，他说他真的非常非常高兴我还活着。（我听了非常感动，这比“你怎么还没死?”这种话要令人振奋得多。）

“当我听说你被车撞了时，我正和一个好朋友在一起。”他说，“当时，我们只能遗憾地摇头，还一边说‘这下塔完了，已经倾斜了，马上要塌，啊，天哪，他现在再也写不完了。’”

相仿的念头也曾出现在我的脑袋里——这让我很焦急，我已经在百万读者集体的想象中建造起了这一座“黑暗塔”，只要有人仍有兴趣继续读下去，我就有责任保证它的安全——即使只是为了下五年的读者；但据我了解，这也可能是能流传五百年的故事。奇幻故事，不论优劣（即使是现在，可能仍有人在读《吸血鬼瓦涅爵士》或者《僧侣》），似乎都能在书架上摆放很长时间。罗兰保护塔的方法是消灭那些威胁到梁柱的势力，这样塔才能站得住。我在车祸后意识到，只有完成枪侠的故事，才能保护我的塔。

在“黑暗塔”系列前四卷的写作和出版之间长长的间歇中，我收到过几百封信，说“理好行囊，我们将踏上负疚之旅”之类的话。一九九八年（那时我还当自己只有十九岁似的，狂热劲头十足），我收到一位八十二岁老太太的来信，她“并无意要来打搅你，但是这些天病情加重”，这位老太太告诉我，她也许只有一年的时间了（“最多十四个月，癌细胞已经遍布全身”），而她清楚我不可能因为她就能在这段时间里完成罗兰的故事，她只是想知道我能否（“求你了”）告诉她结局会怎样。她发誓“绝不会告诉另一个灵魂”，这句话很是让我揪心（尽管还没到能让我继续创作的程度)。一年之后——好像就是在车祸后我住院的那段时间里——我的一位助手,马莎·德菲力朴,送来一封信,作者是得克萨斯州或是佛罗里达州的一位临危病人,他提了完全一样的要求:想知道故事以怎样的结局收场?(他发誓会将这一秘密带到坟墓里去,这让我起了一身鸡皮疙瘩。)

我会满足这两位的愿望——帮他们总结一下罗兰将来的冒险历程——如果我能做到的话,但是,唉,我也不能。那时,我自己并不知道枪侠和他的伙伴们会怎么样。要想知道,我必须开始写作。我曾经有过一个大纲,但一路写下来,大纲也丢了。(反正,它可能本来也是一文不值。)剩下的就只是几张便条(当我写这篇文章时,还有一张"阒茨,栖茨,荑茨,某某—某某—篮子"[①]贴在我桌上)。最终,在二〇〇一年七月,我又开始写作了。那时我已经接受了自己不再是十九岁的事实,知道我也免不了肉体之躯必定要经受的病灾。我清楚自己会活到六十岁,也许还能到七十。我想在坏巡警最后一次找我麻烦之前完成我的故事。而我也并不急于奢望自己的故事能和《坎特伯雷故事集》或是《艾德温·德鲁德之谜》归档在一起。

我忠实的读者,不论你看到这些话时是在翻开第一卷还是正准备开始第五卷的征程,我写作的结果——孰优孰劣——就摆在你的面前。不管你是爱它还是恨它,罗兰的故事已经结束了。我希望你能喜欢。

至于我自己,我也拥有过了意气风发的岁月。

斯蒂芬·金

二〇〇三年一月二十五日

① 这是在"黑暗塔"中出现过多次的一段童谣。

修订版前言

大多数作家给自己的作品作序时都废话连篇①。正是由于这个原因，你才从来没见识过任何一本题为《了解西方文明必读的一百篇介绍》或是《美国人民最喜爱的前言》的书。当然，这只是我个人的判断，不过在写了至少五十篇介绍和前言之后——更不用提我还写了一整本关于小说创作技巧的书——我相信我有资格作此断言。若我明确地告诉你，这种情形下——当然是为数不多的——我说的还有些可取之处，那你完全可以相信我。

几年前，我对小说《末日逼近》②进行了修订扩充，但新版本在读者中引起哗然一片。我对此书一直惴惴不安，个中原委便是《末日逼近》一直是我的读者们的最爱（考虑到那些最狂热的“末日迷”们，我早在一九八〇年便应该撒手人寰，而不用残延此生让世界变得更糟）。

在我的读者们的想象世界中，若有故事能和《末日逼近》比肩的话，也许就要算罗兰·德鄯和他找寻黑塔的故事了。而现在——真混账！——我又做出了同样的事情，我对这个故事作了修订。

但其实，这两次修订并不能等同，我希望你能够认识到这点。同时，我希望你能知道我究竟做了哪些修改并能理解我的

---

① 关于“废话”这点的详细讨论，请见《论写作》，由 Scribner 出版社二〇〇〇年出版。——作者原注。

② 《末日逼近》（*The Stand*）最初出版于一九七八年，后于一九九〇年重出了一个“未删节版本”，除加入之前由于篇幅问题删掉的章节外，金在新版本中也更新了小说的年代背景。

初衷。也许，这对你无关紧要，但是对于我却非常重要，因此这篇前言（我希望）可以免受我的“废话法则”的评判。

首先，我得提醒诸位，《末日逼近》的手稿被大量删减，不是出于编辑的红笔，而是由于经费原因。（另外还有装订的限制，但我不想再涉及这类细节。）二十世纪八十年代后期我所增添的其实是最初手稿经过修订的那部分。我也对故事做了整体的修订，主要是考虑到《末日逼近》发行第一版和八、九年后发行的修订版期间艾滋病的爆发（如果可以用这个词）产生的影响。修订的结果便是让小说比初版多了十万字。

而对于《枪侠》，最初的版本就很薄，增添的部分也不过就三十五页，区区九千来字。如果你以前读过《枪侠》，你会发现故事中只多了两三个新场景。“黑暗塔”的纯粹派（他们数量惊人——只需上网查看便知）肯定想重温此书，当然，大多数人会备受好奇和恼怒的双重煎熬。我很同情这些人，但不得不承认我真正担心的并不是这群读者，而是以前从来没接触过罗兰和他的卡-泰特①的人。

除了那些狂热的“黑暗塔”迷们，“黑暗塔”的故事在我的读者群中的知名度远不及《末日逼近》。有几次，在我的朗诵会上，我让在场那些读过我小说的读者举手。既然他们都已经花心思来到了现场——有些人甚至为此还多了个麻烦要雇人看孩子，或是要面临额外的汽油开支，因为他们得从老远的地方赶过来——看到大多数人举手，我并没有感到意外。然后，我会让读过一本或几本“黑暗塔”系列的读者继续举着手。这时，无一例外地，至少半数举着的手缩了回去。结论十分清楚：尽管我在一九七〇年到二〇〇三年这三十三年间挥霍了大量时间来写这个

① 是指由于命运而相关联的一组人。——作者原注。

故事，但相对来说读者人数却要少得多。然而那些读过“黑暗塔”系列的人对故事充满了激情，我自己也可以称得上是有创作激情了——至少，我不能看着罗兰灰溜溜地被遗弃在由那些未完成的角色组成的落寞之家里（想想乔叟笔下那些去坎特伯雷的朝圣者，或是查尔斯·狄更斯未成之遗音《艾德温·德鲁德之谜》里的人物）。

我想我总是以为（也许这是在潜意识中，因为我不记得自己曾有意地那么想过）我有时间来完成“黑暗塔”系列，也许上帝在指定的时辰会给我发一封唱着歌的电报：“嘀嘀嗒，嘀嘀咚/回去写作，斯蒂芬/完成黑暗塔。”从某种形式上看，这样的事的确发生了，尽管来的并不是一封唱着歌的电报，而是和一辆普利矛斯捷龙厢式旅行车的亲密接触让我继续了“黑暗塔”的征途。如果撞到我的车略微再大些，或者撞的角度再准些，事情就不一样了，你会看到“凭吊者请勿送花，金家感谢你们的心意”，而罗兰的征程将永远走不完，至少我是爱莫能助了。

不管怎样，二〇〇一年时——我又重新找回了自我——我决定是时候该完成罗兰的故事了。我将所有事都推到一边，开始写最后三本。一如往常，我这么写作一方面是为了满足读者的要求，但更多的还是为了实现自己的愿望。

尽管在二〇〇三年冬我写这篇前言时，最后两本书尚需修改，但小说在二〇〇二年夏天已经全部完成了。在第五本（《卡拉之狼》）和第六本（《苏珊娜之歌》）的编辑工作间隙，我决定应该从头开始对整个“黑暗塔”系列进行整体上的修改。原因何在？正因为这七本书讲述的并不是独立的故事，它们都只是题为“黑暗塔”的长篇小说的一部分，而开头和结尾的步调已经不一致了。

这些年来，我对作品修订的方法基本没变。我知道有些作家会很悠闲地来修改作品，但是我对旧作的攻击方法一向是一头扎进去，改得越快越好，通过不间歇的使用，让我叙述的刀锋尽量保持锋利；而且要不时克服小说家面对的最阴险的敌人，就是怀疑。回头看旧作时会面临许多问题：我的人物有多可信？我的故事吸引人吗？它到底好不好？会有人在乎吗？我自己在乎吗？

当我完成一部小说的初稿后，我会将它晾在一边让它陈化，尽管它还有许多刺眼的缺陷。一段时间后——六个月，一年，两年，时间长短不重要——我会带着更冷静的（不过依然是喜爱的）目光来审视初稿，开始我的修改工作。尽管"黑暗塔"系列中的每一本作为个体都经过了修订，但我在完成第七本《黑暗之塔》之前，从来没有真正地将它们视为整体。

在我重新审阅第一本，也就是你现在捧在手里的这本书时，三个不争的事实凸显在眼前。第一个便是《枪侠》出自一个年轻人之手，因而它同样有所有年轻人写书时存在的问题。第二，它有好多错误，特别是考虑到接下去的几本书时，这个开头有许多荒唐之处①。第三，《枪侠》和以后几本风格迥异——坦诚地说，这本书很难读。我经常发现自己对此十分内疚，我不断地告诉读者如果他们能够坚持下去，会从《三张牌》开始找到故事的感觉。

在《枪侠》的某一段，我曾描述过罗兰是个住旅店时会把房间里揉皱的画弄平整的人。我自己性格也相仿，从某种程度上看，这也是修订作品时的任务：把画抚平整，吸尽地板上的尘土，洗刷厕所。我在这次修改过程中做了大量类似的家务活，这一

① 也许一个例子便能说明问题。在早先出版的《枪侠》中，法僧是一个小镇的名字。但在后来几本中，它成了一个人的名字：反叛者约翰·法僧，是他推波助澜，让蓟犁分崩离析。罗兰就在那个城邦度过了自己的童年。——作者原注。

次终于让我有机会做了件任何作家对他们已完成但尚需最后润饰、调整的作品都会做的事:**将作品弄齐整**。一旦你清楚故事会带来的影响,就得为潜在的读者——当然也包括你自己——尽责,回到作品中,把东西都弄齐整。这也是我在此尝试要做的,而且得时时谨慎,免得一时疏忽多添了几笔或做了些许改动而泄露了最后三本书中的秘密。这些秘密我可是三十年来都耐心保存着,直到最近才公布于众的。

在结语前,我得提提那位敢于写这本书的年轻人。那位年轻人参加了太多的写作研修班,因此对这类研修班推广的理念烂熟于心:比如说,一个人写作是为了他人,而不是满足自我;语言要比故事本身重要得多;模棱两可才耐人寻味,要远胜过清晰简单,后者通常只是愚钝、缺乏想象力的表现。结果,我毫无意外地看到罗兰的首次亮相便矫揉造作(更羞于提那成千上万个多余的修饰词了)。我尽可能地删除这些空洞的废话,而且对这些删节丝毫不痛心。某些片断——毫无例外的是当某个故事情节让我忘乎所以,将研修班的教条置之脑后时写的文字——我可以不打扰它们,将它们按原样保留,当然任何作者都需要的那种小修小补也在所难免。正如我在另外一处指出过,只有上帝才会在第一次就正确无误。

综合来看,我并不想改变第一本书中叙述的风格;尽管它有缺陷,但在我眼中还是有独特的魅力。太彻底的改变会意味着对一九七〇年春末夏初时第一次创造出枪侠的那位年轻人的否定,而这是我不想看到的。

我真正想做的——如果可能的话,是在系列的最后一本出版之前——给初次接触“黑暗塔”的读者(和那些想刷新一下记忆的老读者们)一个更明晰的开始,能够略微容易地进入罗兰的世界。我也想让这些读者看到能更有效地预示将来事件的第一本“黑暗塔”丛书。我希望自己实现了这一目标。如果你从来没有造访过罗兰和他的朋友们探索的奇异世界，我希望你能喜欢那个世界带给你的惊奇。我唯一的愿望就是讲述一个神奇的故事。如果你被“黑暗塔”的魔咒所吸引，哪怕只有一丁点儿，我也能欣慰地说我完成了我的任务。这一过程始于一九七〇年，到二〇〇三年基本上算是大功告成了。然而罗兰会第一个向你指出这样的时间跨度实在是不足挂齿。事实上，在寻求“黑暗塔”的征途中，时间根本是无关紧要的。

——二〇〇三年二月六日

……一石，一叶，一扇没找到的门；一叶；一石；一扇门。所有被遗忘的脸庞。

赤裸着，我们孤独地被放逐。在她黑暗的子宫里，我们不知道母亲的容颜；从她的肉体禁锢中出来，我们进入了地球这个无法描述，不能言传的牢笼中。

我们中有谁理解他的兄弟？又有谁曾读懂父亲的心思？我们中有谁不是永远地被囚禁着？又有谁不是终生孤寂，从头到尾一个陌生人？

……哦，迷失了，和着风声哀泣，魂灵，回来吧。

——托马斯·沃尔夫《天使，望故乡》

19

新的开始
RESUMPTION

第一章

枪 侠

1

黑衣人逃进了茫茫沙漠，枪侠也跟着进入了沙漠。

这片沙漠堪称所有沙漠中的完美典型，巨大无比，延及天际，朝任何一个方向望去都无边无际。沙漠白茫茫的，十分刺眼，没有水源，没有生气，唯有隐约闪现的群山的雾霭，只见群山散布在地平线上，那里的鬼草让人做迷梦、噩梦和死亡。偶尔出现的墓碑标记指明了道路，因为穿过厚厚碱层的被覆盖的路径曾经是条公路，客运车和布卡[①]过去都走这条路。后来，世界滚滚向前。这个世界被腾空了。

枪侠突然感到一阵晕眩，所有的知觉似乎都发生了变化，甚至整个世界都突然显得十分渺小，几乎就能看穿尽头。在晕眩过去后，他觉得整个世界就像只慢慢往前爬的动物，而自己则在动物的毛皮上继续行走。他耐心地走了几英里，不紧不慢。一只皮质水袋悬挂在腰间，像根肿胀的香肠。水袋几乎还是满的。他练楷覆功[②]

---

① 布卡(bucka)，一种马车。这是斯蒂芬·金的生造词。斯蒂芬·金在“黑暗塔”生造了大量的词汇表示他虚构世界里的事物。有些生造词的具体含义令读者捉摸不透，甚至成为不少“黑暗塔”迷热烈讨论的话题。在下文中这种情况还很多。

② 楷覆功(khef)，是书中古老的世界使用的语言，它表示许多层含义，包括水、生命力量等。它暗示了所有对存在有重要意义的事物。枪侠练楷覆功大概到了五级，到了七或八级的人能够使意志脱离躯体，能够冷静超脱地旁观自己躯体的需要。

已经多年，差不多已经达到了第五级。如果他是曼尼人的话，他就不会有一点口渴的感觉，那样他就能冷静超脱地看着自己的身体慢慢脱水，只有当逻辑告诉他必须补水时，他才会将水灌进体内的裂缝和深处的空洞。然而，他既不属于曼尼一族，也不是耶稣圣人的门徒，他认为自己没有一处是神圣的。他只是个普通的朝圣者，换句话说，他唯一能确定的便是自己已经口渴难耐。即便如此，他仍能克制自己喝水的欲望。这让他隐隐地感到满意。这是一片干旱的土地，耐渴便是在这里生存下去所必需的本领，对枪侠来说，他的适应能力是让他延续生命的法宝。

水袋下面挂着的是他的两把枪；枪的重量特别为他作了调整；枪侠的父亲在身高和体重上都不及他，因此在把枪传给儿子时特地在每把枪上加了块金属片。两条挂枪的带子在他的胯部交叉。他给手枪皮套上油时让它们吃满了油，就连这非利士[1]的骄阳也难以把皮套晒裂。枪把是檀香木做的，黄色，木纹刻画得十分精致。他用牛皮绳将枪套松松地绑在大腿上，每走一步枪套就晃悠一下；两个枪套已经把牛仔裤的蓝色蹭去不少（甚至把布都磨薄了），形成了两条弧形，就像一对笑脸。黄铜色的子弹插在枪带上的弹孔里，在阳光下闪闪发亮。剩下的子弹不多了。他默默地向前方走去，皮套与裤子摩擦，发出轻微的“嚓嚓”声。

枪侠衬衣的颜色已经显现不出雨水或尘土的痕迹，衣服在领口敞开，一条牛皮绳穿过手工打制的扣眼，松松地打了个结。他的帽子丢了，一直带在身边的号角也不知丢在了哪里。这只号角是一个伙伴临死前留下的，而他已永远失去了两者。

他翻过一个并不很陡的沙丘（这里没有沙子，因为整片沙漠

---

① 原文为 Philistine，或作平庸、庸人之意。

属于硬质地层。即使黑夜刮起的狂风也只能卷起一阵尘土，吹在脸上硬得就像擦洗除垢用的粉粒），看到在背风处（在背风处太阳最早落山）有烧过营火的痕迹，很显然已经被人踩踢过。这类迹象再一次证明黑衣人有可能属于人类，这总让枪侠感到有些欣慰。他嘴唇微翘，脸上有些小坑，还有些地方皮肤脱落了。他的微笑看上去很痛苦，有些骇人。他蹲了下来。

枪侠的猎物烧的是鬼草，当然这也是此地唯一能点着的东西。烧鬼草就像燃烧油脂那样，烧时火光低平，而且燃烧过程缓慢。住在沙漠边界的居民曾告诉他鬼草的火焰中就住着魔鬼。他们也烧鬼草，但从不会朝火光里看。他们说，若你朝火光里瞧了一眼，这些魔鬼就会将你催眠，伸手向你召唤，最后把你整个人都吸进去。而下一个傻子若还朝火光里看，那他看到的就会是你。

烧过的草秆相互交叉，形成了同以前一样的象形符号，枪侠伸手戳了一下，它们就都散成了灰烬。灰烬中只剩一块烧焦的熏猪肉，枪侠捡起来放入口中，若有所思地嚼起来。一直以来他们之间都是这样。枪侠在沙漠中追踪黑衣人已有两个月，他似乎在这片死寂无声、炼狱般的荒地上走不到尽头，而每过一段时间，他就会发现黑衣人留下的营火痕迹：那些干净的消过毒似的象形符号。他从没找到任何罐头、瓶子或是水袋（枪侠自己就扔掉了四个水袋，现在它们都像死蛇皮那样躺在荒地里）。他也没看到任何粪便。他猜黑衣人把它们埋了起来。

也许这些营火就是条讯息，每次都暗示着一个字母。它也许想告诉枪侠“保持距离，我的同伴”，或是“终点就在咫尺之外”，甚至可能是“过来捉住我”。但它们究竟表达了什么意思并不重要——即使它们的确是些暗号，枪侠对它们也没有兴趣——重要的是这些遗迹和以往的一样冰冷。然而他还是有收获，不断缩短着与黑衣人的距离。枪侠知道自己更接近黑衣人了，却不明白自己是如何感觉到的。也许，是一种气味。这也不重要。他会继续走下去直到有些变化，如果没有任何改变，那他也会一直走下去。老人们说过，若上帝愿意给你水，那里就会有水出现。只要上帝愿意，即使在沙漠中也会有水。枪侠站起身来，擦了擦手。

黑衣人没留下其他痕迹；即使这片硬地上曾留下些许模糊印迹，也早被这刀子般的风给磨平了。没有粪便，没有垃圾，甚至连填埋这些东西的痕迹都见不到。什么都没留下。留下的只有这条向东南延伸的古路沿途的一些冰冷的营火遗迹，以及枪侠脑中不断进行的距离测量。当然，对枪侠而言并不仅止于此：东南方不光是一个方向，更是一个强大的磁场。

他坐下来，纵容自己喝了一些水。他想到这天早些时候经历的片刻眩晕，那种游离于世界之外的感觉十分奇怪，不清楚这到底意味着什么。为什么那阵眩晕会让他想到自己的号角和最后一个伙伴？两者多年前就消失在界砾口山了。父亲留下的枪，他还完好地保留着，当然它们比号角，甚或朋友都更重要。

难道不是吗？

这个问题让枪侠有些不安，但除了这个明显的回答外似乎再没有其他答案，他将这个问题抛至脑后，也许以后再做思考。他环视了一圈，抬头看了看太阳。“火球”正慢慢地滑向远处的天际。让他担忧的是那并不是正西方。他站起来，从皮带上摘下快磨穿的手套戴上，开始拔鬼草生火。他把草堆在黑衣人留下的灰烬上。他觉得这是对他的嘲讽，就像口渴一样，既痛苦又令他欲罢不能。

暗色的天幕只剩下一丝橘红色的光，像张正冷笑的嘴；地面的余热也几乎散尽。这时枪侠才拿出燧石和打火镰。他坐下来，把枪带搁在膝上，望着东南方出神。他望着远处的群山，并不奢望会看到大漠中一缕营火的直烟，也知道不会见到跳窜着橙色火星的火焰，但是他还是专注地看着，因为“看”这一动作本身就具有意义，它给人一种苦涩的满足感。小子，你若不看的话，你就什么都看不到。柯特会这么说。睁开神赐给你的眼睛，行不行？

但是他什么也没看到。他知道他在慢慢接近黑衣人，但也只是相对而言。他还没到如此近的距离，能让他在黄昏看到烟火，或是营火橙色的火苗。

他在打火镰上猛擦了一下燧石，点燃了已撕碎的干草，同时口里念叨着古老但有魔力的歌谣：“火花—啊—黑暗，我的祖先在哪儿？我能睡这儿？我能住这儿？赐给我营帐火花儿。”奇怪的是，童年时的有些歌谣和习惯早已被扔在路旁抛到脑后了，而有一些却牢牢扎根于脑海，跟随人一生，而且年岁愈长它们的分量就愈重。

他顶风生起火堆，让烟朝着荒地的方向涌去。除了偶尔卷起旋风似的尘暴，这里的风向基本还是持续不变的。

头顶上的繁星一眨都不眨，也是恒定不变的，它们看上去渺小，却是百万个太阳和地球。这些耀眼的星座，就像发着白光的冰冷火焰。在他仰望星空这当口，天空已从淡紫色变得漆黑。在金星下方，一颗流星划过，刻出一条短暂却炫目的弧线，然后消失在夜空。鬼草慢慢地烧出一个新的形状，火光投在地上的影子非常怪异。这形状不像黑衣人留下的象形图案，却是明白无误的交叉图形，仿佛暗示着某种确定性，让人有些心惊。枪侠搭干草烧火时并不讲究艺术性，只要能烧起来就足够了。这是一个做事干净利落的人的习惯。枪侠就是这样一个人，他住旅店时都会把房间里揉皱的画弄平整。火堆缓慢地燃烧着，火焰白炽的中心仿佛有鬼魅群舞。枪侠没有看见。两个图案，如艺术品一样，在他熟睡的时候紧密地连在了一起。风开始呻吟，就像个腹中满是癌细胞的巫婆在哀嚎。时不时会有一阵邪恶的下行风卷起浓烟刮向枪侠躺着的地方，他在不知不觉中吸进去了一些。就像一个很小的刺激物在牡蛎体内生成珍珠一样，这股烟让枪侠做起了梦。枪侠不时随着风的哀嚎发出呻吟。面对这一切，繁星一如往常般无动于衷，就像它们面对战争、酷刑、复活那样。若让枪侠知道，这种冷酷劲儿肯定会得到他的欣赏。

2

他牵着骡子朝山下走，这山看来是这片山丘的最后一座。骡子已经受不了这样的热气，眼睛十分肿胀，显得死气沉沉。三个星期前他途经最后一个小镇，自那以后就再没见到过一个人影，只有荒弃多年的车道和偶尔可见的沙漠边界居民的泥草棚子。棚子已经衰败了，只剩下可怜的一间半间，住着的多是麻风病人或是疯子。他觉得疯子倒更好相处。曾有一个疯人交给他一个不锈钢的林用指南针，求他带给耶稣圣人。枪侠郑重其事地收了下来。如果见到耶稣圣人，他会把指南针交给他的。他并不指望自己真能见到他，但是任何事情都是有可能发生的。有一次他看到个长着人身乌鸦头的獭辛①，听到他打招呼，这个畸生的东西竟然吓得逃跑了，口中发出鸦叫，像是在说话。但更可能是在诅咒枪侠。

自上次看到泥草棚子已过了五天，枪侠开始怀疑他不会再

---

① 獭辛（taheen），是种奇怪的混种生物，它们部分是人，部分是动物或鸟类。

遇到这些边界居民了。当他爬上最后一座山的山顶时看到了熟悉的低矮的泥草棚顶。

屋主是个年轻得让人吃惊的男人，他一头乱蓬蓬的草莓色长发几乎触及腰际。他正在给一片稀疏的玉米地除草，专注而入神，完全没有意识到有人走近。骡子发出一声喘息，这让屋主抬起了头，蓝色的眼睛定神瞪着枪侠。屋主没有武器，至少枪侠没有看到弩弓弩箭。他向陌生人举起双手草草地行了个礼，然后又弯腰继续除草。他弓着腰飞快地走过紧邻棚子的一排玉米，把鬼草和干瘪的玉米扔到身后。他的头发在风中弹跳飞舞。这风直接从沙漠刮来，没有受到任何阻拦。

枪侠慢慢地走下山，骡子背上驮的水袋里的水不断发出晃动的声音。在毫无生气的玉米地旁，枪侠停下来，从水袋里倒了一口水喝。他口中有了些唾液，朝着干裂的土地吐了口口水。

"给你的庄稼一些生命。"

"给你自己生命吧。"屋主一边说一边站起来。他直起身子时背部发出咔啦的响声。他毫无畏色地观察着枪侠。他的脸被头发和胡子遮掉大半，可以看见的一小块皮肤上并没有腐烂的痕迹，而他的目光虽然有些狂野，但看上去却也神志清楚。"陌生人，祝天长，夜爽。"①

"祝你收成增倍。"

"不可能了，"屋主回答说，似笑非笑。"我只不过种了些玉米和豆子，"他说，"玉米倒好种，但豆子就需要肥料了。这里过段时间便会有个人带肥料来卖。但他待不了几日。"他笑了笑。"这个人怕鬼。还怕鸟人②。"

---

① 蓟犁的问候语。

② 原文为 bird-man，指獭辛。

“我看到过它。我说的是鸟人。它见到我就逃了。”

“对，它迷路了。它说它要找个叫哀古仙都的地方，有时候它也管那地方叫‘蓝天堂’或者‘天堂’，我不知道到底叫什么。你听说过那地方吗？”

枪侠摇摇头。

“反正它不伤人，也不会老待在这里，随它去了。你是活人还是死人？”

“活人，”枪侠说，“你讲话就像曼尼人一样。”

“我在他们那儿待过一段时间，那可不是我能过的日子；他们太喜欢粘在一起了，而且总是在满世界找洞穴。”

枪侠想，这确实不假。曼尼人总是居无定所。

两人沉默地对视了一会儿，然后屋主伸出手：“我叫布朗。”

枪侠和他握了握手，报上自己的名字。在他说话时，一只精瘦的乌鸦在低矮的泥草屋顶上发出嘶哑的叫声。布朗指了指乌鸦：“这是佐坦。”

听到自己的名字，乌鸦又叫了一声，向布朗飞来。它落在屋主的头上，爪子紧紧地抓住布朗稻草般的头发。

“诅咒你，”佐坦高声叫道，“诅咒你和你骑着的马。”

枪侠友好地点点头。

“豆子，豆子，音乐的果实，”乌鸦突然受了启发似的大唱道，“你吃得越多，放屁就越多。”

“这是你教它的？”

“我猜它只想学这个，”布朗说，“我试过教它《主的颂歌》。”他的目光向远处移去，越过了他的棚子，停在满是沙砾，无趣的沙漠上。“我猜这里不是唱《主的颂歌》的地方。你是个枪侠。对吗？”

“是。”枪侠蹲下去，拿出些烟叶和纸。佐坦从布朗头上飞起来，一掠而过，飞到枪侠的肩上。

“我以为你这一族已经不存在了。”

“眼见为实，现在你不这么认为了吧?”

“你是从内世界来的吗?”

“那是很久以前了。”枪侠点点头。

“那里还剩下些什么吗?”

枪侠没有对此作出回答，但是从他的表情来看，这是个不该涉及的话题。

“我猜，你在追一个人。”

“是的。”他接着问了那个无法避免的问题:“他离开这里有多久了?”

布朗耸了耸肩。“我不知道。时间这东西在这儿很怪。同样，距离和方向也很奇怪。他走了至少两星期，不到两个月。自他离开后，卖肥料的来过两次。我猜有六个星期，但也许是错的。”

“你吃得越多，放屁就越多。”佐坦唱。

“他在这里歇脚了吗?”枪侠接着问。

布朗点点头。“他留下来吃了晚饭，我猜你也会一样。我们一起消磨了些时间。”

枪侠站起来，乌鸦飞回到房顶上，粗声大叫。他感到一种奇怪的渴望，让他全身有些颤抖。“他说了些什么?”

布朗斜蹙着眉，看看他。“没说什么。他问这里有没有下过雨，我是什么时候到这里的，我的妻子还在不在世。他问我，她是不是曼尼族人，我说是，因为看起来他早已知道。大部分时候是我在说话，这倒是十分反常。”他顿了顿，周围只剩下呼啸的风声。“他是个巫师，对不对?”

“他还有其他许多身份。”

布朗若有所思地点点头。“我就知道。他从袖子里抖出一只兔子，内脏已经掏空，随时都能下锅。你是不是？”

“巫师？”枪侠笑了，“我只是一个普通人。”

“你永远也赶不上他。”

“我会追上他。”

他们互相对视着，感到他们之间突然有种很深的感情交流。枪侠伸手去拿打火镰。

“给你。”布朗拿出一根火柴，尖头上涂着硫黄。他用一根粘满灰的钉子猛擦了一下。枪侠把烟卷伸向火柴，长吸了一口。

“谢谢。”

“你大概想灌些水吧，”布朗说，转过身去。“屋后房檐下有口泉。我来做晚饭。”

枪侠小心翼翼地跨过几排玉米，转到棚子后面。在一眼手挖的井底有口泉水，为了防止松土坍陷下来，周围堆着石头。枪侠沿着松动的梯子下到井底，看到这么多石块，他心想要把它们背到这里再一块块铺好，绝非易事，至少要两年的工夫。泉水很清，但是流得非常慢，要把所有水袋灌满倒是件费时的活儿。当他灌完第二个水袋时，佐坦飞来停在了井沿上。

“诅咒你和你骑着的马。”它说。

枪侠吓了一跳，抬头往上看，不由心生畏惧。井穴约莫有十五英尺深：布朗若朝他扔块石头，准能轻而易举地砸破他的脑袋，然后偷走他所有的家当。换成麻风病人或是疯子，都不会这样做；但是布朗既不是麻风病人也不是疯子。不过他挺喜欢布朗，于是把这个可怕的念头从脑子里挤出去，继续用神赐给他的水灌满了水袋。至于神还赐予了其他什么，那是命运的安排，他就无能为力了。

枪侠穿过棚屋的门，沿着阶梯向下走（棚屋真正能住人的部分要低于地面，这样即使在白天也能保持较凉爽的温度）。布朗正用一把粗糙的硬木制成的铲子将几穗玉米向火堆的余烬里推。两个快裂开的盘子分放在一条暗褐色毯子的两端。火堆上方挂着一个锅正在烧水准备煮豆子，水已经开始冒泡。

“那些水，我也会付你钱的。”

布朗没有抬头。“这些水都是神的礼物，我以为你知道呢。帕帕·多克①给我们带来了豆子。”

枪侠笑了笑，他靠着墙边坐了下来，双手抱在胸前，合上双眼。过了一会，一阵玉米烤熟的香味飘到他鼻孔里。当布朗把一捧干豆子倒进锅里时，他听到水翻滚的响声。他还听到屋顶上传来嗒-嗒-嗒的声音，知道那是佐坦在不安地踱步。他觉得很累；自他离开了沙漠边上最后一个村落特忝以后，自他把那里发生的骇人的一切抛开以后，他每天要走十六到十八个小时。过去十二天他都是自己步行的，因为骡子已经到了生命的尽头，它之所以还活着只因这是习惯而已。他曾认识一个叫锡弥的男孩，他也有头骡子。锡弥已不在人世了；他们都不在了，只剩两个人：他自己和黑衣人。他曾听人说在这个世界之外还有其他世界，许多绿地都在一个叫中世界的地方，但这让人难以置信。在这里，绿地似乎只存在于孩童的幻想中。

嗒-嗒-嗒。

两星期，布朗说过，也可能是六个星期。这不要紧。在特忝，人们有日历；他们都记得黑衣人，因为他路过村子时治好了一位老人。老人因吃鬼草上瘾而濒危；他被叫做老人，但才不过三十五岁。如果布朗没记错时间，那么离开特忝后他和黑衣人之间的距离已经大大缩短了。但是前方就是沙漠，像地狱般的沙漠。

---

① 帕帕·多克(Papa Doc)，名字和海地总统杜瓦利埃的别名Papa Coc一样。此海地总统靠持有特权的私人卫队和将其神化的巫术实行独裁统治。

嗒-嗒-嗒……

把你的翅膀借给我吧，乌鸦。我要展翅飞过那片火热的土地。

他睡着了。

3

一小时后布朗把他叫醒。天已经黑了。唯一的亮光是余烬的暗红色。

“你的骡子死了，”布朗说，“我为你难过。晚饭做好了。”

“怎样的？”

布朗耸了耸肩。“烤的和煮的，还能怎么烧？你挑剔吗？”

“不，我是问骡子是怎样死的。”

“它倒下了，就这样。看上去是头老骡子了。”他有些歉意，“佐坦把它的两只眼睛啄来吃了。”

“哦。”这似乎在意料之中。“没关系。”

当他们在用做桌子的毯子旁边坐下时，布朗又让他吃了一惊，因为他简短地做了祷告：祈求雨水、健康和灵魂的成长。

“你相信有来世吗？”枪侠问他。

布朗把三穗玉米放到他的盘子上，点点头。“我想这就是来世了。”

4

豆子硬得像子弹，玉米也硬得难以下咽。外面，呜咽的风声不断。枪侠吃得很快，一阵狼吞虎咽，一边吃一边喝了四杯水。吃到一半的时候，一阵机枪般的敲门声响起。布朗起身开门让佐坦进来。这只鸟飞过整间屋子，在另一端的角落里停下。

“音乐的果实。”它咕哝着。

“你从没想过吃了它吗？”枪侠问。

布朗笑了。“说话的动物肉太粗。”他说，“像鸟，貉獭[①]，还有人类。这些都不能吃。”

晚饭后，枪侠递上烟草，布朗迫不及待地接过来。

现在，枪侠想，现在他要开始提问了。

但是布朗什么也没问。他抽着来自数年前种在伽兰[②]的烟草，盯着慢慢熄灭的余烬。入夜后，棚子里明显变得凉快起来。

“引导我们远离诱惑。”佐坦突然说，仿佛是先哲给人启示似的。

枪侠大吃一惊，像中了枪子一样。他突然觉得这一切都是幻象，是黑衣人施了咒语，试图用这种象征性的方法告诉他些什么。

他突然问：“你知道特乔吗？”

布朗点点头：“我到这儿来的路上得经过那里。有一次去那儿卖过玉米，还喝了杯威士忌。那一年这儿下过雨，大概下了十五分钟。整片土地似乎都张开了嘴，把雨水吞了下去，但一小时之后，这里又像以前一样干燥，白茫茫的。但是这些玉米——哦，上帝，玉米。你可以清楚地看到它们在长高。那可真让人高

---

① 貉獭(billy-bumblers)，书中也以 bumbler 形式出现。这是种由浣熊、旱獭和达克斯猎狗混交产生的动物。它们有黑灰相间的毛皮，眼睛四周长着金色的毛。它们会像狗那样摇尾巴，但要比犬类更为聪明。在世界发生变化之前，每个领地的城堡里都养着一些貉獭，它们还被用来牧羊。它们和人一起生活时，会鹦鹉学舌，讲人话。

② 伽兰(Garlan)，地名，遥远的王国，位于蓟犁的西部。

兴。但是你可以听到一种声音，仿佛雨水给了它们嘴巴。那声音可不会让你觉得愉快，它们像是在不断地唉声叹气，要挣脱出土地似的。”他吸了几口烟。“我有了多余的玉米，就拿去村里卖了。帕帕·多克要帮我去卖，但是我怕他诈我，就自己去了。”

“你不喜欢那个村子？”

“不喜欢。”

“我几乎在那里丧了命。”枪侠说。

“你说的是真的？”

“我拿我的手表担保。我在那儿杀了一个被上帝赐福过的人。”枪侠说，“当然那不是上帝，而是那个从袖子里掏出兔子的人。黑衣人。”

“他给你设了陷阱。”

“你说得没错。我说谢谢你。”

他俩在黑暗中看着对方，这一刻仿佛暗示着终结。

现在他要提问了。

但是布朗还是没有问问题。他手里的烟只剩快熄灭的烟蒂了，但是当枪侠拍拍放烟的袋子时，布朗却摇了摇头。

佐坦不安地跳来跳去，好像要开口讲话，但又忍住了。

“要我告诉你发生了什么吗？”枪侠问，“通常我不习惯多讲话，不过……”

“有时候讲出来会好受些。我听着。”

枪侠在脑海中搜寻开场白，却一个字也吐不出来。他说：“我得去方便一下。”

布朗点点头：“请到玉米地里去。”

“当然。”

他顺着台阶走进黑暗中。头顶上繁星闪烁，风一阵阵拂过。他的尿射出去，被风吹得摇摆着落到玉米地里。是黑衣人把他引到这里来的。布朗就是黑衣人的可能性也不是没有。他可能就是……

枪侠把这些让人懊恼的想法抛到一边。他至今没学会面对的意外就是他自己可能会发疯。他回到屋内。

“我到底是不是妖人,你想好了?”布朗问,一副被逗乐的神情。

枪侠在台阶最后一格止住了脚步,心里一颤。他慢慢走过去,坐下。“这个想法是出现过。你到底是不是呢?”

“即使我是,我自己也不知道。”

这个回答没有任何帮助,但是枪侠决定不再追究下去。“我们刚才讲到特否。”

“那儿有发展吗?”

“村子死了。”枪侠说,“我毁了它。”他突然想说:现在我要杀了你,我可不想睡觉时睁着一只眼睛,就算这理由不够充分,我也不能留你。难道他真变成了这样一个人?如果是这样,如果他已变得和他追踪的人一样了,那他继续这样走下去还有什么意义?

布朗说:“我不乞求从你这儿得到任何东西,枪侠,我只希望当你离开这儿时,我还活着。我从不苟且偷生,但这并不意味着我不想多活些时日。”

枪侠闭上眼。他的思路一片混乱。

“告诉我你是谁。”他粗声说。

“只是一个人。一个对你没有任何恶意的人。而且你若肯讲的话,我还是乐意听的。”

对此,枪侠没有回答。

“我猜,若我不请你讲,你就觉得不该讲。”布朗说,“那我现在就请你讲。你能告诉我特否发生了什么吗?”

枪侠非常吃惊地发现这次他毫不费力地就找到了合适的词。他的话突然迸发出来，慢慢地变成了平缓的叙述。他感到莫名的兴奋。他一直讲到深夜。布朗一次都没打断他，那只鸟也很安静。

5

他在菩莱斯镇买了那头骡子，当他们到特岙时，骡子依然生龙活虎。太阳已经落山一个小时了，但是枪侠决定继续走下去，远处村落的灯光为他指明了方向。走了一会儿，他听到一段《嗨，裘德》的乐曲，音符异常清晰，但弹奏用的钢琴十分低级。脚下的路在几条小路交汇处变宽。天上有几颗星格外亮，但它们在多年前就毁灭了。

森林早已消失，取而代之的是单调低坦的平原：一望无垠、荒无人烟的田野长着梯牧草和低矮的灌木；荒弃了的住宅令人毛骨悚然，在那些高耸、阴暗的宅第里说不定有不少鬼魂穿梭着；空荡荡的棚屋斜眼看着路人，里面的居民或是已经搬走，或是已经逝去；偶尔会出现一座低矮的泥草屋，但只有在黑夜里出现一点摇曳的灯火，或是白天一个阴沉的农夫在田里无声苦干时这泥草屋才会被注意到。玉米是主要的庄稼，当然也看得到豆子和商陆①。偶尔会有一头瘦骨嶙峋的老牛，站在两株剥了皮的桤木之间迟钝地看着他。客运车从他身边经过四次，两次过来，两次过去；当客车从身后开上来经过枪侠和骡子时，几乎是空的，而当车返回朝着北方的森林开去时，载的客人明显增加

① 商陆(Pokeberry)，估计是一种庄稼。

了。有辆布卡经过，坐在上面的农民两脚搁在挡泥板上，努力地控制自己不朝带枪的路人张望。

这一带的天气糟透了。自他离开菩莱斯镇后只下过两次雨，而且每次只有吝啬的几滴。就连梯牧草都发黄了，看上去奄奄不振。这里可不是久留之地。没有看到一点黑衣人的踪迹。也许他搭了班客车。

道路转了弯，缓缓地向下延伸。过了弯口，枪侠唤停了骡子，向下俯视着特否。村子坐落在一块环状、碗形的凹地上，就像一个劣质的底座上镶嵌着的廉价珠宝。村里还有些灯亮着，大多数都围绕着音乐声传来的地方。看起来村子里有四条街，三条都向右汇合到客运车通行的大路上，这条大概就是村子里的主干道了。也许能在下面找到家咖啡店。他不确定，但也许会有。他轻轻拍了一下骡子。

越来越多的房子散落在路的两旁，多数都废弃了。他经过一个很小的墓园，发霉的木质墓碑歪歪斜斜，成列的鬼草密布在墓碑上，似乎缠得它们透不过气来。大约又走了五百英尺，他见到一块路牌，上面的字依稀可辨：**特否**。

路牌上的漆脱落了大半，导致路牌难以辨认；几步开外又有块路牌，但枪侠却根本看不清上面写的到底是什么。

当他走进村子时，听到一群醉鬼疯疯癫癫地大声合唱着《嗨，裘德》的尾声叠句——"呐—呐—呐，呐—呐—呐—呐……嗨，裘德……"就像风吹在一棵腐烂大树的空洞中一样，歌声沉闷压抑。要不是低级的钢琴上发出的捶击敲打声，他真的会以为黑衣人施法让一群鬼魂住在了这阴森的村落里。他对自己的想法微微一笑。

街上还有些人，但不多。对面街道走来三位女士，穿着黑色的宽松长裤和一模一样的高领短外套，她们瞪着枪侠，但没有表现出任何好奇。她们裹着黑色衣服的躯体在黑夜中仿佛隐了身，而她们的脸庞就像苍白的球体漂浮着。一位板着面孔的老人戴着顶显得过紧的草帽，坐在已关门的店铺台阶上看着枪侠。一个瘦削的裁缝正在接待最后一位顾客，他停下手中的活儿注视着枪侠，并举起窗台边的灯，想看个究竟。枪侠朝他点了点头。裁缝和顾客都没有作出任何回应。他感到他们的目光都牢牢地盯在他挂在胯间的枪套上。一个街区开外的岔口，一个大约十三岁的少年走过，后面跟着个女孩，看上去像他的妹妹或是他的小相好，两人看到枪侠时微微停了停步，脚下卷起了一阵尘云。村子里多数的路灯还管用，但都不是用电的；冻住的油让灯罩的鱼胶部分看上去像充满了雾气。有些灯被砸碎了。街边有个破落的马车出租行，一副苦苦营生的样子，也许全靠着这条客运路线才勉强存活着。张着大口的牲口棚一侧，有个半陷在土里的大理石环，三个男孩悄无声息地蜷缩在它旁边，抽着玉米皮卷的烟。他们的影子长长地拖在地上。一个男孩在帽檐上插了根蝎子尾巴；另一个男孩左眼肿胀，无神的眼球凸出在眼眶外。

枪侠牵着骡子经过三个男孩，他朝牲口棚里面望去。一盏昏暗的灯摇晃着。一个阴影跳动着，忽隐忽现，原来是个穿着工装裤的瘦高个老人正呼哧呼哧地用大耙子把成堆的梯牧草叉进草料库里。

“嗨！”枪侠向他喊。

耙子停下来，马夫转过身，泛黄的眼睛扫视着周围。“嗨。”

“我这儿有头骡子。”

“你真走运。”

枪侠将一块沉甸甸的、打磨不平的金币向昏暗处抛去。金币落在积满细秣的陈旧砧板上，闪着光，发出清脆的响声。

马夫弯腰拣起金币，眯眼看着枪侠。他的目光落在枪带上，阴愠地点点头。“你要把骡子留在这儿多久?”

“一晚到两晚。也许再多几天。”

“这金币,我可没那么多零钱找给你。”

“不用找。”

“杀人挣来的钱。”马夫低声自语。

“你说什么?”

“没什么。”马夫接过骡子的缰绳,牵它进去。

“把它彻底洗刷干净!”枪侠跟在后面大声说,“听好了,等我回来,我可要闻到它是干干净净的。”

老人没有转身。枪侠走到外面那三个蜷在大理石环旁的男孩身边。他们始终以一种轻蔑的神态看着交易的全过程。

“祝天长,夜爽。”枪侠问候道,想和他们交谈几句。

没有回答。

“你们几个住在村子里吗?”

没有回答,只有蝎子尾巴的动作算是回答了:它看上去像在点头。

一个男孩从嘴里吐出一片嚼得稀烂的玉米皮,他抓起一颗绿色的猫眼石,朝土堆里斜扔过去。石头打中一只青蛙,它呱呱叫着跳到远处。他拣起猫眼石准备再次射击。

“村子里有咖啡馆吗?”枪侠问。

他们中最小的一个抬起头。他的嘴角边有粒大得吓人的疱疹,但是他的两只眼睛倒大小一致,充满孩童的单纯,但在这鬼地方,纯真恐怕不会长久。他看着枪侠,满是好奇,但分明使劲地克制住了,看上去让人怜爱,又令人恐惧。

“在席伯那儿大概能买到汉堡。”

“弹钢琴的地方?”

男孩点点头:“对。”两个同伴的目光变得可憎,充满敌意。

也许他会为自己好心答话而付出代价。

枪侠碰了碰自己的帽檐。“我很感激。至少这个村子还有人没笨到不会说话。”

他离开三个男孩，沿着街边朝席伯酒吧走去，听到身后传来小男孩同伴鄙夷的声音，但也不过是孩童的尖叫：“草包！查理，你真混账。草包！”然后传来一阵击打和哭叫声。

席伯酒吧门口挂着三盏煤油灯，房檐两端各一盏，破旧的蝙蝠翅膀式的酒吧门上方也挂了一盏。灯影在风中摇曳。《嗨，裘德》的合唱声渐渐变弱，钢琴漫不经心地弹起另一首民谣。几个稀拉的声音和着音乐哼唱，就像断了的线。枪侠在外面站了一会，朝里张望。地上有些木屑，歪斜的桌腿旁放着痰盂。锯木架上搁着块木板。在它后面放着一面油腻的镜子，镜子里看得到钢琴手，一副无精打采的样子。钢琴正面的盖板已被移为他用，因此可以看到木制琴键随着手的移动而上下弹跳。女招待一头稻草色头发，穿着条肮脏的蓝色长裙，一条肩带用别针固定着。房间角落里坐着大约六个村民，灌着酒，麻木地玩着“看我的”[①]赌博游戏。钢琴边上稀稀拉拉地站了半打人，吧台边还有四五个。一个白发丛生的老者趴在门边的桌上。枪侠推门进去。

所有的头都齐刷刷地转向门口，看着枪侠和他的枪。那一刻几乎鸦雀无声，除了忘我的钢琴手还在继续敲击琴键。女招待开始擦拭吧台，气氛又恢复如初。

“看我的。”角落里一个人叫起来，把凑齐的三张红桃和四张黑桃扔在桌上，摊开空空的双手。手上还握着红桃的人骂了句，

① “看我的”(watch me)，是中世界的一种纸牌游戏。通常，人们玩这种游戏进行赌博，甚至不少人命丧牌桌。有人赢牌时就叫“看我的”。

把赌金推了过去。片刻工夫，另一轮牌已发好。

枪侠走到女招待跟前。“有肉吗？”他问。

“当然。”她直视着他的眼睛。也许她刚出道时还是个美人，但岁月无情。现在她的脸疙疙瘩瘩，前额上赫然一条扭曲的青黑色疤痕。她在疤上厚厚地涂了层粉，但正由于这层粉，她试图掩饰的疤痕反而更扎眼。“有牛肉。可不是变异的种。不过很贵。”

哼，变异动物，枪侠思忖，你冰箱里的肯定是三只眼、六条腿的怪物身上的肉——女士，我可心里有数。

“请给我三个汉堡和一杯啤酒。”

酒吧的气氛再一次改变。听到汉堡二字，每个人都开始流口水，再贪婪地咽下去。三个汉堡！这里从没见过有人一次吃三个汉堡的。

“这要花你五夸。你有夸吗？”

“美金？”

她点点头。她的“夸”就是指“块”。反正他是这么猜的。

“包括啤酒吗？”他微微一笑，“还是啤酒另算？”

她对枪侠的微笑没有反应。“我会给你啤酒，不过要在我看到钱以后。”

枪侠在台子上放了块金币，所有的目光刷地一下都落在金子上。

在吧台后面，镜子的左方有只用来熏烤的木炭炉子。女招待消失在炉子后面的小房间里，回来时手里捧着用纸包着的肉。她挤出三块肉饼，放到烤架上，顿时散发出让人垂涎欲滴的香味。枪侠漠然地站在那里，似乎对香味没有反应，但却隐约感到钢琴声开始变得断断续续，纸牌游戏速度慢了下来，吧台旁的醉鬼们贪婪地注视着烤架。

一个壮汉快走到枪侠身后时，枪侠从镜子里瞥到了他。这个壮汉几乎完全秃顶了，一把巨大的屠刀插在腰带间，他的手紧紧握着刀柄。

“回去坐下，”枪侠说，“算帮你自己一个忙，呆子。”

壮汉的脚步冻住了。他的上唇不由自主地抽了一下，像狗那样。一片寂静。他回到自己的桌子边，气氛又恢复了正常。

啤酒盛在一个开裂的大玻璃杯中。女招待粗暴地说：“我可没钱找你。”

“不要找钱。”

她生气地点点头，似乎枪侠的慷慨是种炫耀——尽管对她有利，却还是激怒了她。然而她还是把金币放进了口袋。片刻之后，她端上来一个油腻的盘子，盛着三个汉堡，肉馅的边缘仍是鲜红的。

“有盐吗？”

她从台子下拿出一个小瓦罐。枪侠不得不用手指把结成了块的盐巴捻碎。“有面包吗？”

“没有。”他知道她在撒谎，不过也知道为什么，所以就不再追问。秃顶壮汉瞪着他，眼睛发青，搁在开裂又凹凸不平桌面上的双拳捏紧又松开。他的鼻孔一张一合，像脉搏那样有规律，贪婪地呼吸着汉堡的香味。至少，这是免费的。

枪侠开始不紧不慢地吃起来，他不像是在品尝食物，只是机械地把肉切成小块，再用叉子送进嘴里。他努力克制着不去想那头变成汉堡肉的牛原来到底长什么样子。她说过，这不是变异的牛。也许吧。在夏夜的月光下，连猪都会跳起考玛辣①呢。

三个汉堡就快下肚了，他准备再叫杯啤酒，还想卷根烟抽。

---

① 播种节上人们跳的轻快交谊舞。

这时一只手搭在他的肩上。

他突然意识到不知从何时起房间里已是一片寂静，空气中弥漫着紧张的气氛。他转过身，看到原本瘫睡在门边的老人就站在背后。他的脸奇丑无比，一阵污秽的鬼草瘴气令人作呕。他有双被诅咒过的眼睛，它们瞪着你，但却什么都看不到，似乎这双眼睛曾见到过地狱般的噩梦，从人们无法想象的恶臭沼泽中升腾出来的狂野的梦。

女招待不由自主地发出一声痛苦的呻吟。

破裂的双唇慢慢地张开，露出一口绿色、苔藓似的牙齿。枪侠一惊：他不是抽鬼草卷的烟，而是在嚼。他真的是在嚼鬼草。

枪侠意识到：他是个死人。一年前他就应该已经死了。

枪侠又意识到：是黑衣人干的。

他们瞪着对方，似乎整个房间就只有枪侠和这个疯癫的老人。

让枪侠惊呆的是，老人开始讲话，而且讲的是蓟犁[①]的高等语[②]。

"金子换欢心，枪侠先生。能给我一个金币吗？就施舍一点吧。"

高等语。那一刹那，枪侠的脑子甚至都反应不过来。已经有好多年，天啊，几个世纪，几千年，他没有听到过高等语了；高等语已经不存在了；他是最后一个说高等语的人，是最后一个枪侠。其他人都……

---

① 蓟犁(Gilead)，是新伽兰的统领城市。这个古老的城市四周都是城墙，被人们颂为"绿色世界"。

② 高等语(high speech)，是中世界的古老的语言，按照传统，这是枪侠的语言。与之相对的是低等语，low speech，是日常生活中用的语言。高等语的语词中反映了枪侠社会的传统和生活哲学。这是枪侠罗兰与他的族人，他的王国之间的一种无形的联系。

他似乎麻木了，把手伸进胸前口袋，摸出一枚金币。一只长满疥癣、皮肤开裂结痂的手伸过来，抚摸着金币，举起来对着油腻的煤油灯看。它反射出令人兴奋的文明的光芒：金色，微红，血一般的。

“啊……”一种无法言表的喜悦。老人摇晃着转过身，朝自己的桌子走去。他把金币举到眼前，转着金币，让它朝各个方向反射着金光。

酒吧很快变得空荡荡的，蝙蝠翅膀式的摇门疯狂地前后摇摆着。钢琴手重重地合上琴盖，迈着滑稽的大步，随其他人离开了酒吧。

“席伯！”女招待在他身后尖叫，叫声中夹杂着恐惧和凶悍。“席伯，你回来！该死的！”枪侠觉得这个名字似曾相识，但现在没有时间细想，没有心思去回忆。

这时，老人已经回到了他的桌边，在凹凸的桌面上转着金币。他那双非死非活的眼睛跟着金币转，似乎完全被吸引了，但眼神却又是空空的。他转了两次，三次，眼皮渐渐合上了。第四次，金币还没停止转动，他的头已经靠在了台子上。

“你，”她细声说，却又很愤怒，“你赶走了我的主顾。现在你满意了？”

“他们还会回来。”枪侠说。

“今晚不会。他们不会来了。”

他指指嚼鬼草的老人：“他是谁？”

“管你自己的事吧。先生。”

“我一定得知道，”枪侠耐着性子，“他——”

“他跟你说的话好奇怪，”她说，“诺特一辈子也没那样讲过话。”

“我在找一个人。你应该认识他。”

她瞪着他，怒火慢慢熄灭了。取而代之的是沉思，继而是眼睛里湿漉漉的微光。松动的房子发出若有所思的开裂声。远处，一只狗粗声狂吠。枪侠等着。她意识到枪侠知道内情，眼里的微光开始显得无助，她似乎有种需要，但又无法表达。

“我猜你应该知道我的价钱。”她说，“我有种渴望，以前是能克制的，但是现在再也控制不住了。”

他镇定地看着她。黑暗中她前额上的疤痕不那么明显。她的腰身还不算臃肿，看样子这沙漠、硬渣和狂风还没有夺去一切。而且，她也许曾经也标致过，说不定还是个美人。但这已经不重要了。即使墓虫已经移居到她干瘪乏味的子宫里，这一切也都不重要了。命已注定。冥冥中，卡[①]之手已在生死簿上写下了这一笔。

她用双手捂住了脸，体内还有足够的液体——让她哭泣。

“别看着我。你不用那样刻薄地看着我。”

“对不起。”枪侠说，“我没一点恶意。”

“你们没有一个是说真话的!”她朝他哭喊。

“把酒吧关上。把灯熄了。”

她抽泣着，手捂着脸。他宁愿看她捂住自己脸的样子。倒不是因为疤痕给遮住了，而是这姿势让她有种少女的风韵——尽管她不再有少女的面庞。在油腻的灯下，固定着肩带的别针闪着光。

“他会偷东西吗？如果他会，我还是把他弄到门外去。”

“不会。”她轻声说，“诺特从不偷人东西。”

“那，把灯熄了吧。”

直到走到枪侠身后时，她才肯把手从脸上挪开。她调低灯芯，吹灭火焰，灯一盏盏灭了。然后，她拉着他的手，感觉非常温

---

① 卡(ka)，命运之意。

暖。她带他上楼。一片漆黑中，他们没有做任何遮掩。

6

他在黑暗中卷了两根烟，点燃后递给她一支。房间里充满着她的香味，像清新的丁香花，有些哀婉动人。淡淡的香味之外是沙漠的气息。他突然觉得自己对前方的沙漠充满畏惧。

“他叫诺特。”她说，声音还是那样尖锐，“就叫诺特。他死了。”

枪侠等她继续。

“他被上帝触碰过。”

枪侠说：“我从没见到过上帝。”

“打我记事起，他就在这里——我是指诺特，不是上帝。”她突然对着黑暗一阵大笑。“他以前有辆垃圾车。后来开始酗酒，再后来迷上了鬼草，最后用鬼草卷烟抽。小孩子跟在他后面，放狗咬他。他一直穿条绿色的裤子，臭味熏天。你在听吗？”

“在。”

“他后来开始嚼鬼草。最后他就坐在那里，不吃不喝。也许在他的幻觉中，他是个国王。小孩们都是他的弄臣，而狗是他的王子。”

“是。”

“他就死在这前头。”她说，“他从街边走过来，脚步很重——他的靴子永远穿不烂，是他在废旧火车站找到的一双军靴——后面跟着一群孩子和他们的狗。他看上去就像是由许多铜丝做的衣架拧绞在一块儿。你从他的眼睛里可以看到垂死的目光，但是他还在咧嘴笑。就像在收割节前，孩子们刻在南瓜上的笑脸一样。你老远就能闻到他身上的鬼草和腐烂味。口水从他嘴角流出，就像绿色的血。我猜他是想进来听席伯弹钢琴。不过就在进门前，他停住了，头歪到一边。我能看到他，还以为他是在听客车过来的声音，但那个时候不会有客车经过。然后他开始呕吐，黑色的，都是血，从他咧开的嘴里流出来，就像水从阴沟里涌出来那样。臭气能熏得你发疯。他的两条胳膊扬起来，然后就倒下去了。就是这样。他倒在自己的污秽中，死的时候脸上还挂着笑。”

“真是个精彩的故事。”

“哦，谢谢你，先生。这是个好地方。”

她坐在他身旁，还在颤抖。窗外，风仍在呼啸，远处有扇门被砰地关上，声音犹如来自梦中。墙壁中间有老鼠跑过。枪侠猜这里也许是全村唯一一个养得起老鼠的地方。他把手放到她的肚皮上，她开始剧烈地抖动，然后慢慢放松下来。

“黑衣人。”他说。

“你一定要知道，是不是？你就不能和我做爱，然后睡觉吗？”

“我一定要知道。”

“好吧。那我就告诉你。”她握住他的手，开始叙说。

7

诺特死去当天的黄昏，黑衣人到了特岙。那时狂风大作，土地表层的松土被吹走，砂土就像暴雨一样刮来，玉米被连根卷起，像直升机飞过时那样。朱伯·荥讷利锁上了他的马房，其他几个商贩也关上了窗板，还在窗板外用木板加固。天空变成了黄色，就像变质奶酪的颜色，云朵快速地飞过，就好像它们刚才经过沙漠时看到了恐怖的一幕。

枪侠的猎物坐着辆破马车进村，马车上铺了块防雨油布。他脸上挂着十分友好的笑容。大家看着他走近，老荻讷利正躺在窗边，一手攥着个酒瓶，另一只手里握着他二女儿松软发烫的左乳。他暗自发誓，倘若黑衣人敲门他就假装不在家。

但是黑衣人经过马房时，并没放慢速度，马车卷起的尘土很快被狂风拥抱了。他可能是个牧师或和尚；他穿了件黑色的长袍，上面沾满了尘土；袍子的兜帽宽松地罩在头上，让人看不清他的脸，但是却没遮住那友好得有些令人反感的微笑。他的袍子被风吹得哗啦作响。从袍子边缘可以隐约看到他穿着一双扣得很紧的方头靴子。

他在席伯酒吧门口停下来，拴住马匹。栗色马低下头，对着地面喷气。他走到马车后面，解开绳子，找到个陈旧的马褡裢，往背上一甩，穿过摇门走进酒吧。

爱丽丝好奇地看着他，但其他人都没注意到陌生人进来。酒吧的常客都已酩酊大醉。席伯正在用拉格泰姆调子①演奏卫理公会②的赞美诗，散在钢琴旁的许多人早些时候就进来躲风暴，顺便也为诺特守灵，他们已唱得喉咙嘶哑。席伯喝得差不多失去知觉了，他完全陶醉于自己还能活着这个事实中，弹琴的双手飞快地移动，几个手指来回如梭，就像在打板羽球游戏。

人们尖声歌唱着，叫喊着，声音怎么也盖不过风声，但不时也跟风声较量一番。角落里，翟彻利把艾美·费尔顿的裙子掀过头顶，在她的膝盖上画收割节的符咒。几个女人围在他们周

---

① 拉格泰姆调子，是美国黑人的一种早期爵士乐，多用切分音法，风靡于1890—1915年间，二十世纪七十年代初又开始流行。

② 卫理公会，是一个新教的教会。主要集中在英伦小岛和北美洲。在美国成员数目最多。

围。他们都显得特别兴奋。然而门外暴风留下的凄惨的白光似乎是对他们的嘲讽。

诺特的尸体被放在房间中央拼起来的两张桌子上。他的军靴摆成了一个神秘的V字形。他的嘴还张着，留下一个呆滞的微笑。有人合上了他的双眼，在上面各放了块金属片。他的双手被人合在胸口，握着一枝鬼草，浑身散发出毒药一样的气味。

黑衣人推掉他的兜帽，走到吧台边。爱丽丝看着他，一种深藏在体内熟悉的渴望让她全身颤抖。他身上没有任何象征宗教的标记，当然这说明不了任何问题。

"威士忌。"他说，他的声音柔和且愉悦。"宝贝，我要上好的酒。"

她伸向柜台下面，拿出一瓶星牌威士忌。她本可以拿当地的酒当做最好的来打发他，但是她没有那样做。她倒了一杯，黑衣人看着她。他的眼睛又大又亮，但是目光深邃，以至于爱丽丝难以判断他眼睛的颜色。她的渴望让她觉得浑身发热。房间里的叫喊歌唱并未减弱。而席伯，爱丽丝眼里这无用的阉马，正在弹基督精兵的赞美歌；一些人怂恿米尔大妈和着唱。她的歌声简直不成调，就像一把钝斧切过牛犊的脑子。

"嗨，爱丽①！"

她转过去招待客人。对陌生人的沉默不语有些怨恨，还怨他那看不清颜色的眼睛，怨自己内心的蠢蠢欲动。她的渴望让她害怕。它们变化莫测，狂野得让她无法控制。它们也许标志着一些变化，表明她开始变老——在特吞，这就像冬天的日落，既短暂又凄凉。

她放着啤酒，直到小桶空了为止，然后她又凿开了另一桶。

---

① 爱丽是爱丽丝的昵称。

她宁愿自己做，也不想叫席伯；他当然会乐意过来帮忙，像只贪婪的狗，不过他肯定会凿掉自己的手指，要么就把啤酒喷洒得到处都是。她干活时，陌生人的目光一直在她身上；她感觉得到。

当她回来后，他说："这里很忙。"他还没碰他的酒，只是用手掌捂着杯子，让酒变暖些。

"人们在守灵。"她说。

"我注意到了逝者。"

"他们都是酒鬼。"她说，心里突然涌起一股憎恨，"全都是酒鬼。"

"这让他们兴奋。他已经死了，但是他们还活着。"

"他活着的时候就是他们嘲弄的对象。但现在他们不应该再嘲笑他了。这太……"她的声音变小了，无法确切表达这是什么，或者这是多么可憎。

"他吃鬼草？"

"是！他还能吃什么？"

她的语气过于强烈了，这让她自己都有些不好意思，但是他没有移开目光，她觉得一股热血冲到脸上。"对不起。你是牧师吗？这肯定让你反感吧。"

"我不是，这也没让我反感。"他一口喝完了杯中的威士忌，连眉头都没有皱一下。"请再来一杯。再来次感动——就像另一个世界里的人常说的。"

她不知道这到底是什么意思，但又不敢问。"我得先看到你的钱。对不起。"

"不用抱歉。"

他把一块粗糙的银币放在柜台上，一边厚一边薄。她说了跟后来一样的话："我可没钱找你。"

他摇摇头，表示不要找零，然后若有所思地看着她倒酒。

“你只是途经此地?”她问。

他半晌没有作答。她正准备重复刚才的问题,他却不耐烦地摇摇头:“不要谈无聊的事。你在这里面对着死亡。”

她有些畏缩,觉得受了伤害,但又很惊讶。她的第一反应是他佯装正经,只是为了考验她。

“你很在乎他。”他语气平淡地问,“对不对?”

“谁?诺特?”她笑了,假装恼怒来掩饰她的窘迫。“我认为你最好——”

“你心肠很好,就是有点胆小。”他打断她,“他躺在草上,从地狱的后门往外看。他就在那里,他们已经把门关上了,你认为只有当你要走过那道门时,他们才会再次把门打开,是不是?”

“你怎么了,喝醉了?”

“密司脱诺顿,他死了。”黑衣人像是在吟咏,他带着挖苦的语气故意改变了说话的调子。“他就像任何一个人那样死了。像你或任何人一样,死了。”

“你给我出去!”她突然感到一阵强烈的反感,全身开始颤抖,但是小腹里的那股暖流却固执地流遍全身。

“别怕。”他柔声说,“别怕。慢慢等。等着就行。”

他的眼睛是蓝色的。她突然放松下来,仿佛服了镇静剂。

“像任何人那样,死了。”他说,“你明白吗?”

她木然地点点头,他大笑起来,响亮的笑声似未受过污染,非常明亮。这让所有人的目光都集中在黑衣人身上。他猛一转身,面对着众人,俨然成了整个房间的中心。米尔大妈声音发颤,歌声戛然而止,空气中留了半个破碎的高音,好像在流血。席伯弹错了音,琴声也突然停下。他们不安地看着陌生人。风沙吹在门窗上,发出沙沙的响声。

沉默继续着,似乎那一刻就永远定格了。她沉重的呼吸堵在了喉咙口，低头看到吧台下自己的双手紧紧按着肚皮。他们都看着他，他也注视着大家。突然一阵笑声又爆发出来，浑厚洪亮，让人无法抗拒。但没人跟他一起笑。

“我要让你们看一个奇迹！”他朝人们叫喊，但人们只是看着他，就像些顺服的大孩子被带去看他们再也不相信的魔术表演。

黑衣人猛地站起来，米尔大妈踉跄着退后了几步。他冷然一笑，拍了一下她肥厚的肚皮。她不由自主地咯咯笑起来。黑衣人把头朝后一仰。

“觉得好点了，是不是？”

米尔大妈又是一阵咯咯笑，突然间变成一阵啜泣，然后夺门而逃。其他人默默地看着她离开。风暴开始了；乌云不断涌来，阴影在半圆的白色苍穹上积聚。站在钢琴旁的一个男人，显然已忘了拿在手上的啤酒瓶，发出一声痛苦的呻吟。

黑衣人站在诺特身旁，低头看着他笑。狂风怒吼尖叫着，一个大物件被刮起来，撞到房子一侧，又弹了回去，让房子一震。吧台旁一个男人挣脱人群，慌乱地躲到安静的角落。雷鸣似乎要扯破天穹，响声就像天神的一阵剧烈咳嗽。

“好吧。”黑衣人咧嘴一笑，“好吧。我们开始吧！”

他开始朝诺特脸上吐口水，仔细地对准目标。唾沫在死者的前额闪着光，慢慢流下来，流过他的鼻梁。

在吧台下面，她的手更快地挪动起来。

席伯笑起来，像个傻子似的，也弯腰俯向诺特。他开始咳嗽，从喉咙底咳出许多粘厚的浓痰，让它们飞到诺特尸体上。黑衣人吼了一声表示肯定，拍了拍席伯的后背。席伯咧嘴笑了，一颗金牙闪闪发光。

几个人逃出门外。其他一些人松散地围在诺特周围。他的脸上，他皱得像公鸡颈部下垂的皮肉一样的头颈，和他的胸部上都是痰液——这片干旱土地上如此宝贵的液体。突然痰雨停止了，像有人发了号令那样整齐，只有一阵精疲力竭、沉重的喘气声。

突然黑衣人冲向尸体，跳起来，弯身越过它，划出了一条平滑的曲线，看上去很美，宛若一股泉水。他手着地落在地上，然后敏捷地弹跳起来，稳稳地站在地上，他微微一笑，又重复了整套动作。人群中一个人已经忘我地开始鼓掌，但突然向后退了几步，眼里蒙上了层恐惧的阴影。他手捂着嘴，朝门口奔去。

当黑衣人第三次跳越尸体时，诺特抽搐了一下。

人群中发出一声低沉的咕哝，很快又恢复了安静。黑衣人仰头怒吼一声。他吸了口气，胸部飞快地不断起伏。他开始快速地来回弹跳，就像在两个玻璃杯之间来回倒水那样越过诺特的身体。房间里唯一的声音就是他急促的喘气声和窗外不断加强的风暴声。

那一刻，诺特深深地吸了一口气。他的双手胡乱地拍打桌子。席伯发出一声尖叫，夺门而出。一个女人疾步跟在他身后，眼睛瞪得滚圆，头巾上下飘动着。

黑衣人又跳越了一次，两次，三次。桌子上的躯体抖动起来，继而剧烈地颤动，扭曲，敲打着桌面，就像一个体内藏着根巨大发条的没有生命的布娃娃。伴随身体的扭动，腐烂、变质的恶臭和排泄物的腐臭一阵阵袭来，令人窒息。那一刻，他睁开了双眼。

爱丽双脚发麻，失去了知觉，她向后倒去，撞在镜子上。一阵惊恐让她眼前一黑，她朝吧台外奔去，像头发疯的公牛。

“这就是给你的奇迹。”黑衣人在她身后喊，喘着粗气，“这是给你的。现在你能睡上安稳觉了。即使是死亡，也不是不可逆转的。尽管这是……如此……如此……滑稽！”他又开始大笑。她跑上楼梯，直到把酒吧楼上的房门插上插销才停下来，这时听不到楼下的笑声了。

她蹲在门边咯咯笑，笑得前俯后仰。但声音转而变成尖锐的哀号，融入风声中。她耳边充斥着诺特起死回生时发出的声音——拳头不断敲击棺材板的响声。她十分好奇：他重新激活的脑子里留下的是什么想法？他死后看到过什么？他还记得多少？他会告诉我吗？坟墓里的秘密是不是就等在楼下？她想，这些问题背后最让人恐惧的就是你忍不住想问的冲动。

楼下，诺特心不在焉地走出酒吧，走进风暴中，拔了一些鬼草。黑衣人已是酒吧里唯一一个客人了，他仍咧嘴笑着，看着诺特走进风暴中。

晚上，她逼迫自己走下楼，一手拎着油灯，一手拿了根沉重的烧火棒。黑衣人早走了，什么都没留下。诺特却还在那里，坐在靠门的一张桌子旁，仿佛他从来没离开过那里。他身上有股鬼草味，但不像她记忆中的那样强烈。

他抬头看着她，试探地一笑。“你好，爱丽。”

“嗨，诺特。”她放下烧火棒，开始点燃屋里其他的油灯，但始终都面对着他。

“上帝的手碰过我了。”过了一会儿，他说，“我再也不会死了。这是他向我保证的。”

“诺特，你多幸运。”她的手颤抖着，点火用的纸捻掉在地上，又被她拣起来。

“我再也不想嚼这些草了。”他说，“我不像以前那么喜欢它了。一个被上帝碰过的人，再嚼这些草不合适。”

“那你为什么不停下来？”

她的怒气惊醒了她，她像对常人那样看着诺特，不再当他是地狱里发生的奇迹。她眼中的诺特看上去有点悲伤，嚼鬼草让他显得麻木，但他看上去十分惭愧自责。她不再觉得害怕他。

“我会全身抖动。”他说，“然后我就想嚼。我停不了。爱丽，你一直对我很好…”他开始抽泣，“我连尿湿自己都没法控制。我怎么啦？我怎么啦？”

她走到桌子边，犹豫地站在那儿，不知所措。

“他应该让我不再想嚼鬼草。”他啜泣着，“他既然能让我活过来，就应该能让我戒了。我不是在抱怨……我不想抱怨……”他向四周张望一番，像见鬼似的，小声说：“如果我抱怨，那他会将我劈死的。”

“也许这只是个玩笑。他看上去很有幽默感。”

诺特把挂在衣服底下的小袋拿出来，掏出一把草。她不假思索地一巴掌就把草打掉了，但很快把手缩回来，被自己给吓坏了。

“我停不下来，爱丽，我做不到。”他艰难地俯身去拿小袋。她本可以阻止他，但她没有。她转身去点灯，觉得很累，尽管夜幕才刚降临。那晚没有一个人到酒吧来，除了老荻讷利——他下午没来酒吧，错过了一切。但当他看到诺特时并不特别吃惊。也许有人把这里发生的事都告诉了他。他点了啤酒，问了席伯的去处，然后对她一阵乱摸。

晚些时候，诺特走到她身边，递给她一张折着的纸。她看到诺特的手在抖，这只手一看就不像能活着的人的手。“他把这个留给你。”他说，“我差点就忘了。如果我真忘了交给你，他肯定会回来，杀了我。肯定会。”

在这里纸是很贵重的商品，人们都视之为宝，但她却不喜欢手里这张纸。感觉很重，很龌龊。写在上面的就两个字：

爱丽

“他怎么知道我的名字？”她问诺特，诺特只摇摇头。

她打开纸，读起来：

你想了解死亡。我留给他一个字。这个字是**十九**。如果你对他讲这个字，他的记忆大门会打开。他会告诉你前方是什么。他会告诉你他看到了什么。

这个字是**十九**。

我知道这会让你发疯。

但迟早你会问的。

你会控制不了自己。

祝你快乐！☺

沃特·奥·迪姆

又：这个字是**十九**。

你会试图忘了它，但迟早这个字会从你嘴里吐出来，就像呕吐一样控制不了。

十九

哦，上帝，她知道自己会忍不住的。这个字已经在她嘴唇上滚动了。十九，她会说——诺特，听着：十九。那时死神的秘密和前方的世界就会展现在她面前。

迟早你会问的。

第二天一切都像往常一样，只是没有孩子跟在诺特身后。又过了一天，孩子们的嘘声也恢复了。生活又平稳地继续下去。被风暴连根拔起的玉米被孩子们拾到一起，诺特复活七天后，他们在街中央烧了这些玉米。火光有一瞬特别明亮，酒吧中的多数常客都站到门外看。面对火光，他们都显得非常质朴。他们的脸好似在火焰和冰屑般明亮的天空之间浮动。爱丽看着他们，对这个世界上悲哀的时刻感到绝望，她的心有股阵痛。她感觉到有些东西已经消失。事物都离散开来。世界的中心再也没有以往的那种黏着力。某个地方，有样东西摇摇欲坠，若它倒塌了，所有的一切也就会不复存在。她从没见过大海，永远也见不到了。

“如果我有胆，”她自言自语，“如果我有胆，胆，胆……”

诺特听到她的声音，抬起头，从地狱里对她微笑。但是她没有胆。她只有一个酒吧和一条伤疤。还有一个字。在她紧闭的双唇后面，这个字翻滚着。假设她现在就把他叫过来，尽管他很臭，还是让他走近；假设她对着那算做耳朵的涂蜡似的脏东西吐出那个字，会发生什么？他的眼睛会变。它们会变成他的眼睛——穿着黑袍的男人的眼睛。然后，诺特会对她说他在死神的王国里看到的，在土地和蛆虫之外的世界里看到的一切。

我永远也不会对他说出那个字。

但是黑衣人给了诺特生命，又给了她这个字——这个字就像上了膛的手枪，有一天她会用来对准自己的太阳穴。黑衣人最清楚会发生什么。

十九会开启这个秘密。

十九*就是*秘密。

她回过神，发现自己在吧台上用水迹写这个字——十九——当她看到诺特注视着自己时，慌忙把字给抹了。

玉米很快就烧完了，她的顾客也都陆续回来。她开始用星牌威士忌麻醉自己，到午夜时，她已醉得不省人事。

8

她停了下来。枪侠没有马上作出反应，起先她还以为这个故事让他睡着了。她觉得有些困，这时他说：“就这些？”

“是的。这就是发生的一切。时间很晚了。”

“对。”他又卷起根烟。

“别让你的烟灰掉在我床上。”她对他说，语气要比她想用的尖锐。

“不会。”

又一段沉默。他的烟头暗了又变亮。

“你早上离开这里。”她干巴巴地说。

“我应该离开。我想他在这里为我设下了陷阱。就像他也给了你陷阱一样。”

“你真认为这个数字会——”

“如果你还神志正常，你永远也不会对诺特说出那个字。”枪侠说，“把它从你脑子里赶出去。如果可以，教你自己接着十八的数字是二十。三十八的一半是十七。叫他自己沃特·奥·迪姆的这个人什么都做得出来，但是他不会撒谎。”

“可是——”

“如果你有冲动要讲，强烈的冲动，那就到这儿来，躲在被子底下，一遍遍地讲——如果你需要的话，就把它喊出来——直到你的冲动消失。”

“总有一天这冲动永不会再消失。”

枪侠对此没有说什么，因为他知道她是对的。这个陷阱完美得可怕。如果有人告诉你，若你有念头想见到自己的母亲赤身裸体，你会下地狱（当枪侠年幼时，就有人这样对他说过），那么你终究会产生这念头。为什么？因为你不想想象自己母亲裸露的样子；因为你不想下地狱。因为，如果给意识一把刀和一只握刀的手，最终意识会吃了自己。不是因为它想这样做；而是因为它不想这样做。

迟早，爱丽会把诺特叫过来，跟他说那个字。

“你别走。”她说。

“再说。”

他转过身，背对着她，但她感到有些欣慰。他会留下来，至少一小会儿。她睡着了。

就快睡着的一刹那，她想起了诺特跟枪侠讲话的方式，那奇怪的语言。那是她看到她古怪的新情人流露出感情的惟一时刻。他甚至连做爱时都是沉默的，只有在最后一刻呼吸才变得急促，然后停止一两秒钟。他就像从童话或神话中走出来的人，一个摄人心魄但又无比危险的造物。他会许人心愿吗？她猜答案是肯定的，那她会提出她的愿望。他就会住上几天。对于一个脸上长疤的可怜女人来说，这个愿望已经够奢侈了。明天还有时间再想一个愿望，或者第三个。她睡熟了。

9

早上她为他烧了些粗燕麦，他一言不发地吃着。他往嘴里送着食物，不想她，甚至都不看她一眼。他知道自己应该离开这里。他坐在这里的每一分钟，黑衣人就拉开些距离——说不定现在他已经走出了这片硬质地，走过了旱谷，进入了沙漠。他的路线肯定是朝着东南方，枪侠清楚其中的原因。

“你有地图吗？”他抬起头问。

“这个村子的？”她笑了，“这个村子还不够画张地图呢。”

“不是。这里东南方向的地图。”

她的笑容僵住了。“沙漠。那儿只有沙漠。我以为你会住些日子。”

“沙漠那边是什么？”

“我怎么会知道？没有人穿过沙漠。自从我出生以来，这里就没有人尝试过。”她在围裙上擦擦手，拿起锅钳，把她烧的那桶水倒进水槽，水溅起来，升起一片雾气。“所有的云都朝那里走。仿佛那里有东西把它们吸过去——”

他站起来。

“你到哪去？”她听到自己声音里尖锐的恐惧，恨自己这个样子。

“去马房。如果有人知道，那马夫肯定是第一个。”他握住她的肩。这双手很硬，但也很温暖。“我还要去看看我的骡子。如果我待在这里，它可要被照料周到。这样我才能上路。”

但还不会马上上路。她抬头望着他的眼睛：“但你要当心荻讷利，如果是他不知道的事，他就会编造点来唬你。”

“谢谢，爱丽。”

他离开后，她转身看着水槽，感觉到自己滚烫的感激的泪珠。有多少年她没听到人家向她道谢了？尤其是她在乎的人。

10

荻讷利满口的牙都掉光了，他是个让人作呕的老色情狂：他已经埋葬了两任妻子，而且还和女儿乱伦。两个尚处发育期的女孩从谷仓的阴影里偷看着枪侠。一个娃娃坐在土里开心地吐口水。一个成熟的金发女郎，在用房子一旁吱嘎作响的水泵汲水，她看上去神态淫荡，衣服满是尘土；她好奇地看着枪侠走过。看到枪侠在看她，她用指头捏了捏自己的乳尖，朝他抛了个媚眼，然后继续汲水。

马夫在马房和街道中间等着枪侠。他的态度摇摆于充满憎恨的敌意和怯懦的奉承讨好之间。

"它被照顾得好好的，不用怕。"他说，枪侠还没来得及答复，荻讷利已经转向他的女儿，他举着拳头，像只皮包骨头但狂妄的公鸡。"你进去，苏比！你快给我滚进去！"

苏比脸色阴沉地拽着水桶走向搭在谷仓外的棚子。

"你是说我的骡子。"枪侠说。

"是的，先生。好久没看到过骡子了，尤其是像你这头没变异的——两只眼睛，四条腿……"他的脸突然受惊似的挤到一块，这种表情可能是表示无比的疼痛，也可能在暗示他刚刚说了个笑话。枪侠判断应该是后者，尽管他自己几乎没有幽默感。

"以前，人们需要牲口，它们疯狂增长。"荻讷利继续说，"但是世界变了。现在只看得到几头变异的公牛和拉客车的马，和——苏比，我要掴你，天！"

"我不咬人。"枪侠打趣地说。

荻讷利笑了，一副阿谀的嘴脸，但枪侠清楚地从他眼里看到了杀气，尽管他并不畏惧，他还是认为这个人值得在他的书里占上一页，因为他可能给枪侠有价值的启示。"不是指你。上帝！不，不是指你。"他尴尬地笑笑，"她天生愚笨。她体内肯定有个鬼怪，让她那么狂野。"他的脸沉了下来，"世界末日要到了，先生。你知道，《圣经》上说的。若孩子不服从他们的父母，那灾难就会降临到大家头上。你只需听这里的女传道士讲就会明白的。"

枪侠点点头，然后指向东南方："那边是什么？"

荻讷利咧嘴笑了，露出光秃秃的牙龈和几颗黄牙："边界居民。野草。沙漠。还有什么？"他咯咯地笑了几声，两眼冷冷地打量着枪侠。

"沙漠有多大？"

"很大。"荻讷利试图装出严肃状，好像他在回答一个很严肃的问题。“大概有一千轮①。也可能是两千轮。我不知道，先生。在那里，只有鬼草，还可能有魔鬼。听说更远的一边有个会说话的圈，但说不准这是骗人的。另一个家伙就是朝那个方向走的。那个治好了生病的诺特的家伙。”

“生病？我听说他死了。”

荭讷利还咧着嘴笑：“好吧，好吧，可能。但我们都是成人了，不是吗？”

“但你相信魔鬼。”

荭讷利看起来像是被冒犯了：“那可大不一样。女传道士说……”

他开始胡言乱语，倒出一大箩筐的废话。枪侠摘下帽子，擦了擦前额。阳光直射着，十分灼热。荭讷利好像没有注意到。他有说不完的话，可没有一句是有意义的。在马房狭小的阴影里，女娃娃不断地把灰土朝脸上抹。

枪侠最后失去了耐心，在一句话当中打断了马夫：“你不知道过了沙漠是什么？”

荭讷利耸耸肩。“有些人大概知道。五十年前客车在沙漠里走过一段。我爸是这么说的。他总是说‘那里是山。’其他人说那里就是大海……绿色的海，里面都是怪物。也有人说那里是世界的尽头，什么都没有，只有光，会让人眼瞎掉的光，还有上帝的脸，他张着嘴，把到那里的人都吞下去。”

“胡说。”枪侠冷冷地说。

“当然都是胡说。”荭讷利故作高兴地叫起来。他又一次作出奉承的丑态，他对枪侠又恨又怕，但又急于想要讨好。

---

① 轮(wheel)，仍在蓟犁使用的古老的度量单位。8 000 轮的距离约莫为7 000英里。

“你要把我的骡子照顾好。”他扔给荻讷利又一枚金币，在半空中就被荻讷利接住了。枪侠想到狗跳起来在半空中接球的样子。

“当然。你要住几天？”

“我想是吧。这里会有水——”

“——如果上帝愿意的话！当然，当然会有水！”荻讷利笑了，一副不高兴的脸色，他的目光显示他愿意让枪侠立即就死，而且被他横踩在脚下。“那个爱丽，在她乐意的时候，她对人可好呢，是不是？”马夫把左拳握成个圈，然后用右手指快速地来回在圈中抽拉。

“你说什么？”枪侠漠然地问。

突然荻讷利的眼睛蒙上了一层恐惧，就像天边一对月亮同时升起。他迅速把手放到背后，像个淘气的孩子偷吃果酱时被发现了。“没有，先生，一个字也没说。如果我说了什么的话，那我道歉。”他看到苏比靠在窗边，对她举起拳头：“我真要掴你了，你这个不知廉耻的荡妇！哦，上帝！我要——”

枪侠迈步走开了，他知道荻讷利转身看着自己，他也知道如果他突然转身，会看到马夫脸上不经伪饰的真表情。不过，干吗烦神呢？天太热了，而且他知道他会有什么表情：憎恨。对入侵者的憎恨。他有一个男人所能有的全部。关于沙漠他唯一确定的就是它的大小。而对这个村子，他能确定的是，它展现出来的并不完全。他尚未了解全部。

11

他和爱丽正躺在床上时，席伯踢开门闯了进来，手上提了把刀。

他到特夻已经四天，而这四天一眨眼就过去了。他吃饭，睡觉，和爱丽做爱。他发现她会拉小提琴，就经常让她拉给他听。黎明时分，她会坐在窗下——只有一个侧影——在乳白色的晨曦中拉一首曲子。如果她能多加练习，曲子大概不会被拉得支离破碎。他觉得自己对她的感情不断增强（但奇怪的是他始终并没有全心投入），因此怀疑这可能又是黑衣人为他设下的一个陷阱。他有时也出去走走，但他无心思考任何事。

他没有听到钢琴手上楼的声音——他的反应能力似乎完全丧失了。但此时此刻他也未觉得这有什么大不了，尽管若此事发生在过去，会让他受惊不小。

爱丽全身裸露，双乳赫然呈现在被单之外。他们正准备开始做爱。

“哦。”她乞求，“就像上次，我想要那样，我想——”

门被狠狠踢开，瘦小的钢琴手迈着夸张的步子进来，他的罗圈腿显得滑稽可笑。爱丽并没有失声尖叫，尽管席伯手上提着的是把八英寸长的切肉刀。他喉咙底发出种声音，好像在胡言乱语些什么，听上去，就像一个人淹没在一桶泥浆里时发出的声音。唾沫四溅。他双手举着刀砍下来，枪侠抓住他的手腕，将两只手拧在一起。刀飞了出去。席伯发出声尖叫，声音像打开一扇生锈的帘门一样尖锐刺耳。他的手晃动着，就像提线木偶。两个手腕都断了。风撞击着窗户。爱丽挂在墙上的镜子起了层雾气，映射在里面的房间看上去有些变形。

“她是我的！”席伯痛哭流涕，“她最早是我的！我的！”

爱丽看着他，下了床。她披上件衣服。枪侠突然对面前这个男人有些同情，席伯看到自己如今和最初的境地有天壤之别，肯定十分悲痛。他只是一个瘦小的男人。枪侠突然意识到他曾经在某地见到过席伯。他认识这个男人。

“这都是为了你。”席伯抽泣着，“爱丽，这都是为了你。最初就是你，这都是为你。我——哦，上帝，亲爱的上帝……”这些话语突然变成一阵歇斯底里的胡言乱语，最后只剩下眼泪。他把断了的双腕捧在腹前，上身前后摇晃着。

“嘘，嘘。让我看看。”她跪在席伯身旁，“手腕断了。席伯，你真糊涂。现在你靠什么养活自己？难道你不知道你从来就不强壮？”她扶他站起来。他试图用手捂住脸，但是它们不听使唤，他可怜地抽泣起来。“坐到桌子跟前，让我看看我能做些什么。”

她扶他到桌边上坐下，把他的手腕搁在几块点火木上。他的抽泣慢慢减弱了，他变得十分顺从。

“眉脊泗。”枪侠说，瘦小的钢琴手眼睛瞪得滚圆，四周张望了一番。枪侠点点头，和善了许多，至少席伯不会在他眼皮底下再试图用刀戳他了。“*眉脊泗*。”他又重复了一遍。“在清海边。”

“怎么？”

“你曾经在那里，对不对？就像人们常说的那样，许多许多年前。”

“就算是又怎样？我不记得你。”

“不过你记得那个女孩，不是吗？那个叫苏珊的女孩，和那个收割节的夜晚？”他的声音变得有些尖锐，“你没有去看为她搭起来的篝火吗？”

瘦小男人的双唇颤抖着，布满了痰液。他的眼神告诉枪侠他知道真相：比起刚才提着刀闯进来时，他现在更接近死神。

“滚出去。”枪侠冷冷地说。

席伯眼里突然出现了顿悟的光芒，他说：“但你那时还只是个*孩*子！那三个*男孩*中的一个！你过来数牲口，艾尔德雷德·乔纳斯——灵柩猎手——也在那儿，还有——”

“趁你还有口气，快滚出去！”枪侠说，席伯抱着双腕跑出去。

她回到床上，问：“怎么回事？”

“不要管。”他说。

“好吧——那，我们刚才到哪了？”

“哪儿也没有。”他翻了个身，离她远远的。

她耐心地说：“你知道席伯和我的事。他做了他能做的，当然不多。而我拿了我应得的，因为我不得不那么做。我们之间两清了。不然还能有什么？”她把手搁在他肩上。“不过我很高兴看到你那么强壮。”

“现在不行。”他说。

“她是谁？”过了会儿，她回答了自己的问题：“一个你爱着的女人。”

“不要再讲了，爱丽。”

“我能让你变得强壮——”

“不。”他说，“你做不到。”

12

第二天晚上，因为人们过安息日的缘故，酒吧停止营业。枪侠去了墓园旁破旧歪斜的小教堂；爱丽留在酒吧，用刺鼻的消毒剂擦洗桌子，用肥皂水清洗煤油灯的玻璃罩。

夜幕降临了，暮霭呈现奇怪的紫色；教堂里面灯火通明，从路边看就像是烧得火红的熔炉。

“我不去。”爱丽早些时候对枪侠说，“那个传教的女人讲的东西都是毒药。让那些体面人去吧。”

他站在门厅里，躲在阴影里朝里面看。长凳都被搬走了，人们有序地站着(他看到荻讷利和他的女儿们;村子里唯一一家干货店的老板喀斯特纳和他的那位臀部特别肥壮的妻子;几个酒吧的常客;几个他从来没见过的“女士”;令人吃惊的是,席伯也在人群中)。他们正不成调地哼唱着,没有伴奏。他好奇地看着布道坛上如同山一般的女传道士。爱丽告诉过他:“她一人独住,几乎从来不见其他人。只有在星期天才出来主持这折磨人的仪式。她叫希尔薇娅·匹茨顿,是个疯女人。但她让村子里的人都着了魔咒,人人都喜欢听她说话。这种疯事就适合村里那些人。”

任何话语都不足以描述眼前这个女人。她巨大的双乳就像浩大的土木工程。她那像梁柱一样的脖子上面顶了个如面团捏出来的满月似的圆脸;一双巨大的眼睛如此深邃,就像望不到底的湖泊。她有一头美丽的棕色长发,但被杂乱地盘成一团,夹在头顶,她用的发针大得可以当做烤肉用的铁钎。她穿的裙子看起来像是用粗麻布缝制成的。她捧着赞美诗集的臂膀长满厚厚的赘肉。她的乳色皮肤没有一个斑点,非常诱人。他估计她至少有三百磅重。他体内突然有种想拥有她的充血般的欲望,让他有些发抖。他转过头,向其他方向看去。

让我们都聚到河边,
那条美丽的,美丽的,
河流,
让我们都聚到河边,
流过上帝的王国的河边。

当最后一首合唱的音符消失在空气中时,有一阵沉默,只听到衣服的婆娑声和几声咳嗽。

她等待着。当人们都安静下来后，她伸出手放在大家头顶，好像进行赐福那样。这是个很让人激动的姿势。

“我亲爱的兄弟姐妹们。”

这句话久久回荡着。一下子，千百种复杂的感情一下子涌到枪侠心头，有怀旧，有恐惧，交杂形成了一种怪异的记忆错觉。他突然觉得：我梦到过这一情景。好像我曾到过这里。如果是的话，什么时候？不是在眉脊泗。不，不是在那儿。他使劲把这个念头挤出去。这群人——大概共有二十五个——变得死寂般安静。每只眼睛都盯着女传道士。

“今晚我们反思的主题是**入侵者**。”她的声音甜美悦耳，是训练有素的女低音。

听众中发出一阵不安的沙沙声。

“我感到，”希尔薇娅·匹茨顿若有所思地说，“我熟悉《圣经》里的每个人。过去五年中，我翻烂了三本《圣经》，而在那之前读烂了无数本——尽管在这个罪恶的世界任何一本书都是珍贵的。我爱那些故事，也爱故事里的人物。我和但以理手携手在狮子坑里走过①。当大卫看着正在沐浴的拔示巴而受她诱惑时②，我就站在他身边。我曾与沙得拉、米煞和亚伯尼歌一同待在火热的熔炉里③。我在参孙扔出颚骨时和他一起杀敌两千④，在去大马士革的路上和圣保罗一起瞎了眼⑤。我在各各他刑场和马利亚一同哭泣⑥。”

听众发出一阵轻微的唏嘘声。

---

① 参见《圣经·旧约·但以理书》6:16。
② 参见《圣经·旧约·撒母耳记下》11:2。
③ 参见《圣经·旧约·但以理书》3:19—30。
④ 参见《圣经·旧约·士师记》13—16。
⑤ 参见《圣经·旧约·使徒行传》9。
⑥ 参见《圣经·新约·马太福音》27。

“我知道并且热爱这些人。只有一个”——她伸出一根指头——“在这些伟大的故事中只有一个人,我并不了解。

“只有一个人,他站在门外,藏在阴影中。

“只有一个人,他让我全身颤抖,灵魂畏怯。

“我畏惧这个人。

“我不了解他的想法,而且我害怕他。

“我害怕**入侵者**。”

人群中又一阵叹息。一位女听众用手捂住了嘴,仿佛害怕发出声音似的,她的身体不停地摇动着。

“来到夏娃面前的入侵者是条蛇,它微笑着,在尘土里蠕动着。当摩西在山上时,入侵者来到以色列的子民当中,在他们耳边散布谣言,让他们煅铸了金的偶像,金的牛,以恶劣肮脏的形式来崇拜他。”

一阵点头,哀叹。

“入侵者!”

“他和耶洗别站在阳台上,眼睁睁看着亚哈王①挣扎着死去,而当一群狗贪婪地把亚哈王的鲜血舐净时,他和她竟开怀大笑。哦,我的兄弟姐妹们,当心你们身边的**入侵者**!”

“是的。哦,耶稣——”说话的人是枪侠来特岙时见到的第一个人,戴着草帽的那位。

“他一直在那里,我的兄弟姐妹们。但我不了解他在想什么。你们也不了解。谁能懂得盘旋在他脑袋里的肮脏的黑暗,他的骄傲,对神灵的亵渎,和猥亵的喜悦?谁能懂得他的疯狂?他那在男人的最肮脏的欲望中走过,爬着,扭动着的疯狂?”

---

① 耶洗别和亚哈王的故事可参见《圣经·旧约·列王记上》16:28—22:40。

"哦,耶稣,救世主——"

"就是他,把我们的上帝带到了山顶——"

"是他——"

"就是他引诱了上帝,给他看了整个世界,和全世界的欢愉——"

"是他——"

"当世界末日到来时,他会回来……而末日就快到了,我的兄弟姐妹们,难道你们没有感觉到?"

"是的——"

摇摆着,抽泣着,人群变成了海洋;女传道士似乎指着所有人,又好像没有指着任何人。

"就是他,这个反基督的恶徒,这个有着鲜红眼睛的血腥王国的统治者。他会将人们带进烈火般的地狱,带到邪恶的血色末日,那里,沃姆沃德星在空中冒着怒火,苦痛啃噬着孩童的命根,女人的子宫中孕育出怪物,男人的手工都变成了鲜血——"

"啊——"

"啊,上帝——"

"上——"

一个女人倒在地上,她的双腿反复击打着木地板。一只鞋子飞了出去。

"就是他,享受着各种满足肉欲的欢愉……是他造了那些印着拉·迈尔克商标的机器,是他!入侵者!"

拉·迈尔克,枪侠想,也许,她指的是利马克①。这个名字他总觉得似曾相识,但又不确定到底是什么。不管怎样,他先把这个词存放到他的记忆中,说不定哪天会想起来。他的记忆容

① 原文为LeMark,机器的品牌名称。

量是惊人的。

“哦,上帝!”他们一起尖叫。

一个男人跪到地上,抱着头,粗声大叫。

“当你要喝杯酒时,谁端着杯子?”

“入侵者!”

“当你坐到‘法若’[1]或‘看我的’的赌桌旁,谁帮你发牌?”

“入侵者!”

“当你在另一个人的肉体中放荡,当你孤独时用你自己的手玷污自己,你把灵魂卖给了谁?”

“入——”

“侵——”

“哦,耶稣……哦——”

“——者——”

“哦……噢……哦……”

“那他是谁?”她高声叫嚷。但是她的内心是平静的。他可以察觉到那种平静,那种掌控、操纵和统治。他突然想到——十分确定但又充满恐惧——那个管自己叫沃特的人在她身上施了魔咒,让她恶魔附身。他又一次惊恐地感到那种火热的欲望在体内冲击,觉得这和黑衣人给爱丽留下的那个字一样是个陷阱。

那个抱着头的男人向前冲去,撞在地上。

“我在地狱里!”他朝着她嘶叫。他的脸绞拧到一块,好像皮肤下面有无数条蛇在扭动。“我和人私通!我赌博!我吸毒!我有许多罪恶!我——”他的声音提高了,变成了可怕的歇斯底里的嚎叫,淹没了他的话语。他抱着头,就像是抱着一个过熟的

---

① 法若,原文为“Faro” or “Pharo”,是一种老式的牌戏。十八世纪时发明于欧洲,十九世纪初传入美国。曾经一度是非常流行的赌博游戏。

甜瓜，在任何时候都会爆裂似的。

其他听众都静了下来，仿佛同时得到了一个暗示，他们都在狂热的姿态中定住了。

希尔薇娅·匹茨顿弯下腰，抓住他的头。当她的手指，强有力的、洁白无瑕的手指轻缓地梳理着他的头发时，他的哭声慢慢停止了。他抬起头，麻木地看着她。

“谁同你一起犯下了罪恶?”她问。她的眼睛直视着他，深邃、柔和而又冰冷，足以看到他的内心深处。

“入，入侵者。”

“他叫什么?”

“叫魔鬼撒旦。”他低声地吐出这个字眼。

“你愿意悔改吗?”

他热切地回应:“当然！当然！哦，我的耶稣救世主!”

她摇晃着他的头；他瞪着她，眼里是茫然但狂热的闪光。“如果他走进这扇门”——她用手指点着门厅枪侠站着的阴影处——“你会当他面跟他决裂吗?”

“以我母亲的名义!”

“你相信耶稣永恒的爱吗?”

他又开始抽泣。“你混——啊，我相信——”

“他宽恕你，琼森。”

“赞美上帝!”琼森说，仍然哽咽着。

“我知道他宽恕了你，正像我知道他会将那些不思悔改的罪人从他的宫殿里赶出去，赶到世界尽头黑暗的炼狱中去。”

“赞美上帝。”人群一起说，声音精疲力竭但十分庄严。

“我知道，这个入侵者，这个撒旦，这个苍蝇和蟒蛇的国王，会被赶出去，被挤碎……琼森，如果你看到他，你会把他挤碎吗?”

“会。赞美上帝!”琼森抽泣着说,“用两只脚把他踩碎。”

“兄弟姐妹们,若你们看到他,会把他挤碎吗?”

“会……”大家齐声说。

“如果明天你们看到他在街上大摇大摆地走过?”

“赞美上帝……”

枪侠小心地走出教堂,朝村子走去。他清楚地闻到空气中沙漠的气味。差不多是时候向前走了。

差不多是时候了。

13

又躺到床上。

“她不会见你的。”爱丽说,她听上去吓呆了。“她从不见任何人。她只在星期天晚上出来吓人。”

“她在这里多久了?”

“十二年。也许两年。你知道,时间这东西很怪。我们别谈她了。”

“她从哪里来?哪个方向?”

“我不知道。”她撒了个谎。

“爱丽?”

“我不知道!”

“爱丽?”

“好吧!好吧!她从沙漠边界居民那里来!从沙漠来!”

“我猜到了。”他稍稍放松了些。换句话说,从东南方来;正是他要前行的方向。那条他有时都能在天空中看到的路。他猜,女传道士要来自比边界居民远得多的地方,甚至比沙漠还远的地方。她怎么走了那么多路？靠一些仍然能动的老式机器？可能是火车？“她住在哪？”

她的声音变了：“如果我告诉你，你会跟我做爱吗？”

“不管你说不说，我都会和你做爱。但是我想知道。”

爱丽叹了口气，发出衰老的泛黄的声音，就像翻着一本老书那样。“她的房子在教堂后面的土丘上。一个小棚子。那里，是过去真正的牧师住过的地方，后来他搬走了。够了吗？你满意了？”

“不，还没有。”他挪过去，压到她的身上。

14

他感觉到，这是他在特岙的最后一天。

天边露出一缕曙光，颜色难看得就像积着淤血的紫红肿块。爱丽像个幽灵似的在屋里走动，她点上灯，把玉米饼放在平底锅里煎，发出劈里啪啦的声音。昨晚，当她告诉他需要了解的一切后，他发疯似的和她做爱。她感到这是分手的预兆，因此尽力地给予自己的全部，像个十六岁不知疲倦的姑娘，绝望地反抗着黎明的到来。但是早上起身后，她看上去如此苍白憔悴，仿佛又快到绝经期了。

她一言不发地给他端来食物。他吃得很快，有节奏地咀嚼下咽，每咽一口就喝口热咖啡把食物带下去。爱丽走到酒吧门口，呆呆地看着天边，看着那些沉默的、慢慢移动的大堆云朵。

“我感觉今天会有不小的风沙。”

“我并不感到意外。”

“难道你对什么事感到过意外吗？”她讥讽道，转过身看着他拿起帽子。他把帽子放在头上，轻轻一拍，走过她身边时微微擦到她。

“有时候。”他说。此后他只再见过一次活着的爱丽。

15

当他赶到希尔薇娅·匹茨顿住的棚子时，风死寂般地停住了，仿佛整个世界都在等待。他在沙漠地带住的时间已经够长，凭他的经验，他知道这种无风安静的时间越长，风暴就会来得越猛烈。亮色的天穹古怪地罩在万物之上。

棚子的门仿佛劳累得站不直了，门框上钉着个木制的大十字架。他敲敲门，等着。但是没有响声。他又敲了一阵。没有回应。他往后退了几步，套着靴子的右脚狠狠地把门踹开。门里面的一个插销迸开来，门撞在铺着木板的墙上，发出的响声吓得老鼠们尖叫着四下逃窜。希尔薇娅·匹茨顿坐在厅里的一张铁木做成的巨大摇椅上，她那双深色的眼睛平静地看着他。汽灯的影子落在她的面颊上，形成一种说不清的颜色。她围着个大披肩。摇椅发出轻微的吱嘎声。

他们对视着，时间仿佛停止了。

“你永远也赶不上他。”她说，“你走的是条邪路。”

“他到过你这里。”枪侠说。

“还上了我的床。他跟我用他的语言说话。高等语。他——”

“他奸污了你。身体，思想，在任何一种意义上。”

她没有变色。“你走的是条邪路，枪侠。你站在阴影里。昨天晚上你就站在圣地的阴影里。你以为我没有看到？”

“为什么他要治好诺特?”

“他是上帝的天使。这是他说的。”

“我希望他说这话时自己也笑了。”

她龇了龇牙,也许自己都不知道这看上去狂野可怕。“他告诉我你会跟着他。他告诉我该做些什么。他还说你是个反基督。”

枪侠摇摇头,说:“他没有那样说。”

她慵懒地朝他一笑。“他说你会想和我睡觉。是不是真的?”

“你遇到过不想和你上床的男人吗?”

“我肉体的价钱就是你的命,枪侠。他让我有了孩子。不是他的,而是一位伟大的帝王的骨肉。如果你侵犯我的话……”她让自己慵懒的笑容完成了未说完的话。同时,她动了动那厚实如山的大腿。它们伸直在裙子下,就像无瑕的大理石柱子。这一动让枪侠感到头晕目眩。

枪侠摸到自己的手枪把。“你身体里的是恶魔,女人,可不是帝王。不过别怕。我可以帮你拿掉它。”

这句话瞬间就产生了效果。她往后一缩,脸上浮现出狡猾的神色。“不要碰我!不要靠近我!你胆敢动上帝的新娘!”

“你要打赌吗?”枪侠问。他朝她逼近。“就像赌棍那样,当他放下圣杯和魔杖时说,看我的。”

她那巨大躯体上的肉开始抖动。她的脸看上去就像幅恐怖的漫画,她手指交叉成天眼的形状,把假想的天眼朝他掷去。

“沙漠,”枪侠问,“过了沙漠是什么?”

“你永远也不会赶上他!永远不会!不会!你会被烧死。他告诉我的!”

“我会追上他,”枪侠说,“我们俩心里都明白。沙漠那边是什么?”

“不会!”

“回答我!”

“不!”

他朝前滑了一步,跪在地上,抓住她的大腿。但她的两条腿如同老虎钳般夹得紧紧的。她发出奇怪的、充满迫切欲望的声音。

“恶魔。”他说,“出来吧。”

“不——”

他用力扳开她的腿,拔出他的一支枪。

“不! 不! 不!”她的呼吸变成了急促而狂野的粗喘。

“回答我。”

她在椅子里摇晃,地面都开始震动。她的嘴里不断念着祷词和含混不清的《圣经》经文。

他把枪管朝前一塞。他可以感到她猛吸进了一口气。她的双手砸着他的头;两条腿像捶鼓那样狠敲着地面。同时,她巨大的躯体试图要把入侵者整个吸进去。屋外没人注意到他们,除了青紫色的灰蒙蒙的天。

她尖叫了一声,声调极高,枪侠听不清她说的话。

“什么?”

“山脉!”

“山脉又怎样?”

“他停下来……在山的另一边……亲爱的耶稣啊! ……来恢复他的力量。沉——沉思。你懂吗? 哦,……我……我”

这大山似的躯体突然向前向上拉紧,不过他很谨慎,不让她的肉体碰到他。

她的身体好像突然萎缩变小了,她抽泣着,双手摊在膝上。

"好吧。"他站起来，说，"恶魔已经被解决了，不是吗？"

"滚出去。你杀了血王的孩子。但是你会付出代价的。我放下我的手表，以它担保。现在，给我滚出去。滚出去。"

他在门口停下来，回过头。"没有什么孩子，"他简短地说，"没有天使、王子，也没有恶魔。"

"让我一个人待着。"

他满足了她这个愿望。

16

当他到荻讷利那儿时，北方的天边出现一层不祥的黑雾，他知道尘暴逼近了。特吞还是被一片死寂笼罩着。

荻讷利的谷仓地上铺满了细秣，他在那儿等着枪侠。"上路了？"他朝枪侠谄媚地咧嘴一笑。

"是的。"

"不会在风暴来之前吧？"

"赶在它前头。"

"这风可比骑着骡子的任何人来得快。在空地上，它可会要你的命呢。"

"我现在就要我的骡子。"枪侠说得很清楚。

"当然。"但是荻讷利并没转身，只是站在那里，好像在找话题好继续说下去。他还是咧嘴笑着，一副奴颜媚骨，但微笑中充满着憎恨，他的眼睛眨了几下，目光落在枪侠的背后。

枪侠朝旁边跨了一步，同时一转身，苏比手里抡着的烧火棒重重地击来，在半空中嗖地划过，只擦到他的手肘。她甩的力量太猛，烧火棒从她手里飞脱出去，砸在地上。连高高的鸟棚都受到了震动，一群家燕忙不迭地飞出去。

女孩迟钝地看着他。她的双乳高挺着，似乎要挣脱出洗得褪了色的衬衣。一个大拇指被衔在嘴里，她像梦幻般缓慢地吮吸着。

枪侠转向荻讷利。他还保持着讨好的笑容。他皮肤蜡黄，眼睛不停地转着。“我……”他开始低声讲话，但似乎喉咙里都是痰液，无法继续讲下去。

“骡子。”枪侠温和地提醒他。

“当然，当然，当然。”荻讷利低声说，他的笑容表明他对自己还活着感到难以置信。他拖着脚步去牵骡子。

枪侠走了几步，站到看得见荻讷利的位置。马夫牵着骡子过来，把缰绳递给枪侠。“你进去，看好你的妹妹。”他对苏比说。

苏比不耐烦地把头一仰，站在那儿没动。

枪侠离开他们朝外走去。他们俩仍然互相瞪着，站在积满灰、堆满细秣的谷仓里。他还是带着那个让人觉得恶心的微笑，而她还是那愚钝呆板，一脸不屑的神情。屋外，烈日就像榔头一样将热气砸下来。

17

他牵着骡子走在大街中央，靴子踢起阵阵尘土。他的水袋灌满了水，显得十分肿胀，牢牢地拴在骡子的背上。

他在酒吧门口停下来，但爱丽不在那儿。整座房子空无一人，窗户都已经用木板钉起来以防风暴。但是昨夜的垃圾还未被清扫干净。这地方充满了啤酒发酸的臭味。

他用背包装满了玉米片，晒干后烘熟的玉米，还从冰箱里拿了剩下的半个生汉堡。他把四个金币叠在一起留在柜台上。爱丽没有从楼上下来。席伯的钢琴默默地跟他道别，发黄的琴键突然让他想到了席伯满嘴的黄牙。他走出门外，把背包紧紧地绑在骡子背上。他的喉咙突然哽住了，让他那一刻有透不过气来的感觉。他也许还能避开黑衣人设下的陷阱，但是可能性微乎其微。他，毕竟，是这儿的**入侵者**。

他经过那些都钉上窗板的房子，感觉到一双双眼睛都从裂缝里盯着他，等待着他。黑衣人在特岙扮演了上帝的角色。他允诺给他们一个帝王的孩子，一个红色的王子。这体现了一种喜剧感，还是他的绝望？在某种意义上这是个重要的问题。

突然从他身后传来一声尖锐愤怒的叫喊，所有的门都猛地打开。人影朝他冲来。陷阱就在眼前。身着肮脏的粗布衣服的男人；穿着宽松长裤，或是褪色裙子的女人；甚至是孩子，也紧紧跟着他们的父母，跌跌撞撞地跑来。每个人的手里都拿着一根粗木棍，或是一把刀。

他在一瞬间作出了反应，完全是不假思索的，仿佛天生就有这样的反应。他撒腿就跑，两只手迅速地从枪套里拔出手枪。枪托捏在手里显得很沉，给他心定的感觉。爱丽，当然也只能是爱丽，朝他走来。她的脸都变形了，额上的疤痕在变暗的天色里显出可怕的紫色。他看清爱丽是被当做人质了；席伯那张狰狞的脸在她的肩头晃动，活脱脱像个被女巫使唤的妖精。她被当做了他的挡箭牌和牺牲品。他看得十分真切，一切都没有影子，显得很清晰。这一刻似乎所有事物都冻结住了，周围一片寂静，他听到她说：

“杀了我，罗兰，杀了我！我说出了那个字，十九，我说了，他告诉我了……我受不了了——”

她想要的，那双训练有素的手很容易便能给她。他是他那族的最后一位幸存者，不光是他的嘴会说高等语。枪发出轰响，就像不成调的音乐。她的嘴抖动了一下，身子瘫了下去。又是两声枪响。她最后的表情看上去像是感激，或是满足。席伯的头向后一甩。他们俩一起倒在尘土中。

他们去了“十九”的土地，他想，不管那儿有什么。

木棍从空中飞来，像雨点般砸落。他踉跄了一下，尽力挡开那些武器。一条木板上斜插着一枚钉子，猛地滑过他的手臂，扯起一块皮。一个胡子拉碴的粗壮汉子，衣服腋下满是发黄的汗渍，他笨拙地抓着一把厨房的钝刀，朝他奔来。枪侠向他开了致命的一枪，他重重地倒在地上。他的下颚磕在地上，嘴咧了开来，假牙飞出去，落在土里。

“**撒旦！**”有人喊，“**这个魔鬼！把他拿下来！**”

“**入侵者！**”另一个声音高叫着。木棍如雨点般朝他飞来。一把刀击中他的靴子，弹了回去。“**入侵者！反基督的恶徒！**”

他朝人群中央猛扫一阵，朝着众人倒下形成的空当跑去。他的手轻而易举地选择着目标，射击的精准度令人不寒而栗。两个男人和一个女人倒了下去，他从他们留出的空间里穿过。

他跑在前头，众人追着，就像狂热的游行队伍，穿过大街，跑向一座摇摇欲坠的房子，是村子里正对着席伯酒吧的百货店和理发店。他跨上街沿，转身对着冲来的人群射击，用完了枪膛里的子弹。在人群身后，席伯、爱丽和其他人躺在飞扬的尘土中。

尽管枪侠开的每一枪都击中要害，尽管那些人可能从来没有见到过枪，但没有人犹豫或是退缩。

他朝后退，像个舞者那样扭动着身躯避开飞来的攻击物。他一边倒退，一边装着子弹，速度奇快，这明显是手指已经驾轻就熟的动作了。他的双手忙碌地在枪带和弹膛之间穿梭。众人也踏上了街沿，他走进店堂，把大门闩上。右边巨大的玻璃被打得粉碎，三个壮汉爬进来。他们显得那样狂热，但依然没有任何表情，他们的眼睛也充满了茫然的火焰。他击倒了这三个壮汉和跟在后面的两个人。他们倒在窗口，插在尖凸的玻璃上，堵住了这个临时的入口。

在众人的压迫下，大门开始剧烈地晃动，发出隆隆的声响。他听到她的声音：**“杀手！你们的灵魂！魔鬼露出了他的偶蹄！”**

铰链最终被挣断了，门直挺挺地倒下，发出一声巨响，震起厚厚的尘土。男人、女人和孩子都朝他冲来。唾沫和烧火棒一起横飞。他的枪膛又空了，人们就像九柱戏①里的木柱那样倒下。他退到理发店里，推起一个面粉桶，朝人们滚去；他看到一锅沸腾的水，里面还煮着两把折叠式剃刀，他抄起煮锅就向人们泼去。但是众人仍然迎头而上，口里尖叫着疯狂的词句，但听不清到底在讲些什么。希尔薇娅·匹茨顿夹在众人当中，鼓动着他们。她的声音机械地抑扬起伏。他把子弹推进滚烫的弹膛里，闻到理发店惯有的剃须理发的气味，也闻到他自己的气味，原来是手指尖上的老茧碰到弹膛烧焦了。

他推开后门，走到游廊上。沙漠现在就在他的身后，无情地拒绝着这个蜷缩在它边上的村落。三个汉子从屋子的另一角绕过来，脸上挂着叛徒的狞笑。他们看到他，也注意到他正看着他们，在他的枪像割草机割草般将他们扫倒的前一秒，他们的笑脸僵住了。一个女人跟在他们后头，嚎叫着。她块头很大，席伯酒吧的常客都管她叫米尔大妈。枪侠的子弹让她朝后倒下，两腿

---

① 九柱戏，起源于公元3—4世纪的德国，被认为是现代保龄球运动的前身，是当时欧洲贵族间颇为盛行的高雅游戏，不过也曾被作为教会的宗教仪式活动之一。在英国，人们喜欢在室外的草坪上玩九柱戏。传入美国后，在十九世纪末，美国人对九柱戏进行了改进，增加了一只瓶，形成了延续至今的十瓶制保龄球。

分开，裙子褪到大腿根，样子猥亵不堪。

他走下台阶，后退着进入沙漠：十步，二十步。理发店的后门被甩开，人们鱼贯而出。他隐约看到希尔薇娅·匹茨顿夹在人群中。他开火。人们成群倒下，有的向后仰倒，有的倒在游廊的扶手栏杆上，翻过去摔在沙土里。在这怪异的紫色日光中，人们没有影子。他突然意识到自己在喊叫。他从一开始就在喊叫。他的眼睛好像裂开的滚珠轴承，腹部收得很紧，腿就像木头，而耳朵就像烙铁。

枪膛又空了。人们热浪般朝他冲来，他仿佛就剩一只眼睛和一只手。他立在那里，叫喊着，同时飞速地装着子弹。他的意识仿佛已经远离了这里，神游于物外，只留下他的双手表演着装子弹的把戏。他要不要举手示意他们停下来，好告诉他们他花了一千年时间练习使枪和其他技能，让他们认识这两把枪和给枪带来好运的鲜血？不过，用不着他的嘴。他的双手就足以讲述这个故事。

当他装完子弹时，他们已经走进能够把木棍扔到他身上的范围，突然一根木棍飞来，打在他的前额上，血流出来。只需两秒钟，他们就能伸手抓住他了。他看到走在前头的是莰讷利；他的二女儿，大概十一二岁光景；苏比；两个酒吧的常客；还有那个叫艾美·费尔顿的妓女。他给这些人每人发了颗子弹，他们身后的几个人也没有例外。他们的身体就像稻草人那样砰地炸开，血肉四溅，脑浆迸发。

其余的人怔住了，也许是被面前的惨状震惊了，那一群人相同的茫然的脸开始颤抖，变成各人不同的惊呆的表情。一个男人开始绕圈跑，边跑还边尖叫。一个手上起了泡的女人仰面朝天大笑。他进村时见到的那个沉着脸坐在商铺门口台阶上的人突然尿湿了裤子。

趁人群停住脚步这当儿，他开始装子弹。

突然希尔薇娅·匹茨顿朝他冲来，每只手里都挥舞着一个木制十字架。她大叫着：**“恶魔！恶魔！恶魔！竟然连孩子都杀！魔鬼！毁了他，兄弟姐妹们！毁了这个杀孩子的入侵者！”**

他朝着十字架各开了一枪，把它们打成了碎片，又朝她的头部开了四枪。她的身体似乎朝内部折叠起来，像放出热气那样全身抖动着。

大家都愣愣地看着，仿佛她在舞台上表演一样，这时枪侠的手指灵巧地装着子弹。他的指尖碰到枪膛发出嗞嗞声。每个指尖都有烧焦的整齐印记。

剩下的人不多了；他就像镰刀割草一样扫倒了一片人。他原以为当女传道士倒下后，人群即会散开，但又有把刀朝他飞来。他没有防备，刀柄正击中他的眉间，枪侠后仰倒了下去。人们挤作一团，充满仇恨地朝他跑来。他的枪弹又用完了，他躺在空弹壳中间。他的头一阵晕眩，只看到眼前有大片暗红色。他击中了十一人，但空发了一枪。

但是现在剩下的那些人都挤到他身边了。他把刚装上的四粒子弹朝人群射了出去。但是他们对他拳打脚踢，用刀刺他。他把左胳膊边的两个人掀翻，朝那里滚过去。同时他的双手重复着那奇迹般的动作。有人在他的肩上刺了一刀。接着他的背上又挨了一刀。有人在他的肋骨间猛捶了一下，连他的臀部也被一把肉叉给刺了。一个小男孩朝他爬过来，在他的小腿肚上划了一刀，这是他所有伤口中最深的一道。枪侠举手便把他的头给打飞了。

人群又四散开去，他开始回击。剩下的几个开始朝表面坑坑洼洼的土黄色房子逃去，但是他的双手还不肯闲着，继续开枪，加子弹，他的手停不下来，就像过度兴奋的狗为你表演它们躺在地上翻滚的技巧，一次两次都不过瘾，非得整晚地表演。就是这双手把那些逃跑的人都击倒了。剩下的最后一人已经跑到了理发店后门口的台阶上，但是枪侠的子弹还是击中了他的后脑勺。“嗷！”那个人叫了一声，随后就倒下了。这是特叴发出的最后一个声音。

随即村子重新恢复了宁静。

枪侠大约有二十处伤口在流血，幸好除了小腿上的伤之外其他还都不算太严重。他从衬衣上扯了点布把小腿包扎起来，然后起身巡视自己的战果。

从理发店后门到他站着的地方，尸体堆出了一条蜿蜒的蛇形图案。他们以各种姿势躺着。没有一个是在假睡。

他沿着尸体铺出的道路往回走，一边点着人数。在百货店里，一个男人伸着手臂，姿态可掬地抱着已经摔碎的糖罐，是他被击中前抱着的，还没来得及扔出去。

他回到了这起事件开始的地点，大街的中央，只是现在这里空无一人。他杀了三十九个男人、十四个女人和五个孩子。这意味着他杀了特叴的所有人。

第一阵微风起来时，他闻到一股令人作呕的甜味。他顺着气味找去，抬头看，会心地点点头。诺特腐烂的尸体四肢伸开躺在酒吧的屋顶上，手脚都被木桩钉了起来。他的眼睛和嘴巴都张着。他的前额留着个硕大的紫色蹄印，也许是魔鬼现形时留下的。

枪侠走出村子。他的骡子已沿着客运车道走了四五十码，正站在一丛野草前。枪侠牵着它回到苂讷利的马厩。屋外，起风了，仿佛是宴会上奏响的乐曲。他让骡子暂时待在那里，自己走到酒吧。他在后院找到把梯子，爬上屋顶，把诺特放下来。他的尸体比一包木柴还轻。他把诺特和其他人堆放在一起，跟他不同的是，其他人只需死一次。他又走进酒吧，吃了几个汉堡，喝掉三瓶啤酒。这时天色变暗，风沙大起。那一晚，他躺在曾和爱丽同睡的床上。他没有做一个梦。第二天早上风已经停了，太阳还是像往常那样明亮。真是个健忘的太阳。尸体就像风滚草那样被风吹向了南边。上午，在包扎了所有伤口之后，他上路了。

18

他以为布朗早睡着了。火已经烧尽了，只剩下几点火花。那只鸟，佐坦，已经把头藏到了翼下。

正当他要站起来，在角落里铺开地铺时，布朗说："你看。你说了出来。你觉得好受些吗？"

枪侠吃了一惊，问道："为什么我觉得不好受？"

"你是人，你自己说的。不是恶魔。难道你撒了谎？"

"没撒谎。"尽管有些勉强，他还是不得不承认：他喜欢布朗。非常坦诚的。而且他没有对他说一句谎话。"你是谁，布朗？我是指，到底是谁？"

"我就是我。"他说，一点都没变色，"你认为你为什么身处在这样一个谜当中？"

枪侠点了支烟，没有做声。

"我觉得你离你的黑衣人很近了。"布朗说，"他很绝望吗？"

"不知道。"

"你呢？"

"现在还不至于。"枪侠说。他看着布朗，有点逆反的情绪。"我去我该去的地方，做我该做的事。"

“那就好。”布朗说，转身便睡着了。

19

第二天一早，布朗在他吃饱后送他上路。日光下，布朗让人看了忍不住吓一跳：他那晒得黝黑的胸膛能数得清骨头，锁骨就像铅笔一样，还有一头疯子般的红发。那只鸟蹲在他的肩上。

“骡子？”枪侠问。

“我会吃了它。”布朗说。

“好吧。”

布朗伸出手，枪侠和他握了握。他朝东南边歪了歪头：“路途顺利。祝天长，夜爽。”

“祝你收成增倍。”

他们互相点了点头，然后这个被爱丽叫做罗兰的人转身走了。他的身上挂满了东西：枪，水袋。他回头看了一次。布朗在他那块玉米地里费力地翻土。乌鸦停在棚子低矮的屋顶上，像只滴水兽。

20

火快烧完了，星空开始泛白。风不安地走着，不向任何人讲述它的故事。枪侠在睡梦中抽搐了一下，又恢复了平静。他梦到自己口渴难耐。黑暗中山脉的轮廓看不清楚。即使有任何一点负罪感，或遗憾，也都已消失了。沙漠把它们蒸发光了。他发现自己越来越频繁地想到柯特，是他教会自己射击。柯特可是黑白分明的。

他又翻了个身，醒过来。他看着火堆烧剩的痕迹，堆在早先那个更为几何对称的灰堆之上。他很清楚自己是个浪漫主义者，但是他很自私地保守着这个秘密。在过去多年里只有为数不多的几个人知道这个秘密。眉脊泗的那个叫苏珊的女孩，就是其中一个。

当然，这又让他想到柯特。柯特早已经过世了。他们都不在世了，除了他自己。只有世界还在继续变化着。

枪侠背起自己所有的家当，继续往前走。

第二章

驿　站

1

一整天，他脑子里反复回旋着一首儿时的歌谣，这是种顽固地留在脑海中无法消除的记忆。无论你怎么有意识地下达命令让其消失，这种记忆都会嘲讽似的拒绝执行指令。

歌谣唱道：

西班牙的雨点落在平原上。
世间有欢愉也有悲伤
但是西班牙的雨点落在平原上。

时间是张纸，生活把它弄脏，
我们熟悉的事物都会改变
也有许多事物一成不变，
不过不管你是疯了还是健康，
西班牙的雨点落在平原上。

我们漫步爱中却被铐着锁链飞翔
西班牙的飞机在雨中下降。

他始终不知道歌谣最后一段中的飞机是什么，但是却清楚为什么歌谣会反复出现在记忆里。他不断梦到城堡里他的房间，在一扇彩色的窗户边放着他的小床。他安静地躺在那里，妈妈为他唱这首歌谣。她不是在临睡前为他唱歌，因为讲高等语的小男孩都得独自面对黑暗，但是她会在午睡时为他唱歌。他还记得床单上的彩虹；他甚至能感到房间的凉爽和被褥的温暖。他爱他的母亲，爱她那樱红的嘴唇；她信口哼唱的小调和她的声音至今还萦绕在枪侠心间。

现在那些回忆疯狂地冲击着他的思想，就像一条狗一边走一边在脑子里不断想着要咬住自己的尾巴。他的所有水袋都空了，他清楚自己很可能就快变成一具干尸了。他从来没想过会有这样的结局，不禁觉得有些遗憾。从中午开始他就一直盯着自己的脚，而不是抬头看着前方的路。在这里连鬼草都长得特别矮小枯黄。硬地都裂成了碎块，显得沟壑纵横。远方的山脉还是同样模糊，尽管他已经在沙漠里走了十六天。十六天前他离开了住在沙漠边缘那个半疯不傻的年轻人，打那以后就再没见过一个人影。枪侠记得那人养了只鸟，但是怎么也记不起来鸟的名字。

他看着自己的脚机械地移动着，就像织机的梭针，脑子里不断出现的歌谣已经开始颠三倒四。他不知道自己何时会倒下去，那将是他第一次倒下。尽管没人会看到，他还是不愿自己摔倒。这事关他的骄傲。一个枪侠了解什么是骄傲，那是一根始终让你的脖子挺得笔直的无形骨。他的这个品质并非遗传自他的父亲，而是被柯特植入他的内心深处的。柯特曾经是他孩提时心目中的绅士——如果曾经有过绅士的话。啊，柯特，他那蒜头般的红鼻子和他疤痕累累的脸。

他停住脚步，突然抬起头。这让他一阵晕眩，那一刻似乎他的整个身体都飘浮起来。天边山脉的轮廓开始浮动。但是前方除了山之外，似乎还有什么，看上去并不太远，大概就在五英里开外的地方。他眯起眼睛想看个究竟，但是被风沙刮了许多天，再加上烈日的白光，他好像什么都看不见了。他甩了甩头，又开始往前走。歌谣在他耳边回荡，嗡嗡作响。大约又走了一个钟点，他摔倒在地上，擦破了手上的皮。他看着手上裸露的皮肉，血滴像小珠子那样滚出来，他觉得难以置信。他的血和其他任何血一样，并不特别黏稠或稀薄；血在热空气中凝结住了。血滴就像沙漠一样，嘲讽地瞪着他。他莫名地恨自己的血，一把擦掉血滴。嘲讽？为什么不？血液可不觉得干渴。这些血液可被照顾得十分周到。他可牺牲了许多来保持体内的这些红色液体。血的牺牲。这些血液所需要做的就是在血管里流动……流动……流动。

他看着滴在地上的血迹，看着它们突然地被饥渴的土地吸干了，消失的速度之快令人毫无防备。我的血液，这让你感觉怎么样？这经历对你来说很过瘾吧？

哦，耶稣，我不行了。

他站起来，双手抱在胸前，早先看到的那个轮廓就在面前，他吃惊地叫出声来，但声音沙哑得就像乌鸦叫——他的喉咙完全哑了，像是被沙子给呛住了。轮廓变成了一幢建筑物。不，是两幢，四周围着一圈坍塌的栅栏。木头看上去有些年月了，陈旧得仿佛一触即化；是这些木头化作了沙。建筑物中有一幢曾经是马厩——它的形状非常明显，让枪侠确信无疑。另一幢是座房子，或旅馆。他肯定这曾是客运线上的一个驿站。这座摇摇欲坠的沙堡（长年累月，风卷着沙砾在木头表面留下了斑斑点点，木屋看上去就像座沙堡）投下一个纤细的影子，有人坐在阴影里，斜靠在屋边。在他的重量下，仿佛整栋屋子都倾斜了。

就是他！那么，终于，黑衣人现身了。

枪侠还是双手抱在胸前，并未意识到这是个像要滔滔不绝发表演说的姿势，呆呆地凝视着。他并未感觉到预料中那种强烈的让全身颤抖的兴奋（可能也有惧怕或是敬畏），相反他对刚才爆发出来的对自己血液的愤怒感到一种淡淡的愧疚。儿时的歌谣还没中止：

……西班牙的雨点……

他向前走，拔出了一支枪。

……落在平原上。

最后几百米时，他拖着脚步摇晃着跑向建筑物，并无意要掩护自己；另外，也并没有任何遮掩物好让他躲藏。他那粗短的影子在和他赛跑。他不知道自己的脸由于疲惫看上去像死人般灰沉；他一心只想着阴影里的那个人。直到后来回想起来，他才觉得那个人完全可能只是具死尸。

他踢开一段已经基本倒在地上的栅栏——栅栏悄无声息地断成两段，仿佛对成为障碍感到十分抱歉。——冲过马厩前寂静无声的院子，举起枪。

"你被瞄准了！你被瞄准了！举起手，你这混蛋，你——"

那个人很不安地动了一下，慢慢站起来。枪侠倒吸了口气：天哪，他瘦得什么都不剩了，他是怎么啦？因为黑衣人足足缩短了两英尺，而且，眼前这人有一头白发。

枪侠呆在那里，脑袋嗡嗡地发晕。他的心跳发疯般地加速，他想，我就要丧命于此了。

他将炽热的空气大口吸进肺里，垂下头。当他再次抬起头时，他看到站在面前的并不是黑衣人，而是一个小男孩，他的头发被太阳给晒白了。男孩看着他，目光里没有丝毫兴趣。枪侠茫然地看着男孩，不敢相信地摇摇头。但是，尽管他无法接受，男孩还是站在面前，真是个顽固的幻觉：他穿着条蓝色牛仔裤，膝盖上有个补丁，上身是一件粗布织的褐色衬衫。

枪侠又摇了摇头，迈步向马厩走去。他垂下头，枪仍然握在手中。他还无法思考。他的脑袋里仿佛装满碎片，互相敲击，让他感到剧烈的疼痛。

走进马厩，迎面扑来一阵热气，让人觉得这黑暗寂静的空间仿佛要爆炸似的。他瞪大眼睛看着周围。突然他喝醉似的转过身，看到男孩站在门外，瞪着自己。此时，一阵疼痛像锋利的刀锋，平滑地从一个太阳穴划到另一个，像切橘子那样切过大脑。他重新拿起枪，踉跄了几步，他伸出手挥舞着，像是要推开鬼魅似的，然后直挺挺地倒了下去。

2

当他醒来时，发现头下垫着堆松软的没有气味的干草。小男孩搬不动他，但尽量让他躺得舒服。他感到一阵凉意，低头看身上，发现衣服是湿的，变成了深色。他舔了舔自己的嘴角，感到水的滋润。他眨了眨眼。他的舌头好像十分肿胀。

男孩蹲在他身边。他看到枪侠睁开了眼，伸手从身后拿来一个凹凸不平的铁皮罐头，里面盛满了水。枪侠两手颤抖着接过罐头，喝了一点水——就一点儿。当那点水流下去，到了他的肚子里后，他又喝了一点。然后他把剩下的水泼到脸上，鼻子里呛进了水，他发出很响的喘气声。男孩好看的嘴唇翘了起来，算是微笑。

“你要吃点东西吗，先生？”

“还不要。”枪侠说。中暑造成的头疼还折磨着他，刚喝的几口水在肚子里咕咕作响，好像待在里面不知该去往何处。“你是谁？”

“我的名字是约翰·钱伯斯，不过你可以叫我杰克。我有一个朋友——算是朋友吧，她在我们家帮佣——她有时候叫我巴玛，但你能叫我杰克。”

枪侠坐起来，立即感到那阵尖锐的头痛。他向前俯身，肚子感觉稍稍舒服些。

“还有水呢。”杰克说。他拿起罐头，走到马厩后面。他停下来，转身向枪侠笑了笑，但有些迟疑。枪侠朝他点点头，然后低下头，双手支撑着额头。男孩长得很好看，约莫十到十一岁。他的脸上隐隐地透出些畏惧，但这很正常；如果他没表现出一点惧怕，那枪侠反倒不会这样信任他了。

从马厩后头传来一阵奇怪的捶击敲打声。枪侠警惕地抬起头，双手早已摸到枪把。声音持续了大约十五秒钟后消失了。男孩拿着装满水的罐头进来。

枪侠仍然很克制地喝了点水，但这次感觉好些了。头疼开始减轻。

“当你摔倒时我不知道该怎么办。”杰克说，“有那么几秒，我以为你会朝我开枪。”

“也许我是那么想的。我把你当做了另一个人。”

“那个牧师？”

枪侠机警地抬起头。

男孩盯着他看了一会，皱起眉头。“他在院子里宿的营。我在那边的房子里。那也可能曾是个仓库。我不喜欢他，所以我没有出来。他在这里过了一夜，第二天离开的。我原本也要躲开你的，但你来的时候我正在睡觉。”他的目光掠过枪侠落在远处，突然变得很阴沉。“我不喜欢人。他们把我害惨了。”

"他长得什么样?"

男孩耸耸肩,说:"像个牧师。他的衣服都是黑色的。"

"兜帽和铠瑟缂?"

"铠瑟缂是什么?"

"教士穿的长袍。像连衣裙。"

男孩点点头:"那就对了。"

枪侠向前凑近他,他脸上的某种表情让男孩向后缩了一点。"那是多久之前?告诉我,看在你父亲的面子上。"

"我……我……"

枪侠耐心地说:"我不会伤害你。"

"我不知道。我不记得过了多少时间。每天都是一样的。"

第一次,枪侠突然产生了疑问,这男孩是怎么到这个地方的,这周围可都是干燥、要人命的沙漠。但他还不想考虑这个问题,至少现在不想。"尽力推测一下。很久以前?"

"不,不是很久以前。我到这里也没多久。"

体内的火焰重新燃了起来。他一把抓起水罐,双手微微颤抖。一段摇篮曲又开始在耳边重复,但这次他想到的不是母亲的面庞,而是爱丽丝那张长疤的脸。爱丽丝,他在特岙时的情人,也随着整个村子消失了。"一个星期?两个?三个?"

男孩茫然地看着他:"是的。"

"多久?"

"一周。也可能两周。"他低头朝旁边看,有些脸红。"他走之后,我拉过三回屎。现在我只能靠这个来算时间。他甚至都没喝口水。我还以为他是个牧师的鬼魂,就像我在电影里看到过的那样。只有佐罗才看得出他根本不是牧师,也不是个鬼魂。他只是个银行家,想弄到那块藏着金子的土地。肖太太带我去看的那场电影。是在时代广场。"

男孩说的这些，枪侠一点都没听懂，所以他没对此作出反应。

“我很害怕。”男孩说，“自始至终我都怕极了。”他的脸颤抖着，就像达到极限的水晶，随时都会碎裂。“他甚至都没生堆火。他就坐在那儿。我都不知道他有没有睡着。”

近了！比他以往任何一刻都更接近了，神的意愿！尽管他严重脱水，还是觉得手掌略略有点湿，有些油腻。

“这里有些风干的肉。”男孩说。

“可以，”枪侠点点头，“好。”

男孩起身去拿吃的，他的膝盖有些凸出。不过他的背影还是挺直的，沙漠尚未伤到他的元气。他的手臂很细，皮肤尽管晒得黝黑，但还没有干裂蜕皮。他还有不少精力，枪侠暗自想。也许，他有些胆量，不然他早拿走我的枪，趁我昏迷时杀了我。

或许，男孩只是没有想到过这一点吧。

枪侠又从罐头里喝了点水。不管他是胆大也好胆小也好，他都不是这个地方的。

杰克回来时手上捧着一块被太阳晒得发亮的切面包用的木板，上面堆着些干肉。这些肉紧而多筋，而且咸得让枪侠溃烂的嘴角疼得发烫。他边吃边喝水，直到胀得有些迟钝了才躺下来。男孩只吃了一丁点，小心地挑着肉干上发黑的丝丝缕缕。

枪侠看着他，男孩也回视着枪侠，目光十分坦诚。“杰克，你是从哪里来的？”他最终问。

“我不知道。”男孩皱起眉头，“我以前知道。刚到这里时我还记得，但现在什么都记不清了，就像从噩梦中醒来却什么都记不起来一样。我做了很多噩梦。肖太太常说那是因为我看了太多的十一频道的恐怖电影。”

“什么是频道？”他突然有个大胆的设想，“是不是像光束那样？”

“不——是电视。”

“什么是点石？”

“我——”男孩拍了拍自己的额头，“图像。”

“别人把你驮到这里的吗？那个肖太太？”

“不是。”男孩说，“我就是在这里。”

“肖太太是谁？”

“我不知道。”

“她干吗叫你‘巴玛’？”

“我不记得了。”

枪侠冷冷地说：“你简直让我越来越糊涂。”

突然，男孩就快哭出来了。“我也没办法。我发现自己突然就在这里了，也不知道为什么。如果你昨天问我什么是电视，什么是频道，保不准我还记得起来。明天我大概连自己叫杰克都记不得了——除非你提醒我，但是你不会在这里了，是不是？你会离开，而我会饿死，因为你吃了我所有的食物。我没有要到这里来。我不喜欢这里。这里太怪异，太恐怖了。”

“不要这样可怜自己。挺过去。”

“我没要到这里来。”男孩有些失落地还嘴。

枪侠又吃了一块肉，在下咽前把盐都嚼出来吐掉。这男孩已经成了这里的一部分。枪侠相信他讲的是实话——他没有要到这里来。但是，他，他本人……却是自己要到这儿来的。但他没有要让事情变得那样糟糕。他没有想把枪对准特岙的村民；没有想对爱丽开枪，他还记得她那美丽悲哀的脸上画满了她最终用“十九”这把钥匙打开的秘密；他也并不想在责任和滥杀无辜之间作出一个抉择。他觉得非得逼着无辜的旁观者说话或是逼他们说他们也记不清楚的台词太不公平。他想到爱丽，爱丽至少还是这世界的一部分，至少在她自己的幻想中。但是这个男孩……这个该死的男孩……

"跟我说你还记得什么？"他对杰克说。

"只有一点点。而且也没有头绪。"

"告诉我。可能我能拼凑出个头绪来。"

男孩想了一会，不知从何说起。他想得很痛苦。"有一个地方……是在这里之前的地方。那个地方很高，有许多房间，还有个平台，你可以站在上面看其他的高楼和水。在水里，有一尊很高的雕像。"

"雕像放在水里？"

"对。是一位女士，戴着顶皇冠，拿了把火炬，还有……我想……她的另一只手里拿着的是一本书。"

"你不是在编故事？"

"我猜我肯定是瞎编吧。"男孩绝望地说，"街上，有东西可以让你坐在里面。有的大，有的小。大的是蓝白相间的，而小的都是黄色的。有许多黄色的。我走着去上学。街两边有水泥铺的路。很多窗户你能往里面看，那里放着更多的穿着衣服的雕像。那些雕像卖衣服。我知道这听上去很疯狂，但那些雕像的确卖衣服。"

枪侠摇摇头，想从男孩的脸上找出一丝说谎的痕迹。但他没有看到。

"我步行去学校。"男孩固执地重复着，"而且我有一个"——他的眼睛眯起来，嘴唇微微动着，仿佛努力地要想起什么——"一个棕色的……书……包。我带着中饭。还戴着"——嘴唇又动起来，痛苦的样子——"一条领带。"

"领带？"

"我也不知道。"男孩的手指慢慢地在喉咙口做了个拉紧领带的动作，而枪侠还以为这是个将人吊死的动作。“我不知道。什么都不记得了。”他又向一旁看去。

“我帮你睡下吧？”枪侠问。

“我不困。”

“我能让你瞌睡，而且我能让你记起些事。”

杰克充满疑惑地问：“你怎样做？”

“用这个。”

枪侠从枪带上抽出一粒子弹，在手指之间来回转。他的动作十分灵巧，平滑得像油在流动。子弹在手指上轻易地翻着筋斗，从拇指和食指之间到食指和中指之间，到中指与无名指间，再到无名指和小指间。它消失了片刻后又重新出现，仿佛在飘来飘去。子弹在枪侠的手指上行走。当他离这个驿站只有最后几英里路时，他的脚完全是在机械地运动，他的手指就像那样动着。男孩看着他的手指，最早的疑惑被喜悦代替了，接着他变得如痴如醉，完全沉浸在手指的运动中，他的眼神慢慢变得迷茫，最后慢慢闭上了。子弹仍然在来回跳着舞。杰克的眼睛又睁开了，看着枪侠手指间平稳快速滑动的子弹，过了一会，它们又闭上了。枪侠继续着他的小把戏，但是杰克的眼睛没有再睁开。男孩的呼吸缓慢而平稳，他睡着了。难道这也必须是枪侠行程中的一部分吗？是。无法避免。这有种冰冷的美感，就像坚硬的蓝色冰袋四周用蕾丝做成的纹饰那样。他好像又一次听到他母亲的哼唱，这次唱的不是西班牙的雨点了，而是甜蜜的摇篮曲，在他被摇得快睡着时听到的那种似乎从远处传来的歌声：蜡烛包包，亲亲宝宝，宝宝带着你的篮子来这里。

这不是枪侠第一次感到那种灵魂深处的痛楚。手指优雅地操纵着的子弹突然变得面目可憎，就像怪物的足迹。他停下来，子弹掉在手掌上，他握紧拳头，使劲地挤着子弹。如果它爆炸的话，那一刻枪侠会为自己毁了那只灵巧的手而高兴，因为它唯一的天赋便是杀人。世界上充满了杀戮，但是这一事实丝毫不能带给他任何慰藉。谋杀，奸淫，还有其他的无法说出口的行径，所有这些都是为了崇高的目的，该死的崇高，该死的神话，为了圣杯，为了**塔**。啊，那座塔在万物的中心（人们是这样说的），它那黑灰色巨大的塔身直耸天际。在他被风沙吹久了的耳边，隐隐有他母亲甜蜜的歌声：阒茨，栖茨，蒭茨，[①]多带点来装满你的小篮子。

他定了定神，把儿歌，儿歌的甜美挤出自己的脑袋。“你在哪儿?”他问。

3

杰克·钱伯斯——有时也叫巴玛——拿着他的书包下楼。包里装着地球科学的书，地理书，一本笔记簿，一支笔，还有午餐。午餐是他妈妈的厨师格丽塔·肖太太做的，他们的厨房装潢得富丽堂皇，一个风扇永远转着，吸走不该有的异味。他的午餐袋里有花生酱和果酱三明治，夹着红肠、生菜和洋葱的三明治，还有四块奥利奥饼干。他的父母并不恨他，但似乎他们心里从来也没有他。他们完全将他交给格丽塔·肖太太，保姆，暑假的家庭教师，和他所在的派珀学校（私立学校，而且绝大多数学生都是白人）。这些人都是该行业中最好的专业人士，他们对杰克从未有过超越他们身份的举止。没有一个人敞开胸膛亲热地拥抱他，但他妈妈读的历史浪漫小说中经常会有这种拥抱场景，

---

① 此处原文为：Chussit，chissit，chassit，高等语，意为十七，十八，十九。

他也曾看过一些他妈妈常看的小说，想从里面找一些“热烈场面”。他的爸爸有时把这些小说叫做“歇斯底里小说”，或者说成是“撕开女人紧身胸衣的故事”。有时杰克站在紧闭的门外能听到他妈妈充满讽刺地向丈夫回嘴。他的爸爸在一家“网络”公司上班，杰克能从一列瘦削的剃着平头的男人当中把他辨认出来。也许能。

杰克并没有意识到他其实憎恨所有的所谓专业人士，肖太太除外。这些人总让他不知所措。他的妈妈骨瘦如柴，但人们称之为性感，她总是和她一些病态的朋友上床。他的爸爸有时候会说公司里某人做了“太多的可口可乐”。他说完这句话后还总要干巴巴地笑一下，很快地闻一下自己的拇指指甲。

现在，杰克走在街上了。他在去学校的路上。杰克总是很干净，他显得很有教养，而他的内心十分敏感。他每周去“中城馆”打一次保龄球。他没有朋友，只有些泛泛之交。他从来没费神去考虑过这点，但这一事实仍然让他伤心。他不知道或者说不明白自己潜移默化地受着身边专业人士的影响，也已经或多或少有了那些人的习性。格丽塔·肖太太（要比其他人好些，但是天哪，这最多也只是个安慰奖罢了）能做十分专业的三明治。她把面包切成四份，而且把周围的硬边都切掉，这让他在课间吃起来就好像他应该在一个鸡尾酒会上，一手拿一块小三明治，一手拿杯饮料，而不是拿着本体育读物或从学校图书馆借的克雷·布雷斯戴尔的西部小说。他的爸爸赚大笔的钱，因为他是玩“杀人游戏”的大师，他总是能比竞争对手棋高一着，将他们淘汰。他一天抽四包烟。他的爸爸不会咳嗽，但他的笑容很僵硬，他总也不会厌倦他的那句可口可乐的笑话。

他沿着街走。他的妈妈给了他坐出租车的钱，但只要不下雨他就步行。他边走边晃着自己的书包（有时是他的保龄球包，尽管多数时候它被留在他的储物柜里)。在其他人眼里,他是个典型的美国男孩,有着一头金黄色头发和蓝色的眼睛。女孩们早就开始注意他(当然有她们母亲的批准),他也并没有以害羞小男孩的傲慢来避开她们。他跟她们说话时带着他自己都没意识到的专业态度,总是把她们都吓走了。他喜欢地理,喜欢在下午打保龄球。他爸爸拥有一家生产保龄球馆用的自动排瓶机的公司的股票,但是中城保龄球馆不用那个牌子。他以为他没有注意这一点,但其实他心里是清楚的。

沿街走时他会经过布麓蜜百货商店,橱窗里的模特穿着裘皮大衣,爱德华式的六颗纽扣的西服;有一些一丝不挂,一些"差不多是全裸"的。这些模特——专门穿时装供展览的模特儿——也都十分专业,而他憎恨所有的专业态度。他还太小,还不知道会恨自己,但是种子早已播下了;给他些时间,种子会发芽,会结出苦涩的果实。

他站在街角,拎着书包。车流轰鸣而过——有咕哝着的巴士,都是蓝白相间;有黄色的出租车;"大众"汽车;一辆大卡车。他只是个孩子,但和平常孩子不同,他从眼角里看到了杀死他的人。是黑衣人,但是男孩没看到他的脸,只看到他飘动的长袍,伸长的双手,和那个僵硬的专业微笑。他跌倒在街上,双臂前伸,还拉着他的书包,包里面格丽塔·肖太太做的极度专业的三明治完好无损。他瞥到一张完全吓呆了的脸,是透过挡风玻璃看到的;那是一个戴着顶深蓝色帽子的商人,帽子的绶带上还插着根很小但惹眼的羽毛。某个地方有台收音机里正传出震耳欲聋的摇滚乐。远处人行道上的一位老妇人尖叫起来——她戴着顶黑色帽子,还有面纱。那层黑色面纱没什么特别,看上去倒像是穿丧服时戴的面纱。杰克什么都没感觉到,只是有些吃惊,还有一些他通常有的那种不知所措感——难道一切就这样结束了？在他的保龄球打到二百七十分前？他重重地跌在街上，看到离眼睛两英寸的地方有一条沥青的接缝。书包从他手里震了出去。他正在想膝盖是不是擦破了皮，这时那个戴着深蓝色帽子、插着葸眼羽毛的商人的车从他身上开过。那是辆巨大的一九七六凯迪拉克，有着侧壁是白圈的费尔斯通轮胎。这辆车的颜色几乎和商人戴的帽子一样。它压碎了杰克的背部，把他的内脏挤成了汁水，他的血从嘴里喷出来，像高压龙头喷水那样。他别过头，看到凯迪拉克闪亮的尾灯，已经抱死的后轮下面喷射出许多黑烟。汽车也碾过了他的书包，留下了一条很宽的黑色轮胎印。他又转过头，看到一辆灰色的福特车尖叫着急刹车，停在离他几英寸远的地方。一个推手推车卖椒盐卷饼和汽水的黑人向他跑过来。血从杰克的鼻孔、耳朵、眼睛和直肠里流出来。他的生殖器官都被碾碎了。他很烦躁地想知道他膝盖上的皮被擦成什么样了。他不知道是不是上学要迟到了。现在那个凯迪拉克的司机朝他跑来，嘴里胡言乱语。不远处有个可怕的、平静的声音传来，那是个象征着死亡的声音："我是个牧师。让我过去。《悔罪经》……"

他看到黑色长袍，突然产生了一种恐惧。就是他，黑衣人。杰克用尽最后一点力气转过脸。收音机里现在放的是摇滚乐队"亲吻"唱的一首歌。他看到自己的手在人行道上拖动，很小，白色的，很好看。他从来没咬过自己的手指甲。

看着他的手，杰克离开了那个世界。

4

枪侠蹲下来，紧锁着眉陷入沉思。他很疲惫，全身酸疼，他的思路越来越慢。他对面的这个男孩简直不可思议;他睡得很沉,双手合在膝上,呼吸平静。他回忆时几乎没有流露任何感情,只是接近末尾,讲到“牧师”和“《悔罪经》”时他的声音有些颤抖。他当然没对枪侠讲他的家庭,和他自己的那种不知所措的感觉,但也有些零星地触及——足够让枪侠拼凑出一整幅图画了。但男孩所描述的那个城市从来没有存在过(除非是神话中的路德城),这点让枪侠十分不安。他所有的叙述都让枪侠不安。枪侠最怕那些影射的意思。

“杰克?”

“什么?”

“你醒过来后想记得这些事,还是全部忘记?”

“忘记。”男孩很快回答,“当血从我嘴巴里喷出来时,我都能闻到自己的屎的臭味。”

“好吧。你现在就要睡着了,懂吗?现在是真正的睡着。过去,躺下,如果你觉得舒服的话。”

杰克躺下来,一动不动,看上去非常小。但是枪侠不相信他会一点危害都没有。对他,枪侠有种致命的感觉,这又像一个圈套。他不喜欢自己的这种直觉,但是他喜欢这个男孩。他非常喜欢他。

“杰克?”

“嘘。我睡了。我想睡了。”

“对。你醒过来时什么都不会记得。”

“行。好的。”

枪侠看着杰克,不由想到了自己的童年。他通常总觉得自己的童年仿佛是发生在另一个人身上——这个人穿越了时间的奇妙透镜变成了另一个人——但现在看来,他突然觉得童年近在咫尺,近得让人难以忍受。驿站的马厩里非常热,他小心地喝了几口水。他起身绕到房子后面，探头去看其中一个关马的隔室。角落里有一小堆白色的干草，和一条叠得有棱有角的毯子，但是没有一点马的气味。马厩里任何气味都没有。烈日蒸发了所有的气味，一点不剩。

在马厩后面，有个很小的暗室，正当中放了一台不锈钢机器。机器上没有一点锈迹或腐渍，看上去就像台炼黄油的搅乳器。在机器左边，一根镀铬的管子延伸出来，直伸到地上的排水沟里。在其他干旱地带，枪侠见到过类似的抽水机，但如此大型的倒是头一回见识。他无法想象人们(那些早已逝去多年的人们)挖了多深才探到水，那沙漠底下永远黑色的秘密。

驿站被废弃后，为什么没有人把这台抽水机搬走？

也许是，魔鬼。

他突然打了个冷颤，背部不由自主地抽动了一下，浑身起了层鸡皮疙瘩，然后慢慢消散了。他走到控制闸门边，按了启动按钮。机器开始轰鸣。约莫半分钟后，一股清冽的水流从管子里喷涌而出，流入排水沟，准备重新循环。大约抽了三加仑水后，抽水机戛然而止。这个机器在此时此地显得那样突兀，就像“真爱”这个概念一样让人觉得不可思议，然而机器却是真真切切地立在眼前，像上帝的审判那样真切，它沉默不语，但却能让人想起世界开始变化前的那段日子。也许水泵的运转靠的是原子能，因为方圆几千里之内都没有供电站；假使它用的是干电池，电也早该耗尽了。制造厂商的名字赫然刻在机器上：**北方中央电子**。枪侠不大喜欢这种方式。

他走回原处，坐在男孩身边。他睡得很熟，一只手枕在脸下。他是个非常英俊的男孩。枪侠又喝了点水，像印度人那样盘腿坐下。男孩像住在沙漠边缘那个养鸟(佐坦，枪侠突然记起来，那只鸟的名字是佐坦)的年轻人一样，失去了时间的概念，但枪侠能肯定自己离黑衣人越来越近了。不止一次，枪侠觉得黑衣人是故意让他赶上的。也许，他是将枪侠玩弄于股掌之间。枪侠很难想象两人正面遭遇时的情景会是怎样。

他仍然觉得非常燥热，但比起刚才，头疼已经好多了。摇篮曲又开始在耳边吟唱，但这次他想到的不是母亲而是柯特——柯特，就像台永不生锈的机器。他的脸上疤痕累累，砖头、子弹和钝器都曾是罪魁祸首；这些疤痕都是战争和他教授战术的见证。他不知道柯特有没有一段能和这些纪念碑似的疤痕相称的爱情。他十分怀疑。他想到了苏珊，他的母亲，还有马藤，那个奸诈的巫师。

枪侠不是一个怀旧的人；对未来隐约的概念和特有的情感个性才让他还不至于沦落为一个没有丝毫想象力的蠢蛋。因此，此刻回忆的潮涌让他颇为吃惊。每个熟悉的名字又唤起其他名字——库斯伯特，阿兰，声音颤抖的老人乔纳斯；苏珊的名字也再次出现了，那个坐在窗边的可爱女孩。枪侠的思绪总是会回到苏珊，回到那片叫鲛坡的草原，回到清海边渔夫撒网的情景。

特忝的那个钢琴手(他也死了，就像其他所有特忝人一样，而且都是死于枪侠手中)知道那些地方，尽管他和枪侠只在那一晚谈起过那里。席伯很喜欢老歌，曾在一个叫“游客之家”的沙龙里弹奏老歌，枪侠无声地哼唱起一首不成调的老歌：

爱情哦，爱情，哦，不顾一切的爱情
看你给我带来了什么。

枪侠笑了，觉得很茫然。*我是那个绿色世界，暖色世界的唯一幸存者。*对他的怀旧，枪侠并没有自怜。世界冷酷无情地向前走着，而他的双腿仍十分强健，离黑衣人也越来越近了。枪侠睡着了。

5

等枪侠醒来时，天已经暗了。男孩不在屋里。

枪侠站起来时听到自己的关节咔拉作响，他走到马厩门口。旅馆的游廊上一小簇火花在黑暗中跳舞。他朝火光走去，黑乎乎的影子长长地拖在赭红色的光影中。

杰克坐在一盏煤油灯旁。“油在一个桶里。”他说，“但我不敢在屋子里点亮它。太干燥了——”

“你做得对。”枪侠坐下来，看到自己坐下时升腾起的尘埃，但却不在意。他觉得在两人的重压下游廊尚未坍塌，已经是个奇迹了。油灯的火光照在男孩脸上投下柔和的阴影。枪侠拿出他的小袋，卷了支烟。

“我们得谈些事务。”他说。

杰克点点头，对他的措词微微一笑。

“我想，你知道，我在追踪你看到的那个人。”

“你要杀了他吗？”

“我不知道。我得让他告诉我些事情。可能会让他带我到某个地方去。”

“哪里？”

“去找一座塔。”枪侠说。他把烟放在灯罩上方，吸了一口；烟随着晚风飘散。杰克看着他，他的脸上既没有恐惧，也没有好奇的表情，显然也没有热情。

“所以，我明天就要动身。”枪侠说，“你得跟我走。还剩下多少干肉?”

“只有一点点。”

“玉米?”

“比肉多一点。”

枪侠点点头,问道:“这里有地窖吗?”

“有。”杰克瞪大了眼睛看着他,瞳孔大得似乎要涨破了。“地上有个环,拉起来就是地窖。不过我没下去过,我害怕梯子会断掉,那我就再也上不来了。而且它有股臭味,在这里,这是唯一有气味的地方。”

“我们明天一早就起来,下去看看有没有值得带上的东西。然后我们就上路。”

“好。”男孩顿了顿,又说,“幸好我没趁你睡着时杀了你。我有个草耙,我想过那样做。但我没有,现在我睡觉时再也不会害怕了。”

“你害怕什么?”

男孩看着他,一副不祥的表情:“鬼怪。他也可能回来。”

“黑衣人。”枪侠说。并不是一个问句。

“对。他是个坏人吗?”

“我想那要取决于你的立足点。”枪侠心不在焉地回答。他站起来,把烟头扔到地上。“我去睡了。”

男孩羞怯地看着他:“我能跟你睡在一间屋里吗?”

“当然。”

枪侠站在台阶上,仰头看着星空,男孩走到他身旁。星星高悬在夜空中,包括金星。枪侠几乎觉得,若他闭上眼睛,就能听到春天的第一声蛙叫,闻到宫殿前的草坪在春天第一次割草后那种夏天般绿色的气息(可能,还会听到轻轻的木球敲击声,那肯定是东宫的夫人们在暮霭将至时玩九柱戏呢),他甚至可以看到库斯伯特和杰米从树篱的缺口走出来，大声喊他一起去骑马……

他突然如此怀恋往事，这并不像他的一贯作风。

他转身拿起油灯。“我们进去吧。”他说。

他们一同穿过院子走进马厩。

6

第二天早上，他下了地窖。

杰克说得没错，那儿臭气冲天。习惯了沙漠和马厩中没有丝毫气味的纯净后，这种潮湿的沼气般的恶臭熏得他恶心，甚至让他有些头晕目眩。地窖闻上去有白菜、萝卜和土豆腐烂多年的气味。不过，下地窖的梯子看起来倒十分结实，枪侠爬了下去。

地面是土质的，他的头差点就撞上了顶上的横梁。这下面还住着许多蜘蛛，色彩斑驳的身子大得吓人。许多都是变异的种，真正的基因早已消失了。有的肢节上长着眼睛，有的看上去长了十六条腿。

枪侠向四周环顾着，需要一些时间视力才能适应地下的黑暗。

“你没事吧？”杰克紧张地朝下面喊。

“没事。”他盯着角落看，“这里有罐头。等着。”

他小心地弓着腰走到角落里。那儿有个破旧的箱子，一边有个搭扣。里面有些蔬菜罐头——四季豆，黄豆——还有三罐腌咸牛肉。

他捧起一堆罐头，走到梯子边，爬了几阶后将罐头举起来，杰克跪在地上伸手接过去。然后他回到地窖拿剩下的罐头。

他第三次下来时，听到地基发出吱嘎声。

他转身，仔细看着，一种梦幻般的恐惧席卷了他的全身，这是一种让人霎时虚弱无力又心生恶感的恐惧。

地基是由巨大的砂岩石块组成的，驿站刚建成时，这些石块也许被平整地砌合在一起，但现在每块石头都像喝醉了似的，朝不同的角度歪斜着。这使墙壁看起来像是刻满了扭曲的象形文字。在两条深深的裂缝交合处，一股细沙往外流出，仿佛在墙另一边有东西正拼命地想挖穿墙出来。

吱嘎声起起落落，声音越变越响，最后整个地窖充满了一种声音，听起来像是有人在疯狂地使劲，充满撕裂般的痛苦。

"快上来!"杰克大声尖叫着，"哦，耶稣，先生，快上来!"

"走开。"枪侠平静地说，"在外边等我。如果你数到两……不，三百的时候，我还不上来，那就赶快离开这地方。"

"上来!"杰克又尖声唤他。

枪侠没有再搭理他。他右手掏出枪。

现在墙上出现了一个硬币大小的洞。尽管他已笼罩在恐惧之中，但还是听到了杰克跑远的脚步声。这时，往外涌的沙流止住了。痛苦的呻吟也平息下来，取而代之的是大声的喘气声。

"你是谁?"枪侠问。

没有回答。

罗兰用高等语问，雷鸣般的声音里充满了命令语气："你是谁，魔鬼？说话，如果你能说话。我的时间不多。我的耐性更有限。"

"慢慢走。"墙壁里传来一个嘶哑的声音，吃力地说。枪侠觉得那梦幻般的恐惧加深了，几乎快凝固了。这是爱丽丝的声音，他在特岙同居几日的情人。但是,她已经死了;他亲眼看到她倒下去的,眉宇中留下了一个弹孔。他仿佛身处海洋深处,一个个海洋深度测量仪从眼前漂过,下沉。“慢慢走过废墟,枪侠。提防着獭辛。当你和那个男孩同行时,黑衣人将你的灵魂装在他的口袋里。”

“什么意思?继续说!”

但是呼吸声消失了。

枪侠站在那里,愣住了,直到一只巨型蜘蛛落在他的手臂上。蜘蛛仓皇地爬上他的肩膀,他不由自主地叫出声,一把将蜘蛛捋下来扔到地上。他不想继续下一步,但是规矩是严格的,几乎是不能触犯的。一句老话说,从死者那取走尸骨;只有尸体才可能会告诉你真实的预言。他走到洞前,捶打了几下。洞边缘的砂岩非常容易地被打碎了,他将手伸进墙内,全身的肌肉都绷紧了。

他摸到一块硬东西,上面有凸出来且磨损过的疙瘩。他拿出来后才看清楚,手里握着的是块颚骨,一边已经有些腐蚀。颚骨上的牙齿前凸后伸,参差不齐。

“好吧。”他轻声说。他将骨头硬塞进裤子后的口袋里,笨拙地抱着剩余的罐头走到梯子边。他爬上地面后没盖上地窖的门,这样太阳能射到里面,杀死那些变异的蜘蛛。

杰克站在马厩前的院子中,面对着开裂的土地发抖。他看到枪侠时尖叫起来,向后踉跄了一两步,然后哭着向他奔来。

“我以为它捉住你了,捉住你了。我以为——”

“它没有。任何东西都捉不住我。”他搂住了男孩,感到靠在他胸前的脸庞热乎乎的,而贴在他的脊背上的手非常干燥。他可以感觉到男孩快速的心跳。后来,他才意识到,那一刻他开始爱上了这个男孩——当然,黑衣人肯定计划已久了。还有什么陷阱比得上爱的陷阱呢?

“它是魔鬼吗?”声音闷声闷气的。

“是的,一个说话的魔鬼。我们不用再回那里了。来吧。让我们先走上几里路。”

他们走进马厩,枪侠用睡觉时垫着的毯子——尽管那既热又粗硬,但别无他物了——草草扎成个包袱,又用抽水机灌满了水袋。

“你拿一个水袋。”枪侠说,“围在你的肩上——像这样,行吗?”

“行。”男孩崇拜地抬头看着他,但很快把那表情掩饰起来。他抡起一个水袋,扛在自己肩上。

“会不会太重?”

“不重。可以。”

“现在你得说实话。如果你中暑晕倒,我可没法背你。”

“我不会中暑。我没事的。”

枪侠点点头。

“我们要去那边的山里,是吗?”

“是。”

他们迈步走进烈日的暴晒中。杰克走在枪侠右边,略领先几步,他的头才刚到枪侠甩动的肘部,水袋上包着生牛皮的底几乎要悬到他的小腿处了。枪侠肩上交叉挎着两个水袋,将一袋食物夹在腋下,左手拎着个袋子,而右手则提着他的背包、烟袋和其余的家当。

他们走出驿站的后门,看到客运车的轨道又隐约开始延续。他们走了约十五分钟后,杰克转身向两幢房子挥手道别。它们在无边无际的沙漠里依偎在一起。

“再见了!”杰克喊,“再见!”他转向枪侠,十分不安地说,“我觉得有什么东西注视着我们。”

“某样东西，或某个人。”枪侠同意他的感觉。

“有人躲在那里？一直以来都躲在那里？”

“我不知道。我不这么认为。”

“我们回去吧？回去——”

“不。我们跟那个地方已经作了了断。”

“好。”杰克热切地说。

他们继续往前走。有一段轨道被沙子形成的鼓丘淹没了。当枪侠向四周环顾时发现已经看不到驿站了。再一次，周围都是沙漠，而且只有沙漠。

7

他们离开驿站已有三天，远处的山脉变得越来越清晰。他们可以看到沙漠平缓地延伸成为小丘，那些还是光秃秃不长一草一木的斜坡。一些基岩从土地表层爆发出来，带着愠怒的胜利表情。再往远处，土地消失了一段后又重新出现，那是在几个月甚至是几年来枪侠第一次看到真实的有生命的绿色。草，矮种云杉，甚至还有柳树，都是靠远方融化的积雪滋润着。越过那片绿色是赤裸的岩石，巨大的岩山矗立着，一直延伸到刺眼的雪山顶。在岩山左边的是一大片低洼沼泽，越过沼泽地后可以看到略小的腐蚀了的砂岩峭壁和方山，再远处便是几座孤山。这幅景象有时因连绵阵雨的灰色幕帘而变得模糊。晚上，在入睡前的几分钟，杰克总会坐着出神，望着远方白色和紫色的闪电构成舞剑图，在清澈的夜空显得格外耀眼。

男孩在路上表现很好。他很坚毅，但更可贵的是当他疲惫不堪时，总能平静地靠意志力战胜疲惫，仿佛他的意志储备是无穷的。对这一点，枪侠十分欣赏，甚至赞叹不已。他的话不多，也不问东问西，甚至连枪侠在晚上抽烟时手上转个不停的那块颚骨，他都没有问。枪侠的直觉告诉他，男孩为能有枪侠做伴感到十分荣幸——甚至或许让他意气风发——这点让枪侠有些不安。男孩像一颗棋子一样被放置在他的路途上——当你和那个男孩同行时，黑衣人将你的灵魂装在他的口袋里——杰克并没有成为障碍，减慢他的行程，但这可能只是将他引向了更为凶险的路途。

每经过一定距离，他们便会看到黑衣人留下的规则的营火痕迹，在枪侠看来这些痕迹要比沙漠中看到的新鲜许多。第三个晚上，枪侠确信他可以看到远处的一点火光，大约在山丘刚开始凸起的方位。和他以往想象的不同，这没让他感到高兴。他想到柯特说过的话：对假装跛行的人要提高警惕。

离开驿站的第四天，将近两点时，杰克踉跄了一下，差点摔倒。

“这里。坐下。”枪侠说。

“不用，我还行。”

“坐下。”

男孩顺从地坐下。枪侠蹲在旁边，好让杰克坐在自己的阴影下。

“喝水。”

“我们说好的，现在还不到喝水的时间，要到——”

“喝。”

男孩拿起水袋，喝了三口。毯子扎成的包裹已经轻了不少，枪侠将毯子的边缘弄湿后擦拭男孩的手腕和额头，那儿就像发高烧时那样烫。

“从现在开始，每天下午这个时候我们都要停下来休息十五分钟。你想打个盹吗？”

“不。”男孩十分惭愧地看着他。枪侠显得毫不介意，表情十分温和。他漫不经心地掏出一粒子弹，在手指间来回转着。男孩饶有兴趣地看着。

“这真有趣。”他说。

枪侠点点头。“是呀！”他停顿了一会，“我在你这个年纪时，我住在一个四周都是城墙围着的地方。我告诉过你吗？”

男孩充满睡意地摇摇头。

“当然。那里有个非常邪恶的人——”

“那个牧师？”

“老实说，我有时候也那么猜想。”枪侠说，“如果他们是两个人，我认为他们肯定是兄弟，甚至是双胞胎。但是我曾看到过他们在一起吗？没有，从来没有。那个恶人……他叫马藤……他是个巫师。就像梅林。你们那儿的人知道梅林吗？”

“梅林，亚瑟王，和圆桌骑士。”杰克的声音像梦呓一样。

枪侠内心一阵不小的震动。“是。”他说，“亚瑟·艾尔德，你说得对，我说谢谢你。我那时还很小……”

但是男孩已经坐着睡着了，双手搭在膝上。

“杰克。”

“是！”

男孩嘴里发出的声音让他受惊不小，但是枪侠没有让惊讶从声音里表现出来。“当我打响指时，你就醒过来。你会觉得神清气爽。你明白吗？”

“是。”

“那就躺下来。”

枪侠从烟袋里取出烟草和纸卷了支烟。他觉得自己身上少了一样东西。他以惯有的细心将所有东西理了一遍，发现唯一少了的是自己以前那种发疯似的着急劲，时时刻刻担心自己被黑衣人甩在后面，担心脚下的路突然消失，只给他留下一个模糊的脚印。现在，这种担心已烟消云散了，而且枪侠越来越肯定黑衣人有意让他追赶上。对假装跛行的人要提高警惕。

等待他的将会是什么？

这个问题太难回答，他渐渐失去了兴趣。库斯伯特对这种问题可能会很感兴趣（也许这对他来说就像个玩笑），但是库斯伯特已经不在了，就像德鄯的号角一样消失在时空中。而枪侠只能根据自己的判断继续前行。

他抽烟时看着熟睡的男孩，不由得又想到库斯伯特，他很爱笑（直至他战死的那一刻都还在笑），而柯特却相反，他从来不笑。马藤有时会微笑，他那沉默的微笑总会让人不安，就像在黑暗中看到一只慢慢睁开的眼睛里面满是鲜血。当然还有那只猎鹰。人们为猎鹰取名为大卫，是传说中使用弹弓的英勇男孩的名字。枪侠非常清楚，大卫除了猎杀、撕碎猎物外，没有其他任何欲望，也许难得会有东西让它害怕。这就像枪侠自己。大卫可不是外行；它在打猎时可是个主角。

除了最后那次。

枪侠感到腹部一阵绞痛，但是他仍面不改色。他看着自己吐出的烟升腾消散在空气的热浪中，陷入回忆之中。

8

天空是白色的，白得近乎完美，空气中有大雨来临的气味。树篱和周围郁郁葱葱的绿色闻起来非常甜美。已经是暮春了，人们也把这个季节叫做“新土”。

大卫坐在库斯伯特的手臂上，它就像一台小小的毁灭性机器，一双明亮的金色眼睛骄傲地瞪着。拴在鹰爪上的皮带漫不经心地套在伯特的手上。

柯特沉默无语地站在两个男孩的身旁，他穿着一件绿色的棉衬衣，镶拼式的皮裤被他破旧宽大的军用皮带束得老高。衬衣的绿色和树篱及后院里被风吹得似波浪翻滚的草皮融为一色。后院，夫人们还没开始她们的九柱戏。

“准备好。”罗兰小声地对库斯伯特说。

“我们准备好了，”库斯伯特自信地说，“是不是，大卫？”

他们说的是低等语，是厨房帮工和侍从们用的语言；他们能被允许在他人面前说枪侠的语言——高等语——的日子仍遥遥无期。“今天的天气正适合练鹰。你能闻到暴雨的气味吗？这是——”

柯特突然举起手中的笼子，把门抽开。鸽子飞出来，扑腾着翅膀，迅速地向自由的天空飞去。库斯伯特拉开束鹰的皮带，但是动作太慢，猎鹰已经迫不及待地飞起来，牵住它的皮带让它的起飞看上去非常笨拙。但大卫猛然抽动了一下翅膀又恢复了雄姿。它朝上疾飞，像颗子弹般迅猛，很快就飞到了鸽子的上方。

柯特走到男孩站着的地方，非常随意地抡起他那巨大的拳头朝库斯伯特的耳际挥去。男孩倒在地上，尽管疼得龇牙咧嘴，却一声不吭。血从他耳朵里流出来，滴在草地上，在浓郁的绿色上显得格外醒目。

“你太慢了，混账。”他说。

库斯伯特挣扎着站起来。“我请你原谅，柯特。只是因为我——”

柯特又挥了一拳，库斯伯特再次倒下。血流得更快了。

“说高等语。”他缓缓地说。他的音调很平，但微微带着些喝醉酒时的那种粗声粗气。“用文明的语言说你的忏悔词，比你强上几倍的人都愿意舍弃生命来学这种语言。”

库斯伯特又站起来。明亮的泪珠在眼眶里打转，但他的嘴唇却因愤怒紧紧地咬成了一条缝。

“我感到伤心，”库斯伯特努力控制着自己的声音，听上去他有些喘不过气来，“我忘记了父亲的脸，而我希望有朝一日能拿起他的枪。”

“这就对了，小子。”柯特说，“你应该好好检讨自己做错了什么，用饥饿帮助你反省。罚你不吃晚餐。也没有早餐。”

“看!”罗兰叫起来，指着天空。

尽管鸽子振翅疾飞，猎鹰还是在它上头。它滑翔了一会，完全展开的翅膀滑过几乎静止的空气。突然它合起翅膀，像块石头那样迅速下落。两只鸟的身体重叠起来，有一刻，罗兰觉得自己看到了空中飘洒的血滴。猎鹰发出了胜利的鸣叫。鸽子拍打了几下翅膀，扭曲起来，落在地上。罗兰跑向猎物，把柯特和受罚的库斯伯特甩在身后。

猎鹰落在猎物旁，得意地啄向鸽子丰满的白色胸脯。几根羽毛飘拂着慢慢地落下。

“大卫!”男孩叫道，向它扔了块兔肉。猎鹰在兔肉落地前就接住了，往前伸了伸脖子和背部将肉咽了下去。罗兰想给它拴上皮带。

但猎鹰几乎是下意识地快速飞起来，躲过罗兰，从他手臂上扯下长长的一块皮。然后，它又若无其事地回到它的食物旁。

罗兰痛苦地叫出声来，再一次试着拴上猎鹰。这回当大卫尖利的喙飞快地啄过来时，罗兰用他的皮护手套捉住了它。他给猎鹰喂了块肉，然后给它带上头罩。大卫驯服地跳上他的手腕。

罗兰得意地站起来，猎鹰雄赳赳地站在他的臂弯上。

“这是怎么回事，你能告诉我吗？”柯特指着罗兰血淋淋的前臂问。男孩站定了，准备迎接柯特的拳头，他屏住呼吸以防自己忍不住叫出声来。但是拳头始终没有落下来。

“它攻击我。”罗兰回答。

“你惹火了它，”柯特说，“猎鹰并不害怕你，孩子，而且猎鹰永远也不会怕你。猎鹰是上帝的枪侠。”

罗兰茫然地看着柯特。他不是个有想象力的男孩，如果柯特想打个充满寓意的比方，那罗兰肯定是琢磨不透的；此刻，他正纳闷，他认为这是柯特说过的为数不多的几句蠢话之一。

库斯伯特走到他们身后，伸出舌头朝柯特做怪样，当然他站在柯特看不到的位置。罗兰没有笑，但向他会意地点点头。

“回去吧。”柯特说，接过猎鹰。他转过身，指着库斯伯特说：“浑小子，记得反省。还有你的斋戒，今晚和明早。”

“是。”库斯伯特说，正式的语气听上去十分做作，“谢谢你，今天我受益匪浅。”

“你能学好。”柯特说，“但是你的老师一转身，你的舌头就又要犯老毛病从你那张笨嘴里头伸出来。希望有那么一天，你和你的舌头都能学会各守其位。”他又给了库斯伯特一拳，这次拳头结实地落在他的眉宇中间，罗兰听到一声沉闷的敲击声，就像厨房帮工开啤酒桶时木锤子发出的声音一样。库斯伯特仰面倒在草坪上，起初他的眼前一片金星，当视力恢复后，他眼冒怒火地瞪着柯特，他一贯的笑容不见了，而怨恨毕露无遗，眼睛中央就像鸽子的鲜血那样红。他点点头，咧嘴笑了一下，这种让人心寒的笑容罗兰可从没在同伴脸上看到过。

“那时，你才有希望。”柯特说，“当你认为你行了时，过来向我挑战，浑小子。”

“你怎么知道的?”库斯伯特从牙缝里挤出这几个字。

柯特转向罗兰，他的动作快得让罗兰差点朝后摔倒——那样他们俩就都要躺在草地上，用他们的血来装点这片绿色了。“我是从你这浑小子的眼睛里看出来的。”他说，“记住，库斯伯特·奥古德。这是你今天的最后一课。”

库斯伯特又点点头，脸上再次浮现出那个可怕的笑容。“我感到伤心。”他说，“我忘了父亲的脸——”

“别再说了。”柯特打断他，对此已没有兴趣。他转向罗兰，说:“走吧。你们俩。如果我还得看你们两个浑小子的蠢脸，我会把内脏都吐出来，错过我丰盛的晚餐。”

“走吧。”罗兰说。

库斯伯特甩了甩头让自己清醒些，然后站起来。柯特迈开他那粗短的弓形腿，大步向山下走去，他看上去强大有力，给人一种史前人的感觉。他刮得干干净净的头顶闪闪发亮。

“我总有一天要杀了这个龟孙子。”库斯伯特说，仍然带着他那骇人的微笑。一个紫色的肿块神秘地出现在他的前额。

“你和我都不是他对手。”罗兰说，突然咧嘴笑了起来。

“你可以跟我一起去西厨房吃晚饭。厨子会给我们食物的。”

“他会告诉柯特。”

“他可不是柯特的朋友。”罗兰耸了耸肩，“就算他说了又怎样?”

库斯伯特笑了笑。“当然。我总是想知道如果你头朝下又向后看，你看到的世界会是怎样的。”

他们穿过绿色的草坪往回走，身影慢慢变小。

9

西厨房里的厨子叫哈可斯。他块头很大，穿着一身沾满油迹的白色厨师服。他的肤色像原油一样，因为他有四分之一的黑人血统，四分之一的黄种人血统，四分之一的血统来自于南边岛屿——现在那里早被人遗忘了（世界在变化着），另外的四分之一血统则无人知晓。他在三个屋顶很高的蒸汽间里来回巡视，就像挂着低挡的拖拉机，他脚上巨大的拖鞋是哈里发式样的。在城里，他是成人中很特别的一个，因为他能跟小孩很好地交流，而且他毫无偏袒地对待所有的孩子——他对孩子并不是宠溺式的，而是真像对待大人那样对待孩子，有时会给你个拥抱，有时还会像办完大事后那样郑重其事地同你握手。他甚至对那些开始接受枪侠训练的男孩们也是一样的喜爱，尽管他们和其他孩子不同——他们虽然貌似平常，却总有些危险，不是成人式的危险，倒更像疯癫孩子的行为——伯特也不是第一个在被柯特罚斋戒时到他那儿来觅食的学生。此刻，他正站在轰鸣作响的巨大的电炉前——这是整个城里剩下的六台尚能运转的电器之一。这里是他的领地，他站在那里看着两个男孩狼吞虎咽地吃着他做的多汁的碎肉。前后左右都是忙碌的帮厨、各种分工不同的打杂的下手，在这充满蒸气的潮湿空气里穿来穿去。有人摇着锅烧菜，有人搅拌着炖锅里的食物，有人蹲在那里剥土豆或洗菜。放餐具的小间里灯光昏暗，一个脸似面团的清洁女佣面色阴沉，一头乱发由块破布扎着，拿着拖把向地上洒水。

一个男孩模样的帮工跑过来，身后跟着个侍卫。“这个人，他找你，哈可斯。”

“好。”哈可斯朝侍卫点点头，侍卫也朝他回礼。“你们两个孩子。”他说，“到麦琪那儿去，她会给你们馅饼吃。吃完你们就跑开吧。可别给我惹上麻烦。”

后来他们两人都清楚地记得哈可斯说过：别给我惹上麻烦。

他们点点头，跑到麦琪那里。她把大块的楔形馅饼放到盘子里递给他们，动作之快仿佛他们是会咬她的野狗。

“我们坐到楼梯下面吃吧。”库斯伯特提议。

“好。”

他们面前是一根粗大的石柱，厨房里没人能看得到他们。他们用手抓起馅饼吃得津津有味。他们坐定后不到几秒钟就听到有人从楼梯上下来，影子投在远处的墙上。罗兰一把抓住库斯伯特的手臂，说：“快跑，有人来了。”库斯伯特朝上面看，他一脸受惊的表情，脸上沾满了馅饼里的浆果。

但是人影停住了，还是看不到人。从声音判断是哈可斯和刚才那个侍卫。两个男孩坐在原地。如果他们现在跑开的话很可能会被发现。

“……好人。”侍卫说。

“法僧？”

“两个礼拜后，”侍卫回答他，“也许三个礼拜后，你必须跟我们走。货运仓库有一船货……”一阵嘈杂的锅盆敲击声，人们对那个倒霉的失了手的帮工一阵责骂，骂声嘘声淹没了侍卫的话；他们只听到他最后说：“……有毒的肉。”

“太冒险了。”

“不要问‘好人’能为你做什么——”侍卫说。

哈可斯叹了口气，接着他说：“但要看你能为他做什么。士兵，什么都别问。”

“你明白那意味着什么。”侍卫轻声说。

“知道。而且我知道我对他应尽的责任;你不必教训我。我和你一样爱他。如果他开口,我会跟着他跳进海里;我会做的。”

“那就好。那些肉会做上短期储存的标记,放在你的冷藏室里。但是你要赶快行动。你得理解这点。”

“唐屯那儿有孩子吗?”厨师问。其实并不是一个问句。

“到处都有孩子。”侍卫温和地说,“而且我们——他——真正关心的就是孩子。”

“有毒的肉。真是关心孩子的一种奇怪方式。”他重重地嘘了一口气,“他们会不会蜷缩起来,捂着肚子哭着喊妈妈?我猜他们会。”

“会像入睡那样。”侍卫说,但他的声音听上去自信得难以让人信服。

“当然。”哈可斯说,干笑了一声。

“你刚才自己说的。‘战士,什么都别问。’如果你知道这些孩子被他掌控着,准备开创一个新的世界,你还忍心看着他们在这里处于枪的统治下吗?”

哈可斯没有做声。

“再过二十分钟,我要站岗值勤了。”侍卫说,他的声音比刚才要平静许多,“给我块羊腿肉,我要去找个你的娘们,捏得她发笑。我走的时候——”

“我的羊肉可不会让你肚子绞痛,罗伯森。”

“你能不能……”但是人影走开了,再也听不到他们的声音。

我真该杀了他们,罗兰坐在那里出了神。*我真该用我的刀杀了这两人,就像杀猪那样割开他们的喉咙。*他看着自己的双手,现在手上除了在上练习课时沾上的尘土外还有肉汁和浆果。

“罗兰。”

他看着库斯伯特。两人坐在还充满馅饼香味的黑暗中对视了很长时间。罗兰的喉咙口有一股暖和的绝望的味道。他感到的可能是某种死亡的味道——像练习场上那只鸽子的死亡一样残忍。哈可斯？他有些不知所措。是上次在我腿上敷泥罨帮我疗伤的哈可斯？哈可斯？突然他的脑袋像短路那样切断了思维，他无法再集中注意力思考这个问题。

他看到，在库斯伯特那张幽默睿智的脸上也是一片茫然，什么表情都没有。库斯伯特的眼神十分平静，从中看不出丝毫对哈可斯行为的反应。在他眼里，一切都是注定发生的。他给了他们食物，他们跑到楼梯下来吃馅饼，然后哈可斯带着名叫罗伯森的侍卫鬼使神差地来到这个错误的角落密谈他们的阴谋。有时，命运就这样决定了一切，突然得就像大石块猝不及防地滚下山坡一样。一切就这样决定了。

库斯伯特的眼睛就是枪侠的眼睛。

10

罗兰的父亲刚从山地回来，在主觐见厅华丽的丝绒帘幕之间，他的衣着显得有些格格不入。直到最近，罗兰才被允许踏入这个大厅，这也象征着他的枪侠学徒期的正式开始。

斯蒂文·德鄯穿着黑色牛仔裤和蓝色工作衫。他的大氅随意地搭在肩上，尘土污迹明显可见，还有一处被撕烂连衬里都露了出来。这让他和房间的优雅华贵形成了刺眼的对比。他十分瘦削，当他低头看着儿子时，鼻子下面浓密的八字形胡须似乎沉重得让他抬不起头。双枪交叉悬在他的胯部，角度完美得能让他在瞬间拔出枪。磨旧的檀木枪柄在室内慵懒的灯光下让人丝毫提不起精神。

"大厨子。"他的父亲尽量温和地说,"想象一下! 在山地的铁路起点处铁轨被炸毁。翰德里克森镇上所有的牲畜尸横遍野。甚至……想象那种场景! 想象一下!"

他凑近儿子的脸庞:"这有没有让你惴惴不安呢?"

"就像猎鹰,"罗兰说,"它有时也会让人不安。"他不由得笑出声来,倒不是因为那种情景轻松得能让人发笑,而是觉得自己的比方竟如此贴切。

他的父亲微微一笑。

"是的。"罗兰说,"我猜这……这事让我有些不安。"

"库斯伯特当时和你在一起。"他的父亲说,"他肯定已经向他的父亲汇报了此事。"

"是。"

"你们俩都在他那儿得到食物,当柯特——"

"是的。"

"还有库斯伯特。你认为他是不是也为此不安呢?"

"我不知道。"他心里也压根不在乎。他从不关心自己的感觉是不是跟别人不一样。

"这让你不安是因为你觉得你造成了一个人的死亡?"

罗兰不情愿地耸耸肩,讨厌父亲这样对他苦苦逼问。

"但你还是告诉了我。为什么?"

男孩的眼睛一下子睁得滚圆:"我怎么能不说出来? 谋反通敌是——"

父亲不耐烦地摆了摆手:"如果你告诉我,只是出于像课本里讲的那种低贱理由,那你是卑鄙的。我宁愿看到所有的唐屯人都被毒死。"

"不是!"他忍不住吼了出来,"我想杀了他——他们两个! 骗子! 害人的骗子! 蛇蝎! 他们——"

"接着说。"

"他们伤害了我。"他说完了,但怒气未消,"他们策划了阴谋,这刺痛了我的心! 我为此想杀了他们。当时我就想杀了他们。"

他的父亲点点头。"那很残忍,罗兰,但却不是卑劣的行为。不道德,但维护道德正义也不是你现在能做的。其实……"他盯着儿子的脸说,"也许维持道义永远在你的能力范围之外。你反应不快,不像库斯伯特或范内的儿子;不过,这没什么大不了。这会让你变得令人生畏。"

这个评价既让男孩高兴,又让他困扰。"他会被——"

"哦,他会被吊死。"

男孩点点头,说:"我要亲眼看到。"

老德鄯仰头大笑。"并不像我想象的那样令人生畏……也许还只是孩子般的愚蠢吧。"他突然紧闭上嘴,伸手用力捏住男孩的手臂。罗兰疼得龇牙咧嘴,但仍然牢牢地站在那儿。父亲死死地盯着他,男孩毫不畏惧地回视着他的目光,尽管这比刚才给猎鹰套上头罩要难得多。

"好吧。"他说,"你能去。"他突然转身就要离开。

"父亲?"

"什么?"

"你知道他们说的是谁吗? 你知道'好人'是谁吗?"

父亲转过身,若有所思地看着他:"知道。我想我知道。"

"如果你捉住他。"罗兰说得非常缓慢,陷入了自己的沉思。"就不会再有人像厨子这样被砍头了。"

父亲抿嘴一笑。"也许暂时不会。但最终,总有人得人头落地。人们需要这个。即使没有叛徒,迟早,人们也会造个叛徒出来。"

"是。"罗兰回答，立刻吸收了这个概念——这个概念他今后也始终牢记着。"但，如果你捉到了'好人'——"

"不。"父亲干脆地回答。

"为什么不？为什么那还不能算作了结？"

那一刻，父亲几乎要张口解释原因了，但最终他只摇摇头。"好了，我们谈得够多了。出去，离开这儿。"

他很想提醒父亲别忘了他的允诺，当哈可斯套上绳索时他要在场，但他对父亲的情绪变化非常敏感。他一手握拳举到前额，跨着弓步向父亲鞠了一躬。他走出大厅，快速地关上门。他猜想现在父亲想做的是去找母亲寻欢。他清楚他的父母在一起做什么，而且他也很懂是怎样行那事的，但是一想到那幅场面，他总感到不安，而且有种奇怪的负罪感。多年后，苏珊告诉他俄狄浦斯王的故事，他只是静静地听着，痛苦地听着每个字，想到由他父母和马藤组成的那个罪恶的三角关系——马藤，在有些地方人们叫他法僧，或"好人"。或许那是个四角关系，如果有人也愿意把自己搅和进去的话。

11

盖乐泗是唐屯附近的一座山，一个非常有诗意的地方；也许库斯伯特很喜欢这儿的风景，但罗兰却不为所动。在他眼里，高耸入蓝天的绞刑架倒是非常壮观，那个悬在客运车道上方骷髅般的侧影让他暗自兴奋。

罗兰和库斯伯特被免去了当天的晨练——他们都带着父亲写给柯特的请假条。柯特读纸条的时候非常吃力，他口中念念有词，还不时点点头。他看完两张纸条后，小心翼翼地折好放进口袋。即使在蓟犁这地方，纸也像黄金那样贵重。在确保纸条存放安全后，他抬头看了看渐露曙光的天空，向他们点了点头。

“等在这里。”他说，朝他住着的那座歪斜的石屋走去。他回来时手里拿着一片粗糙的没有完全发酵的面包，掰成两半后分给男孩。

“当绞刑结束后，你们俩都要把面包放到他的脚下。一定要照我说的做，不然我会打得你们站不起来。”

他们直到骑着库斯伯特的老马到了刑场以后才明白师父的用意。他们最早到那里，比其他人整整早了两个小时，而离行刑也还有四小时。整座盖乐泗空无一人，除了些山石和乌鸦外别无他物。乌鸦多不胜数。它们嘈杂地站在活板上方疙疙瘩瘩的木栏杆上——这一套架子俨然是死神的盔甲。有些排成一排立在平台的边缘，另一些推挤着争抢台阶上的位置。

“人们把尸体留给这些鸟。”库斯伯特喃喃自语。

“我们爬到那上面去。”罗兰提议。

库斯伯特看着他，眼里充满恐惧：“上那里？你不认为——”

罗兰一挥手打断了同伴。“我们来得太早了。现在没人会来。”

“好吧。”

他们朝绞刑架慢慢走去，乌鸦都飞起来，呱呱叫着在他们的头顶盘旋，像一群被夺取土地后愤怒的农民。它们黑色的身子映衬着明净的曙光显得那样压抑。

事发后，这是罗兰第一次感到他对整个事件所负的重大责任；绞刑架的木头非常普通，不是“文明社会”珍视的木材，只是歪歪扭扭、枝节盘突的松木，上面还覆满了白色的鸟粪。到处都是那白色的斑点——台阶上，扶栏上，平台上——而且气味令人作呕。

罗兰感到惊恐万分，他转过头看库斯伯特，发现同伴也是相同的表情。

“我不能。”库斯伯特小声说，“罗，我不敢看那种场面。”

罗兰慢慢摇摇头。他意识到，这对他们会是一堂课，他们要看到的不是闪亮美好的，而是古老的，锈迹斑斑，畸形丑陋的东西。这也是他们的父亲让他们来这里的目的。这时罗兰一贯的那种无法言表的固执占了上风，不管他会看到什么，他都已下定决心。

“伯特，你能行。”

“如果我看了的话，晚上会睡不着觉。”

“那就别睡。”罗兰说，不明白睡不着觉和他们看绞刑有什么关联。

库斯伯特突然抓起罗兰的一只手，气愤地看着他，一个字都吐不出来。这让罗兰又开始动摇，他真后悔那天和同伴去了西厨房。父亲是对的：最好什么都不知道。宁愿让唐屯的男女老少都被毒死，腐味比这里还臭。

但是，毕竟，毕竟……不管这教训是什么，不管会看到什么半埋着的长满锐角的东西，他都不会放弃，不会放弃自己的决心。

“我们别上去了。”库斯伯特说，“我们什么都看到了。”

罗兰不情愿地点点头，觉得自己的决心又开始变弱。他知道，若柯特在这里，会把他们打个面朝天，然后逼他们一步一步走上平台……让他们深呼吸充满血腥味的空气，然后那气味顺着喉咙下去就像咸果酱一样。也许柯特还会亲手在架子上系上麻绳，逼他们一个个将脖子套在圈里，逼他们站在活板上感受那种绝望；如果他们失去控制哭出来或尿湿裤子的话，那柯特定是一阵拳脚相待。当然，柯特做的肯定会是正确的。第一次，罗兰发现自己十分痛恨童年。他希望自己转眼就变成大人。

他费劲地从扶栏上撬下一块木片，放在胸袋里，转身离去。

“你为什么那么做？”库斯伯特忍不住问。

他希望自己能得意地向同伴炫耀：啊，这是绞刑架好运符……，但他说不出口，只是看着库斯伯特摇了摇头。“这样，我就有这块木片了。”他说，“永远有这木片。”

他们离开绞架，远远地找了个地方坐下，等待着。大约一小时后，镇上来了些人，他们多是扶老携幼坐着破旧的马车和布卡前来，有人还带着早点——挎篮里装着卷起来的薄煎饼，中间夹着野商陆做成的酱。罗兰饿得肚子直叫，他绝望地看着眼前野餐似的场景，不知道所谓的尊严、庄重到哪去了。人们一直向他灌输那些概念，但他此刻不得不怀疑那些教诲是否只是谎言，或只是被智者深深埋藏起来的宝藏。他想强迫自己相信那些概念，但在他心里，哈可斯穿着肮脏的白色厨师服，在充满蒸气、不见阳光的厨房巡视，时不时朝帮手吼上几句，那种形象可比眼前这些有尊严得多。他的手指摆弄着从绞刑架上剥下来的木片，不知所措。库斯伯特躺在他身边，脸上毫无表情。

12

最后，这并不像想象的那样难熬，罗兰长吐了口气。哈可斯被绑在二轮平板车上，圆筒似的身躯让人们老远就认出了他；一块宽大的黑布绑住了他的眼睛，甚至盖住了他的整张脸。有几个人朝他扔石块，但大多数人只是继续吃他们的早餐。

一个他俩都不熟悉的枪侠（看到父亲没有抽中黑石来行刑，罗兰很高兴）领着臃肿的厨师小心地走上台阶。两名守卫早站在活板两侧。当枪侠和哈可斯都走到平台上后，枪侠将绞索穿过绞架的横梁，然后套到厨子的头上，绞索往下滑，停在厨子的左耳下侧。乌鸦都飞走了，但罗兰清楚它们都在等待。

“你想做最后的忏悔吗?”枪侠问。

“我没什么好忏悔的。”哈可斯说，他的声音传得很远。尽管黑布罩住了他的脸，但他的声音还是响亮而充满尊严。在舒适的微风吹拂下，黑布微微飘动。“我没有忘记我父亲的脸；它永远和我同在。”

罗兰仔细地观察着众人，让他非常不安的是在众人脸上他看到了同情，也可能是仰慕。他会向父亲请教。如果叛徒被当成英雄(或英雄被看作叛徒，这个想法让他皱起眉头)，那黑暗就将降临世界。关于黑暗时期，他希望自己能了解得更多。他突然想到柯特，和他给他们的面包。他感到一阵不屑；柯特服侍他的日子会日渐临近。也许库斯伯特享受不到；也许柯特的烈火把伯特的腰烤弯了，让他再也直不起来，只能当个听差或马夫(甚至更糟，他会变成一个涂着刺鼻香水的外交家，整天在接见厅内虚度光阴，或是陪年迈的君王、王子朝假水晶球内窥视)，但是罗兰不会这样。他知道。他属于开阔的大地，他要远征跋涉。日后，当罗兰独处时回想起当年的抱负，不禁为之惊讶。

“罗兰?”

“我在这儿。”他拉起库斯伯特的手，两人的手指像被焊住的铁条一样紧紧握在一起。

“你被指控涉嫌屠杀和叛乱。”枪侠宣布，“你已经越过了白线，离开了善良的世界，我，查尔斯的儿子查尔斯，宣布你将永远被禁锢在邪恶的黑色世界。”

人群中一阵骚动，有人提出了抗议。

“我从没有——”

“到地下去编你的故事吧。”查尔斯的查尔斯说，他用带着黄色护手的双手猛地拉下了控制杆。

活板被打开。哈可斯猛地掉下去，他仍试图说话。罗兰永远忘不了那一幕。厨子死的时候*仍然想说话*。他到哪里才能说完他留在世上未完成的最后一句话呢？他最后的几个字被一声巨响给吞没了，那响声让罗兰想到了冬天，松果在火炉里爆炸的声音。

不过，整个过程在罗兰眼里并不太残忍。厨子的双腿向前踢了一下，摆成个Y形；人群中响起了满意的口哨声；两个守卫改变了严肃的站姿，开始随意地收拾起东西。查尔斯的儿子查尔斯慢慢走下台阶，跨上马，他粗鲁地穿过一群野餐的村民；几个走路慢吞吞的人挨了他几下鞭子，撒腿就跑。

这之后，人群很快就散开了，四十分钟后，就剩两个男孩孤零零地坐在小土丘上。乌鸦都飞回去检验它们的奖品。一只乌鸦落到哈可斯的肩上，友好地坐在那里；哈可斯右耳上一直戴着的耳环闪闪发亮，乌鸦忍不住伸嘴啄过去。

“这看上去一点都不像他。”库斯伯特说。

“哦，不，我看像极了。”罗兰自信地说。两人手里捏着面包朝绞架走去。库斯伯特一脸窘迫。

他们在横梁下驻足，抬头看着晃荡着的尸体。库斯伯特要显示自己并不害怕，他伸手戳了一下长满毛的脚踝。尸体开始以另一条弧线晃动。

他们非常迅速地将捏碎的面包屑撒在哈可斯晃动的脚下。他们骑马离开时，罗兰只回头望了一眼。现在，那儿聚集了成千上万只乌鸦。难道，面包只是象征性的？他隐约有这个感觉。

“这不赖。”库斯伯特冷不丁地说，“这……我……我挺喜欢的。真的。”

罗兰并不吃惊，尽管他并没有特别在意当时的场景。但是他觉得他也许能理解库斯伯特的意思。也许，他最后的结局不会是个外交家，不会只说说笑话来取悦人。

“我说不清楚。”他说，“但这不错。的确不错。”

在接下去的五年里，他们的土地并没有落到“好人”手里，那时罗兰已成为枪侠，他的父亲去世了，而母亲被他弑杀了——世界变化着。

他的远征跋涉生涯也开始了。

13

“看啊。”杰克说，指着前方。

枪侠抬头看，觉得右臂一阵刺痛。他眨了眨眼。他们进入这片山脉已有两天，尽管水袋都快空了，但他们并不担心。马上他们就会有喝不完的水了。

他顺着杰克手指的方向望去，目光越过绿色的平地，看到远处光秃秃的悬崖峭壁，最后停留在雪山顶上。

隐约地，前方出现了一个小黑点(那也许会是人们眼前始终会看到的那种微粒)，枪侠相信他看到了黑衣人，缓慢地在山坡上攀登，就像一面巨大的花岗岩墙壁上的一只微型苍蝇。

“是他吗?”杰克问。

看着远处辨别不出人形的黑点，枪侠有点悲伤，他知道，这是种预兆。

“是他，杰克。”

“你说我们赶得上他吗?”

“在山的这一面不行，在另一面也许行。但我们若是站在这里聊天可就赶不上了。”

“那些山真高。”杰克说，“山另一面是什么？”

“我不知道。”枪侠说，“我想没人清楚。也许很久以前有人翻过山，看到过另一面。走吧，孩子。”

他们继续往上走，有时会将些松动的小石块踢下山，一直滚到身后的沙漠里。远处的沙漠就像一张褐色的烤面包纸，绵延无边。远处，小黑点越爬越高，无法看到他有没有回头朝他们看。他似乎能跳跃几乎不可能跨越的鸿沟。有一两次他消失了，但总是又回到了他们的视线中，直到紫色的暮霭模糊了他的身影。当他们晚上宿营时，男孩的话很少，枪侠怀疑男孩是不是也有同他一样的直觉。他想到了库斯伯特的脸，沮丧的，兴奋的，通红的。他想到那半块面包，黑沉沉的乌鸦。结局就是这样，他想。一次又一次，结局都是这样重复着。许多条路都永远向前延伸，但最终总会聚集到相同的一个终点——聚集到死亡的土地上。

也许，通往塔的道路除外。在那里，命运可能会露出真面目。

男孩，也将是个牺牲品，这难以避免。他的脸庞在微弱的火光下显得非常稚嫩，他已经睡熟了。枪侠为他盖上在马房里找到的毯子，自己也蜷缩着进入梦乡。

第三章

神谕和山野

1

男孩找到了神谕，但那几乎毁了他。

一种微弱的本能突然让枪侠从梦中惊醒，眼前是一片如黑丝绒般厚重的黑暗。他和杰克已经越过了第一波起伏的山峦，来到这片几乎水平的绿洲。他们离开沙漠后的这段路程十分艰辛，没有任何遮蔽物可以抵挡炫目的阳光，他们的每一步都成为痛苦的挣扎，但他们一路上都能听到蟋蟀欢快的叫声从远处的柳树林里传来。枪侠还能保持镇静，而男孩的表情就是伪装出来的不动声色，但这也很让枪侠为他骄傲了。只是杰克无法掩饰他眼神中的狂躁，那种白色发狂的眼神有时会在马身上看到，那时的马肯定是闻到了水的气味，但主人眼中那根无形的锁链让它无法撒腿跑去找水；此时的杰克就像一匹马，用马刺、马鞭都是无效的，只有靠理解才能稳住他，让他保持镇静。枪侠可以估量杰克的渴望，因为蟋蟀的叫声在他自己体内也激起了一种难以控制的疯狂。他的手臂想找到嶙峋的岩壁好在上面擦蹭，他的膝盖乞求他帮它们撕裂开道道流血的伤口。

一路上太阳蹂躏着他们；甚至在黄昏，当太阳成了一个肿胀的红球时，它还不懈地从群山之间找到缝隙追寻着他们，晒得他们睁不开眼睛，让每一滴汗水都结晶为痛苦。

慢慢地，路上出现了植物，起先是发黄的锯草，以坚毅的附着力紧紧地依附在干裂的土地上，也许融雪形成的溪流到这里就止步不前了。再往前走，便看到了巫头草①，逐渐由稀疏变得浓郁繁茂……接着他们闻到真正的青草的甜美气息，夹合着梯牧草的味道，他们兴奋地看到了树阴，这些矮枞木仿佛是他们第一次看到的树木。枪侠看到树丛中一道褐色的弧线划过。他在瞬间拔枪射击，没等杰克来得及张口惊叫，他已经捡起了射中的兔子。等待了片刻后，他将枪插回枪带。

"给你。"枪侠说。再往前，草地已经变成一片浓郁的柳林，在习惯了被烈日烘烤得不剩一点生命的沙漠荒地后，突然看到这片绿色，两人都不由一惊。也许那里有泉水，也许还不止一处，那里会更荫凉。但枪侠转念一想，还是选择了这片开阔地。男孩已经尽力，他每走一步都是硬拖着双腿，而且树林深处可能有吸血蝙蝠。这样不管男孩有多困，蝙蝠都会搅乱他的睡梦；若是有吸血鬼，那他们俩可能就再也醒不过来……至少，在这个世界里不会再醒来。

男孩自告奋勇："我去捡些柴火。"

枪侠笑了："不，你待在这里，坐下来，杰克。"他记得有人说过相同的话。是一个女人说的。苏珊？他记不清楚。时间是盗去记忆的窃贼。这句话他记得，是范内说的。

男孩顺从地坐下。当枪侠回来时，杰克已经躺在草地上睡熟了。在他翘着的一绺头发末梢，一只大螳螂重复着它行沐浴礼似的动作。枪侠大笑起来——上帝也不记得多久没见他那样

---

① 巫头草(Witchgrass)，又称毛线稷，是一种在美国十分常见的野草，一年生植物，茸毛浓密。

开怀大笑了——生起火堆然后去打水。

柳树林比他想象的更深，在昏暗的光线下显得非常神秘。他找到一口泉水，周围爬满了守卫着的青蛙。他装满一个水袋……然后直起身子倾听。夜空中飘荡着一种声音，莫名地激起他体内强烈的欲望，让他非常不安。甚至在特奋，和爱丽同床时，她都从来没能唤起他的这种欲望——当然，他和爱丽很多时候就像例行公事那样毫无感情。他猜也许是环境的突然变化令他产生了幻觉。在炽热的沙漠里长途跋涉之后，这里的夜色显得如此柔和，几乎要将他融化了。

他回到火堆旁，烧水的同时将兔子剥了皮，将新鲜的兔肉和剩下的最后一罐蔬菜一起炖。好久没享受到这样的美食了。他叫醒杰克，看着他睡眼惺忪地狼吞虎咽。

"我们明天还待在这里。"枪侠对他说。

"但你要追的那个人……那个牧师……"

"他不是牧师。别担心。他会等我们。"

"你怎么知道的？"

枪侠只能用摇头来回答他。他心里有一种十分强烈的直觉……但这直觉让他不安。

饭后，他用水冲洗了吃饭的罐头（他简直不敢相信自己能如此挥霍地用水），当他转身回来时，杰克又睡熟了。现在对杰克的这种感情，枪侠已经习惯了，他只对库斯伯特有过这种感情。库斯伯特和罗兰同岁，但库斯伯特显得比他小很多。

纸烟的烟灰都快触到草地了，他将烟蒂扔进火堆。和烧鬼草的火堆相比，在这里，黄色的火焰显得非常不同，它是如此明亮。空气凉爽宜人，他背对着火堆躺下了。

从远处的群山深处传来了轰隆隆的雷鸣声。他睡着了，做了个奇怪的梦。

2

他眼睁睁地看着苏珊·德尔伽朵，他的爱人，慢慢死去。

他无助地看着，两条臂膀被四个村民死死按住，一个锈迹斑斑的铁枷锁压得他抬不起头。但当时的情况并非如此——他甚至不在现场——梦有自己的逻辑，总和现实混淆起来，不是吗？

她已非常虚弱。他可以闻到她烧焦的头发，听到村民们大声叫着"烧死你"①。他觉得自己真要发疯了。苏珊，马夫的女儿，一直坐在窗边的美丽女孩。罗兰看到她飞过了鲛坡，她的影子是骏马和女孩的融合，是古老传说中神奇的造物，是狂野和自由的象征！他看到他们俩一起飞过了玉米地。他从幻觉中醒来时看到人们纷纷向苏珊投掷着玉米壳，整只整只的玉米壳还没碰到她就开始燃烧。烧死你，烧死你，这些仇视光明和爱情的人越叫越响。在暗处，蕤这个老巫婆正念念有词。透过火焰，看得到苏珊已经变黑，她的皮肤被烤得裂开来，而且——

她在喊什么？

"男孩！"她尖叫，"罗兰，那个男孩！"

他一阵晕眩，拼命推搡着困住他的村民。铁枷锁挫着他的脖子，他听到从自己喉咙里传出被勒绞得透不过气的声音。空气中弥漫着烤肉的甜美香味，但这让他作呕。

男孩从远处的一扇窗户里低头看着他。就在同一扇窗户旁，他第一次看到苏珊，也就在那里，苏珊教他成长为一个男人；

---

① 原文是 Charyou tree。这是一种在公众面前执行的死刑，最初是一种以人类作为祭品的牺牲方式。受迫害者或罪人被绑在大木架上，双手被涂成红色，众人将玉米壳扔到木架底下，然后点火。

苏珊喜欢坐在那里为他哼唱老歌，像《嗨，裘德》，《潇洒上征途》和《浅爱》。站在窗户后头的男孩就像教堂中雪花石膏雕成的圣人像，他的眼睛是大理石刻出来的。一根长钉穿过杰克的额头。

枪侠想拼命喊叫但感到透不过气来，他彻底变得疯癫了。

“呃——”

3

火焰烫了他一下，让噩梦中的罗兰叫了起来。他突然直挺挺地坐起来，眼前还是眉脊泗的火刑场景，幻景就像梦中的铁枷锁一样让他窒息。做梦时，他不断翻滚扭动，一只手碰到了只剩余烬的木炭。他把手贴在脸上，感到梦境消散了，只剩下杰克僵硬的轮廓，像石膏般惨白的圣像。

“呃——”

他警惕地环视着周围神秘的黑暗，已经拔出双枪。在最后一点火光的映照下，他的眼睛就像红色的洞孔。

“呃——”

杰克。

枪侠跳起来朝声音传来的方向跑去。微弱的月光下，他能辨清男孩留在草地露水上的脚印。他弯腰穿过柳树，蹚过小溪，连跑带滑地穿过潮湿的草地来到远岸(这令他通体舒泰)。柳条拂打着他的面庞。在这里树林更密了，一点月光都透不进来。树干盘枝错节，树影叠叠，草高及膝，抚摸着他，仿佛恳求他放慢脚步，享受这片清凉，享受生活。半腐烂的枯枝躺在地上，触碰着他的小腿。他停住脚步，抬头闻着空气中的气味。一阵微风吹过，帮了他的忙。杰克这些天体味很明显；当然他们俩都一样。枪侠的鼻孔就像猩猩那样一张一合。杰克的汗味中还有孩子特有的气息，非常微弱，有些油腻，这让枪侠确信无疑。他匆忙向那里奔去，踏过一片荆棘，折断一些枝条，在密集的柳树和漆树形成的窄小通道中疾驰而过。有时肩膀擦碰到苔藓，就像碰到死尸绵软无力的手；有的还在他肩上留下垂涎般的灰色卷须。

他拨开最后一丛柳枝，来到一片空地上。这里抬头便能看到繁星，附近的一座山峰发出白骨似的光，它的高度看上去无法征服。

一些黑色的大石柱堆砌成一圈，在月光下看起来像个超现实的捕猎陷阱。中央是一张石桌……是祭坛。非常古老的祭坛，从地面升起，被手臂状的黑色石柱托着。

男孩就站在祭坛前，身子前后晃动着。他的双手不停地摇摆，就像充满了静电一样。枪侠高声叫他的名字，但杰克只是含糊地支吾了一声，像是在否定什么。男孩的左肩上隐约露出一张脸，看上去有些惊恐，但异常兴奋。然而，还不止这些。

枪侠踏入围圈，杰克尖叫着，不由自主地抖动着甩开手臂。枪侠终于能够清楚地看到他的脸，察觉到他正经历着恐惧和极度欢愉的斗争。

枪侠感到有东西在抚摸他——祭坛的灵魂，饥渴的女魔。突然他的大腿根部充满了亮光，既柔软又坚挺的亮光。他感到自己的头向一边扭曲，舌头变厚了，甚至对舌头表面的一点唾液都十分敏感。

他脑子里一片空白，下意识地从口袋里掏出有些腐蚀的颚骨。自他在驿站从说话的鬼魂那儿找到这块颚骨，他就一直保存着。他什么也没想，因为他已经习惯了本能的指引。本能是他最能够信赖的。他将颚骨高举，直视着那个冻结了的古老的微笑，他僵直地伸出另一只紧握的手，大拇指和小指前伸，构成了古老的叉子形状，这是一个驱除恶魔凶眼的标符。

就像扯下一件大衣时那样，他身边那种充满热气的感觉霎时消失了。

杰克又尖叫起来。

枪侠走到杰克面前，将颚骨举到他充满惊恐的眼睛前。

“看着这个，杰克——仔细看着它。”

唯一的回应是一声痛苦的哭声。杰克试图转移视线，但仿佛定在那里动不了。那一刻，他看上去快要被撕成碎片了——即使身体还暂时完好，他的精神也濒临崩溃。突然，他的眼睛往上翻白，继而他瘫倒在地。他柔软的身躯砸到地上一点声音也没有，他的一只手差点碰到支撑祭坛的石柱。枪侠单膝跪下，将杰克抱起来。他的体重非常轻，就像深秋的一片完全脱水的树叶。

在他周围，罗兰感到有阴魂在游荡，甚至可以感到它的妒火和愤怒——因为它的战利品已被夺走。枪侠踏出石圈，嫉妒受挫的气氛立即消散。他抱着杰克回到营地。当他把杰克放下时，昏迷的男孩已经平息下来，不再扭动挣扎，慢慢睡安稳了。

枪侠看着火堆灰色的遗迹发了会儿愣。月光照在杰克脸上，让他想起教堂中的圣像，不为人知的雪花石膏般的纯净。他搂住孩子，轻吻了他。他知道他爱这个孩子。也许这样表达不够准确。确切地说，他第一眼看到这孩子就喜欢他（就像他第一眼就爱上苏珊·德尔伽朵那样），但只有这一刻，他才允许自己承认这种感情。他无法再否认，因为这是个事实。

他感到几乎听到了黑衣人的笑声，从很远的地方传来。

4

杰克的大声呼唤让枪侠醒了过来。他把杰克绑在附近的一根粗壮的树干上,男孩感到又饿又沮丧。根据太阳的位置来看,差不多该九点半了。

“干吗把我捆起来?”枪侠为他解开用毯子打成的粗结时,杰克愤怒地问他,“我不会逃跑的!”

“你昨晚的确跑开了。”枪侠说,他被杰克的表情给逗乐了。“我走得老远才找到你。你梦游了。”

“是吗?”杰克怀疑地看着他,“我以前从来没有过——”

枪侠突然拿出颚骨,放到他面前。杰克吓得猛地往后一缩,一脸惊恐,伸出了手臂。

“记得吗?”

杰克点点头,但被弄晕了:“到底发生了什么?”

“我们现在没时间闲聊。我有事得离开一会。也许要一整天。听着,孩子,这很重要,如果日落时我还没回来——”

恐惧出现在杰克脸上:“你要离开我!”

枪侠只是静静地看着他。

“不是。”过了一会,杰克自己回答,“我猜如果你要离开我,你早走了。”

“这话才是用过脑子后说的。现在,听着,仔细听我说。我离开时,我要你待在这里。就在原地,不要走开,即使你觉得到处逛逛是世界上最吸引人的主意也别走开。如果你有怪异的感觉——说不清的那种感觉——你就拿起这块骨头,握在手里。”

憎恨和厌恶的表情从杰克脸上掠过,同时还有几分不知所措。“我不能。我……我就是做不到。”

“你能行。你也必须得行。特别是在午后。这对我们都很重要。也许刚碰到这块骨头时你会恶心或头疼，但马上会过去的。明白吗？”

“是的。”

“你会照着我说的去做吗？”

“会。但你干吗非得离开不可？”杰克忍不住叫起来。

“我有我的理由。”

枪侠又看到杰克骨子里的坚毅，这种力量如此神秘，就像他讲的城市里的建筑高得都能擦到天一样不可思议。男孩的这点品质让枪侠想到自己的另一个密友阿兰，而不是库斯伯特。阿兰十分安静，一点都不像伯特那样喜欢惊天动地般吹嘘自己，而且阿兰很让人信赖，无所畏惧。

“好吧。”杰克最后说。

枪侠小心地把颚骨放在火堆灰烬旁。咧嘴笑的颚骨藏在草丛中，仿佛是块腐蚀的化石经历了五千年的黑暗后重见光明。杰克不敢看它。他脸色苍白，显得十分可怜。枪侠想若是将男孩催眠然后问他些问题会不会对两人都有好处，但他很快又放弃了这个念头，觉得也问不到什么。他能够肯定石圈里的是个恶魔的魂灵，很有可能还是个神谕。一个无形的恶魔，只有无形的性欲和能预言的眼睛。他猜想这会不会是希尔薇娅·匹茨顿的灵魂呢，那个肥大如山的女人曾利用宗教狂热煽动特岙的村民，而最终导致了整个村子的毁灭……但他排除了这个可能性。不会是她。构成石龛的石块明显有岁月的痕迹，而与藏匿于石龛中的灵物相比，希尔薇娅·匹茨顿只是个偶然冒出头的狡猾巫婆。石龛中的灵物令人捉摸不透。但枪侠敢肯定男孩用不着动用颚骨的魔咒来保护自己，因为他能让灵物的精神气息集中在他身上。枪侠需要探个究竟,尽管要冒险……可能代价还不小,但是为了杰克,也为了他自己,他要不顾一切地前去了解清楚。

枪侠打开烟袋,一只手伸进去把烟叶都推到一边,直到摸到一个很小的硬物。东西被包在一张白色的破纸里,他在手指间转玩着硬物,茫然地看着天空。最后他打开白纸,取出里面的物品——一粒很小的白色药片,由于长途跋涉,药片的边缘已有些磨损。

杰克好奇地看着他手里的东西,忍不住问:“那是什么?”

枪侠笑了:“柯特经常跟我们讲一个故事,他说很早以前神在沙漠上撒尿,结果就形成了墨斯卡灵①。”

杰克不解地看着他。

“这是一种药。”枪侠解释道,“但不是让你瞌睡的药片。它能让你突然十分清醒。”

“就像冰毒。”杰克反应非常快,但转眼又变得迷惑不解。

“是什么?”

“我也不知道。”杰克说,“突然就从我嘴里冒出来了。我猜,这来自……你知道,以前。”

枪侠点点头,但仍心存疑虑。他从没听到过人们把墨斯卡灵又叫做冰毒,即使在马藤的古书里也没这种叫法。

“这对你有害吗?”杰克问他。

“从来没有过。”枪侠心里却清楚这只是遁词。

“我不喜欢这样。”

“不要紧。”

枪侠蹲下身,拿起水袋,喝了一大口,将药片吞咽下去。就

---

① 一种生物碱。

和往常一样，他立即感到嘴里产生了反应：似乎一下子出现了过量的唾液。他在灰烬跟前坐下。

“过多久你就会有反应？”杰克问。

“暂时还不会。安静点。”

于是杰克一声不响地坐在一旁，怀疑地看着枪侠镇静地像举行仪式似的擦起双枪。

他把枪插入枪套，对杰克说：“你的衬衣，杰克。脱下来，给我。”

杰克不情愿地脱下褪色的衬衣，交给枪侠，露出他精瘦的肋骨。

枪侠拿出一根缝在牛仔裤边缝上的针，从枪带的一个空弹孔上抽出一根线。他想把杰克衬衣袖子上一长条撕裂口缝好。等他缝完让杰克穿上衬衣时，他感到药性开始发生作用——他的胃一阵紧抽，全身的肌肉就好像裂开了一道口子似的。

“我得走了。”他站起来，“是时候了。”

男孩刚要站起来，又坐了下去，看上去心事重重。“保重。”他说，“千万当心。”

“记住那块颚骨。”枪侠说。他走之前把手放到杰克的头上，捋了捋他那头玉米色的头发。这个动作吓了他自己一跳，他赶忙用笑声掩饰了过去。杰克看着他的背影消失在柳树林里，尽管脸上挂着笑，但却十分担忧。

5

枪侠不慌不忙地朝石龛走去，中途休息了会儿，喝了几口透凉的泉水。他在泉水形成的小池塘里看到自己的倒影，有些自恋地欣赏着。药片对他的神经系统也开始产生作用，他的思维变慢，任何一点感官上的冲击都会产生幻觉。此前他视而不见的事物一下子变得十分重要。他迟疑了一会，最终站起来，向盘枝错节的柳树丛中望去。阳光透过密密的树枝形成一道金色的光柱，他看着光柱中飞扬的尘埃微粒，出了神。

以往，服用这种药物总让他内心不安：也许他的自我意识太强烈（也许只是过于简单），他无法忍受这种被彻底剥析、流露情感的滋味——这就像他讨厌人们用猫须逗他发痒一样，有时这甚至让他发怒。但这次，他觉得自己非常平静。他感觉这很好。

他踏进那片空地，径直走入石圈。他站在那里，让自己的思想自由奔流。是的，现在他的思绪变得快而激烈。草地喷涌着绿色；他感觉如果他俯身抚摸一把绿草，他的手掌和指尖都会染上绿色。他使劲遏制着这种调皮的冲动。

但是神谕并没有发出任何声音。空气也静止不动，他并没感到昨晚那种充满欲望的触碰。

他走到祭坛前，默默地站在一旁。他难以连贯地思考，有条理的思绪对他来说已经完全不可能。他觉得牙齿仿佛长错了位置。微小的墓碑遍布在湿润的粉色土地上。周围的世界发出刺眼的亮光。他爬上祭坛仰面躺下。他的大脑变成了长满奇异植物的丛林，充斥着他从来没有过的奇怪想法。天空变成了水，他被悬在水面上。这个念头让他晕眩，一切都显得那么遥远，那么渺小。

一句古诗突然回响在耳边，不是为他唱儿歌的声音，不；他的母亲害怕这种药片，怀疑使用它的必要性（正如她害怕柯特，不理解他鞭打这些男孩的必要性一样）；这诗句源自住在沙漠北部的曼尼族，那族人现在仍住在早被废弃的机器之间……而那些机器还能运作时吞噬过不少人。诗句一遍遍重复着，让他想起（这之间毫无联系，但就是药片的作用）小时候拥有的一个球状玩具，里面会飘雪花，那时在他眼里显得神秘而怪异：

在人类世界之外，

一点地狱，一抹怪异……

悬垂于祭坛之上的树枝间藏匿着许多张脸。他心不在焉地看着他们，有些迷惑：这里是一条盘旋着的绿色的龙；那里是个山林仙女，向他敞开树杈的手臂；还有个活着的颅骨，黏液从四处溢出来。脸，脸，很多张脸。

突然有什么横扫过草地，草都倒了下来。

我来了。

我来了。

他感到有东西轻轻触摸他的皮肤。多远的路途啊，他感叹。从和苏珊躺在鲛坡葱郁的草地上，直到现在来到这里。

她躺在他身上。她有风做的身体，茉莉、玫瑰、金银花堆成的胸部。

“告诉我你的预言。”他说，“告诉我，我需要知道什么。”他感觉嘴里像是填满了金属。

一声叹息。又一阵轻轻的啜泣。枪侠觉得一阵热流涌向大腿根部。越过树叶中的那些脸孔，他能看到山脉——凶险、冷酷，充满挑衅。

她的身体蠕动着，摩擦着他。他觉得自己的双手不自觉地捏紧拳头。她给他一种幻觉，让他看到苏珊。压在他身上的是苏珊，美丽的苏珊·德尔伽朵，在鲛坡上一个废弃的小屋等他，一头长发披散在肩背上。他的头往后一仰，但是她的脸也随即贴过来。

茉莉，玫瑰，金银花，干草……爱的气味。爱我。

“告诉我预言。”他说，“说实话。”

请你不要，神谕抽泣着，不要对我冷冰冰的。这里总是这么冷——

双手滑过他的肌肤，玩弄着，逗引着他，让他全身都像火在燃烧。一个香味四溢的黑色裂缝。潮湿，温暖——

不。干燥。冰冷。贫瘠。

仁慈一些，枪侠。哦，我求你了，仁慈些！

你对那男孩也能仁慈些吗？

什么男孩？我不认识任何男孩。男孩不是我需要的。哦，求你了。

茉莉，玫瑰，金银花。仍有三叶草遗痕的干草。从古老坟墓中倾倒出的灯油。纵情享乐的肉体。

“等到你告诉我以后。”他说，“如果你的预言对我有用的话。”

现在。求你了。现在。

他强迫自己不去想她，不带丝毫感情。压在他上面的身体一下子僵住了，开始尖叫。他的太阳穴之间一阵紧绷，仿佛他的神经是一条灰色纤维扭成的绳子。接着，很长一段时间一切都静默无声，只听得到他安静的呼吸。一阵微风吹过，让树枝之间的脸变了表情，他们挤眉弄眼，做出各种鬼脸。鸟叫声也停了。

她紧贴着罗兰的肢体放松下来。她的啜泣声再次响起。得快让她张口，不然她会离他而去。继续躺在枪侠身边意味着她会变微弱，也许还意味着她的毁灭。他已经感到她在变冷，正要离开他的身体，离开大石柱圈。风吹过草地，一片片草仆倒下去，显得十分凄惨。

“预言。”他说，然后以更严厉声音逼问道，“真相。”

低声哭泣，疲惫的叹息。枪侠几乎就要给她所乞求的仁慈了，但——他想到杰克。如果那晚，他晚到一步，杰克可能已经死了，或者变得神志不清。

你睡吧。

“不。”

那就半睡半醒。

她对枪侠提出的要求非常危险，但也许是必要的。枪侠看着树叶间的脸庞。那些脸开始演戏来愉悦他。各个世界在他眼前出现又消失。在黄灿灿的沙漠上建起了王国，那里机器像触电发疯般不停地运转。王国败落，坍塌，新的王国又建立起来。转得飞快的轮轴起先就像液体无声地流动，但逐渐慢下来，发出吱嘎声，声音变得尖锐刺耳，最后轮轴停下来。黑色的天幕，繁星就像放着冷光的珠宝，所有的街道形成了同心圆，街边不锈钢管铺成的下水道全被沙尘给堵塞了。一阵变换着风力的阴风吹过，带来十月的月桂香。枪侠看着世界在眼前移过。

他变得半睡半醒。

三。这是你命运的数字。

三？

是的。三是神秘的。三就在你探寻的中心。另一个数字你以后会知道。不过目前，记住“三”。

哪三个？

“我们看到了一部分，因此预言的镜子已经变暗。”

告诉我你能看到的。

第一个是个黑发的年轻人。他就站在抢劫和谋杀的边缘，一个恶魔附在他身上。恶魔的名字是“海洛因”。

那是什么恶魔？我从没听说过，就连我育儿室里的老师都没提起过这名字。

"我们看到了一部分,因此预言的镜子已经变暗。"枪侠,在这之外,还存在着其他世界,那儿有其他的魔鬼。这些水很深。注意门口。注意玫瑰花和没找到的门口。

第二个呢?

她坐着轮椅来。我看不到其他的。

第三个?

死神……不过,不是找你的。

黑衣人?他在哪里?

近了。你很快会和他交谈。

我们会谈什么?

塔。

男孩,杰克呢?

……

告诉我,杰克会怎样?

这个男孩是你通向黑衣人的一扇门。黑衣人是你通向"三"的门。"三"是你通向黑暗塔的路。

为什么?为什么是这样?为什么一定得这样?

"我们看到了一部分,因此预言的镜子……"

上帝诅咒你。

没有上帝诅咒过我。

不要装出一副恩人的样子,"东西"。

……

不然我还能叫你什么?星的妓女?风的婊子?

有些人靠爱活着……即使在这些悲哀、邪恶的时代。也有人靠鲜血活着,枪侠。我知道,甚至靠小男孩的鲜血。

他不能被赦免吗?

可以。

该怎么做？

退回去，枪侠。收起你的营帐，转回头向西北方走。在西北方，那儿还需要和枪弹形影不离的人。

但我凭我父亲的枪发过誓，发誓要报复马藤的背叛。

马藤已不在了。黑衣人吞食了他的灵魂。这点，你清楚。

我发过誓。

那就没救了。

放马过来吧，你这个淫妇。

6

充满渴望的呼吸声。

阴影移过来，完全将他笼罩。这让他产生了一种飘飘欲仙的感觉，中间夹杂着隐隐的阵痛，就像古老黯淡的恒星毁灭时爆发出红色的光亮。在他们交媾达到高潮时，他不自觉地想到许多人，一张张面庞轮番出现：希尔薇娅·匹茨顿；特岙的爱丽丝；苏珊；还有十几个人。

最后，仿佛是无比漫长之后，他将她从身上推开，在半清醒的意识中觉得这很可鄙，对她非常厌恶。

不！这不够！这——

“让我走。”枪侠坐起来，双脚着地之前整个人差点从祭坛上摔下来。她迟疑了，小心翼翼地抚摸他。

（金银花，茉莉，甜美的玫瑰油。）

但他用力推开她，跪在地上。

他踉踉跄跄地像喝醉了酒一样。他走到巨石围成的圆圈周围，跨出去后顿时感到肩上沉甸甸的重量消失了。他深深地呼了口气，发出如哭泣一般微微颤抖的声音。他得到的预言足以让他为这种玷污开辩吗？他无法判断。但他知道，到了恰当的时候，自然会有结论。他拖曳着双腿走开时，可以感觉到她站在她的牢笼之内，看着他走远。枪侠不知道还要过多久才会有人穿越过沙漠看到她，这个饥渴孤独的灵魂。那一刹那，时间和机缘的关系让他觉得自己十分渺小无助。

7

“你病了！”

看到枪侠蹒跚着从树林里钻出来，杰克很快站起来。他一直坐在火堆的灰烬旁，将颚骨放在膝盖上，郁郁不乐地啃着兔骨头。看到杰克跑过来，一脸的关切，枪侠顿时感到自己将要对男孩的背叛是那样可耻。

“不，没病。有点累。走得太快了。”他指着颚骨说，“杰克，你现在能放下它了。”

男孩迅速地用力把颚骨扔出去，然后在衬衣上擦着双手。像是鄙夷什么似的，他的上唇翘了一下，枪侠相信这完全是无意识的。

枪侠坐下——几乎是摔倒在地上——药效过了，他感到头上仿佛挨了几拳，疼痛不止。全身关节也十分酸疼，大腿根部也隐隐抽痛，让他清楚地感觉到那里的脉搏。他非常缓慢地卷了支烟。杰克看着他。枪侠突然有种冲动想把自己知道的预言告诉他，让他来决断他们该怎么做，但又很快惊恐地把这个想法扔到一旁。他不知道自己的一部分——思想或灵魂——是不是仍完好无损。把自己的心思全部告诉一个孩子，听他的指挥？这想法太疯狂了。

“我们今晚就睡这儿。明天我们开始爬山。待会我出去一次，看能不能打点什么当晚饭。我们需要养精蓄锐。我要睡一会。行吗？”

“行。沉沉地睡去吧。”

“我不懂你说什么。”

“你想睡就睡吧。”

“啊。”枪侠点点头，躺下。他还琢磨着杰克的话，把我自己击倒？①

当他醒来，树影已拖曳得老长。“生火。”他对杰克说，把自己的燧石和打火镰扔给他，“你会用吗？”

“我想我能行。”

枪侠朝柳树林走去，男孩的声音让他停住脚步，他怔住了。

“火花—啊—黑暗，我的祖先在何方？”男孩喃喃自语，打火镰发出响亮的敲击声，就像一只机器鸟在叫。“我能睡这儿？我能住这儿？赐给我的营帐火花儿。”

从我这儿学到的，枪侠想，一点都不吃惊自己会起一身的鸡皮疙瘩，就像被打湿的狗一样浑身哆嗦。从我这儿学的，我都不记得自己念过这些词，我忍心背叛这样的孩子？啊，罗兰，你能抛弃这样纯真的孩子？在这个可悲的没有出路的世界，你怎能扔下他？有什么理由支持你这么做吗？

他只是学了几句话罢了。

是，但这是老话了。是一代代传到你这里的。

“罗兰？”男孩问他，“你没事吧？”

---

① 杰克的原话是“knock yourself out”，俚语中表示让某人沉睡或昏迷。但枪侠不懂杰克那个世界的语言，他只理解 knock out 的原意“击倒”，所以他认为杰克说的是“把你自己击倒”。

“没事。”他含糊地说，鼻孔里仍残留着卷烟的气味，“你生起火了。”

“是。”男孩简短地回答，罗兰不用回头也知道他脸上挂着微笑。

枪侠向左走，这次是沿着柳树林。来到一片开阔的草坡前，他停下来，站到树影底下。周围一片寂静，他隐约可以听到杰克刚生起的火堆发出噼里啪啦的木柴爆裂声。这个声音让他会心一笑。

他站在那里一动不动，十分钟，十五分钟，二十分钟过去了。草坡上出现了三只兔子，等它们低头吃草时，枪侠拔出双枪。他击倒三只兔子，剥皮洗净后带回到营火边。杰克早已在火堆上烧水等候。

枪侠点头赞叹：“做得真不错。”

杰克开心得涨红了脸，默默地把燧石和打火镰递给枪侠。

兔肉在火上炖着，枪侠趁天还没全暗时又走进了柳树林。在最近的一个池塘旁，枪侠砍了几条粗壮的蔓藤。晚上当火堆灭了，杰克睡熟后，枪侠要将蔓藤编成根绳子，可能在以后派得上用场。但是他的直觉告诉他，上山的路途不会太艰险。他感到卡影响着许多事情，他再也不觉得这有什么奇怪了。

当他提着蔓藤赶到杰克等着的地方时，手上已经沾满绿色的树汁。

第一缕晨曦将他们唤醒，他们只用了半个小时就打好了包袱。枪侠想去草坡边再打只兔子，但时间太短，没等到兔子出现，只能空手而回。他们剩下的食物不多，打成的包袱十分轻小，杰克背着也显得很轻松。他变得强壮了些，这明显可以看得出来。

枪侠背着所有的水袋，水袋里全都灌满了清冽的泉水。他将三根蔓藤编的绳索系在腰间。他们特意选择了远离祭坛的路。枪侠担心杰克看到祭坛会想起那晚恐怖的经历,当他们沿着乱石嶙峋的小路上山时,祭坛就在脚下,但杰克只是扫了一眼,注意力便被一只振翅高飞的鸟儿吸引了。很快,山上的树便明显变得稀疏,和山下的相比也显得格外矮小。树干都盘扭着,树根也和土地进行着痛苦的争斗,想汲取些水分。

"一切都显得那么苍老。"当他们停下休息时,杰克阴郁地说,"这世界就不剩一点年轻的生气了吗?"

枪侠笑了,用手肘推了他一下。"你就是啊。"他说。

杰克淡淡一笑。"这山难爬吗?"

枪侠好奇地看着他。"这些山脉那么高。你不认为会很难爬吗?"

杰克看着枪侠,眼里蒙上层迷雾。

"不。"

他们继续往上走。

8

太阳已经爬上了最高点,但和在沙漠中相比,它在那儿高悬的时间短了些,不多一会儿便迫不及待地继续赶路,把影子还给了枪侠和男孩。层层岩石突兀地立在山地上,就像埋在土里的巨型安乐椅的扶手。灌木变得枯黄萎蔫。最后他们来到了像烟囱那样的一条深深的罅隙面前,他们顺着一带低矮斑驳的岩石攀爬,试图绕着道越过这道罅隙。古老的花岗岩裂开的条纹形成阶梯式的形状,让两人都觉得至少这段山路开始的一段还算容易走。他们站在四英尺宽的悬崖顶,回头看着脚下的绿地和近处的沙漠。沙漠就像只巨大的黄色脚爪蜷缩在绿地周围。再往远处望去，沙漠完全成了一块白色的金属盾牌，反射的阳光让他们睁不开眼，渐渐地，视线中只剩下升腾着的白色热浪。枪侠想到自己几乎命丧沙漠，仍有些难以置信。他们现在站在山顶享受着凉风，已经无法想象那片沙漠曾是如此致命，尽管它看上去仍那样壮观。

他们继续向连绵的群山迈进，翻过了乱石堆，弓着腰爬上陡峭的石坡，令他们惊异的是石块中闪耀着石英、云母的光芒。岩石还留有太阳的余温，摸上去非常温暖，但气温已明显下降。黄昏时分，枪侠听到沉闷的雷声。但眼前高耸的山峰挡住了视线，他们看不到山那边的暴雨。

他们眼前有一片突兀的岩石悬垂着形成了斜坡式的天然屋顶。当天边只剩一抹紫光时，他们在那里搭起了营帐。枪侠铺开毯子，将毯子的两边分别固定在头顶上的岩石和地面上，这样借助地势形成了一个简陋的单面坡斜顶小屋。他们坐在“屋”门口，看着黑暗给世界披上一件大氅。杰克将两脚伸在悬崖边上，摇摆着。枪侠卷了枝烟，幽默地对杰克说：“睡觉时可别从这里滚下去，不然等你醒过来就已经在地狱里了。”

“不会。”杰克一本正经地回答他，“我妈妈说——”他突然停住了。

“她说什么？”

“说我睡觉时就像个死人。”他说完了，枪侠看到他嘴唇颤抖，费力地要把眼泪挤回去。*还只是个孩子*，他想，突然头部一阵剧痛，就像在滚烫的前额上一下子敷了太多的冰水。*只是个孩子。为什么？*愚蠢的问题。他记得，当一个身心都受挫的男孩委屈地向柯特提出这个问题时，这个疤痕累累的战争机器只会说：*为什么一个弯曲的字母不是直的？*……*别问为什么，只要*

你站起来，懦夫。站起来！天色还早呢！他一心只知道教这些枪侠们的儿子掌握他们必须具备的基础本领。

"我为什么在这里？"杰克问，"为什么我忘了以前所有的事？"

"因为黑衣人将你带到了这里，因为塔。塔位于一种……能源网中。在时间概念里。"

"我不懂你说什么！"

"我也不懂。"枪侠说，"但有些事正在发生。就在我属于的那个时间里。我们总是说'世界变了'……我们一直这么说。但现在它变得更快了。时间也发生着变化。它软化了。"

他们沉默地坐着。一阵微风吹过，颇有些凉意。在吹过某个石缝时，发出了空洞的哨声。

"你从哪儿来？"杰克问。

"从一个再也不存在的地方来。你知道《圣经》吗？"

"耶稣和摩西。当然。"

枪侠笑了。"对。我住的地方有个《圣经》似的名字——新迦南，人们都这么叫，盛产牛奶和蜂蜜的土地。圣经中的迦南，人们都说那里种的葡萄大得要用车拉。我们种的葡萄没那么大，但的确也是甜蜜之乡。"

"我知道尤利西斯。"他迟疑地说，"他也是《圣经》里的吗？"

"也许吧。"枪侠回答，"我可不是研究《圣经》的学者，说不准。"

"那其他人……你的朋友们——"

"没有其他人了。我是最后一个。"

一痕残月出现在夜空，细长的脸颊面对着他们落脚的乱石堆。

"那儿美吗？你的家乡……你的土地？"

“非常美丽。那儿有田野，森林，河流，清晨有雾霭。但那只是表面的美。我母亲总是说真正的唯一的美在于秩序，爱，还有光。”

杰克支吾了一声，但没有明确地回应。

枪侠抽着烟，思绪回到了过去——在宽敞的中央大厅，几百个衣着华丽的人或随着舒缓的华尔兹节拍轻舞着，或随着旋律跳起轻快的波尔卡曼舞①。艾琳·芮拓在他的臂弯中随他起舞。他猜是他的父母选中了她，她的眼睛比任何宝石都要明亮，连宫廷交际花们头上闪耀的水晶饰品在她面前都黯然失色。这个大厅所在的中央区由上百座巨大的石堡组成，就像一个充满光明的岛屿，漂流在茫茫不可知的时间河流中。罗兰第一眼看到这些城堡时，它们经历过的岁月就已经难以计数，当罗兰永远离开那里，当他转身离开将脸别过不再回头时，他的心被刺痛了。自此他踏上了追寻黑衣人的路途。那时，墙垣已经坍塌，庭院里野草横生，蝙蝠在中央大厅的横梁上筑巢，柱廊间充满了燕子的呢喃细语。柯特曾教授他们箭术、射击和鹰猎的训练场成了梯牧草、野蔓藤肆虐的地方。厨房，这个曾经充满烟雾和香味的哈可斯的领地，现在已是一群面目狰狞的“缓型突变异种”②的安乐窝，它们躲在黑暗的餐具室或从梁柱的阴影里怜悯地看着罗兰。曾装过香味扑鼻的烤牛肉、熏猪肉的锅盆已经爬满潮湿滑腻的苔藓。在阴暗的角落，连“缓型突变异种”都不敢落脚的角落，长满了巨大的白色毒蕈。下层地窖厚重的橡木门敞开

---

① 波尔卡曼舞(Pol-kam)，是流行于蓟犁的舞蹈，比华尔兹的节奏要更轻快。宫廷宴会上，人们都会跳波尔卡曼舞。

② 缓型突变异种。古老的世界尽管早已毁灭，但留下了许多有毒物质，这让中世界的许多生物发生基因转变。其中最骇人的要属缓型突变异种。这一类变异种曾经是人类，但已经失去了人类的显著特征。它们的形状也会因变异程度不同而有区别，但总体上，它们都喜欢黑暗，身体发绿色磷光。

着，从里面传出来的所有气味中最明显的是酒变成醋的刺鼻气味，这种气味仿佛无情地宣告着这里的一切已经彻底变质毁灭。这些场景让他毅然向南方走去，将一切留在身后——但这些刺痛了他的心。

“是因为战争吗？”杰克问。

“比战争更甚。”枪侠把只剩一点红光的烟蒂扔出去，“那是一场革命。我们胜了每场战役，但输了那场战争。没有人是战争的胜利者，也许除了那些食腐动物。它们可以吃上好些年了。”

“要我生活在那里该多好。”杰克的眼中充满渴望。

“你真那么想？”

“真的。”

“该睡觉了，杰克。”

男孩靠石壁蜷缩着躺下，毯子松松地搭在身上。枪侠坐在那儿足足一个小时，守望着这个娇小的身影。刚才的谈话让他完全沉浸在回忆中。往事夹杂着甜蜜与忧愁，但他不是个习惯于回忆、容易感伤的人，而且回忆往事无法解决眼前的问题：关于杰克，神谕说得非常清楚，他也想不出其他解决办法，但是转身离开杰克又是他做不到的。也许会发生一幕惨剧而让他失去杰克，但是枪侠无法想象；他能看到的只是永远伴随着人的命运。最后，他更真实的性格占了上风，他无法再作思考。他睡着了，没做任何梦。

9

第二天，道路变得更艰险。他们试图穿越山脉间狭窄的 V

字形通道。枪侠走得很慢，没有要紧紧追赶黑衣人的意思。脚下坚硬的石块没有留下他的任何痕迹，但枪侠肯定他从这里走过——在他们老远看到他像个黑点似的爬山之后。每阵寒冷的倒灌风里都有他的气味。那气味十分油腻，就像鬼草的恶臭那样苦涩。

杰克的头发很长了，在被太阳晒黑了的颈部还有些卷曲。他很卖力，稳稳地走着每一步；他没有表现任何恐高的迹象，当他们爬过陡峭的山壁，或跨越豁缝时他都非常勇敢。已经有两次，他爬上了枪侠无法攀登的峭壁，然后甩下一根绳索让枪侠一把一把地拽着上来。

一天早晨，他们被阴冷潮湿的云海包围了，根本无法辨认脚下的斜坡。在石隙中间仍可见积雪，雪已经结冰了，颗粒粗大，像石英那样闪光，但却像沙子一样干燥。那天下午，他们在一堆积雪中看到一个脚印。杰克看着脚印仿佛看到了什么恐怖的东西，他惊恐地抬起头，好像黑衣人会在脚印之上现形似的。枪侠拍拍他的肩膀，指向前方。“快走。天要暗了。”

他们趁着最后一点亮光在一片宽敞的平地上搭起帐篷。平地东北走向，斜插入山脉的中心。天气非常寒冷，他们可以看到自己吐出的白气，但是远处却传来雷声，天边红紫色的闪电看上去那样不真实，只有在梦境中才会看到。

枪侠以为男孩会有许多问题问他，但杰克一言未发。他几乎头刚着地就睡着了。枪侠也效仿他躺下。他又一次梦到杰克是一尊雪花石膏做的圣人雕像，一根长钉穿过他的前额。这让他惊醒，大口喘息着，刺骨的寒风直灌入肺里。杰克躺在他身边，但睡得也不安稳；他扭动着，口中还不停地嘀咕着，显然梦神也没放过他。枪侠惊魂未定地躺下。

10

在杰克看到脚印的一星期后，他们看到了黑衣人，但只是非常短暂的一刻。就在那一刻，枪侠觉得自己几乎能感到塔的存在，因为那一刻似乎被无限地延伸下去了。

他们继续朝东南方向走，这时他们在这片巨石嶙峋的山群中已经差不多走了一半路程。眼前的路变得非常艰险，也第一次让他们有些发憷。他们头顶上是座座陡峭的孤山和裹着冰层的峭壁，枪侠抬头看山顶时几乎有种倒立的晕眩感。此时狭窄的小道引着他们向下走。蜿蜒的小道将他们带到峡谷的底部，那儿，从高处奔流而下的一条小溪积聚了极大的势能冲击着地面，所过之处水流的边缘已经结冰。

那天下午，男孩停下来，回头看着正俯身在溪流边洗脸的枪侠。

"我闻到了他的气味。"杰克说。

"我也是。"

在他们前面，山脉显示出它最后的震慑力——一面无法逾越的花岗岩峭壁拔地而起，直耸入云霄。枪侠觉得迂回的溪流随时可能将他们带到高悬的瀑布和那堵被水冲得十分平滑的不可逾越的石壁跟前，那时他们也就走到了尽头。但这里的空气似乎有放大的作用，就像在高原地带常见的那样，看上去近在咫尺的东西其实还有段距离。他们又走了一天才来到花岗岩峭壁脚下。

一种强烈的期待感又一次回到枪侠体内，他觉得似乎一切又在掌握之内了。这种感觉过去他经历过许多次，但他仍然需要花大力气才能将这种迫不及待的急切心情克制住。

“等一等!”杰克突然止住脚步。他们看到溪流突然改变流向,几乎来了个直角转弯;在一块腐蚀了的砂岩巨砾跟前,溪流冒着白沫咆哮着。整个上午他们都走在山脉的阴影中,峡谷慢慢变窄。

杰克的脸色变得惨白,全身剧烈地颤抖着。

“怎么回事?”

“我们回去吧,”杰克小声说,“我们赶快回去。”

枪侠的脸板着。

“求你了!”他的脸绷紧了,下颚由于克制怒火而抖动着。尽管在峡谷中,周围是山的屏障,他们还是听到远处的雷鸣,就像机器轰鸣一样有节奏。他们抬头只能看到一小片天空,此刻冷暖气流交会开战,云层翻滚,天空也呈现骇人的灰色。

“回去吧。求你了!”男孩举起一只拳头,仿佛要击打枪侠的胸部。

“不。”

男孩看上去突然像做梦似的。“你要杀了我。第一次是他杀了我,而这次,就是你。我知道你心里也清楚。”

枪侠知道自己在撒谎,但还是说:“你会没事的。”然后又编了个更大的谎言:“我会照顾好你。”

杰克的脸完全变成灰色,他没再说一句话。他不情愿地伸出手。他和枪侠就这样手牵手绕过了溪流的急转弯口。在巨砾另一侧,他们看到了高耸的峭壁和黑衣人。

他就站在二十英尺的高处,在他左边是从峭壁上的孔眼中喷涌而出的瀑布。水柱形成的气流吹动他的长袍。他一手拿着根棍棒,另一只手朝他们伸着,做出一个嘲讽式的欢迎姿势。他站在乌云急涌的天空下,立在悬崖一块微凸的岩石上,就像一个先知，一个预言厄运的先知，他的声音就是耶利米①的声音。

“枪侠！看你，多么完美地实现了古老的预言啊！再见了，再见了，再见啊！”他笑着朝枪侠鞠了一躬，笑声非常洪亮，产生了回声，甚至盖过了急流的咆哮。

枪侠本能地掏出双枪。男孩躲到他的右后方，只剩一个微小的身影。

在他的理智控制住自己的双手之前，他已经发了三枪——周围的石谷中回响着清亮的金属声，盖过了风声、水声。

黑衣人头顶上一撮花岗岩的碎片迸裂开；第二颗子弹打在他兜帽的左边；第三颗落在右边。很明显，三颗子弹都射空了。

黑衣人笑了——他饱满响亮的笑声似乎要挑战变弱了的枪声的回音。“难道你想这么轻易地就毁了你能得到的全部回答吗，枪侠？”

“下来。”枪侠说，“我请求你这么做。那样你就能慢慢回答我的问题。”

又是一阵鄙夷的笑声。“罗兰，我并不怕你的子弹。我怕的是你逼问我要回答。”

“下来。”

“我想，我们会在山那边谈。”黑衣人说，“在山那边我们会有足够的时间商讨，甚至聊天。”

他瞟了眼杰克，补充了一句：

“就咱们俩。”

杰克朝后退缩了几步，痛苦地叫出声来。黑衣人转过身，他的长袍在风中飘动着就像蝙蝠翅膀。他消失在峭壁的裂缝中，而水流就是从那里湍急地喷涌而出。枪侠咬着牙克制着自己，

---

① 耶利米(Jeremiah)，专作预言的先知。《圣经》中有《耶利米书》及《耶利米哀歌》。

才没朝他的背影开枪——难道你想这么轻易地就毁了你能得到的全部回答吗，枪侠？

周围只剩下风和水的声音，那是这个渺无人烟的地方千年来仅有的声音。黑衣人刚才就站在那里。自上次看到他后，已有十二年了；罗兰又一次近距离地看到了他，还跟他说了几句话。黑衣人居然还笑了。

在山那边我们会有足够的时间商讨，甚至聊天。

男孩仰头看着他，无法控制身体的颤抖。那一刻，枪侠看到了爱丽的面容，这个特忝的女孩站在杰克的位置，她前额的疤痕无声地控诉着。枪侠突然十分憎恨面前的这两个人（直到后来，枪侠才想起爱丽前额的伤疤和他在梦中见到的穿过杰克前额的长钉其实就在同一个位置）。杰克可能猜到了他的想法，呜咽了一声。但他咬起自己的嘴唇，把那个声音吞了下去。他具有成为一个优秀的人的要素，如果给他足够的时间，可能他会成为枪侠式的人物。

就咱们俩。

枪侠觉得在自己体内深处的某个未知的暗处，有一种强烈的邪恶的欲望让他口渴难耐，但这种欲望饮再多的水或酒都填补不了。世界颤抖着，就在他手指可及之处；本能地，他发誓他不会堕落，但另一个冰冷的声音告诉他这种努力是白费的，永远都没有用。最后，决定一切的只有卡。

时值正午，他抬起头来，让阴沉而多变的阳光最后一次照在他自己过于脆弱的良心上。没有人能用银子来偿还背叛的债，背叛总是要用血肉来偿还的。

“跟我走或者留在这里。”枪侠说。

对这个提议，男孩硬挤出一丝苦笑——就像他父亲的笑容，如果他自己能看到的话。“如果我留在这儿，我会没事的。”他说，“就我一个人，在这山里，会好好的。有人会到这里救我。他们会带着蛋糕和三明治。保温瓶里装着咖啡。你说呢？”

“跟我走或者留在这里。”枪侠重复道，突然有种奇怪的感觉。一种事物分离的感觉。那一刻，眼前矮小的身影不再是杰克，只是一个男孩，一个没有血肉气息的东西，能够被移动，被使用。

在寂静中，除了飕飕的风声，还有什么发出了一声尖叫；他和男孩都听到了。

枪侠开始攀登峭壁，过了一会儿，杰克也跟上来。在钢铁般冰冷的水流旁，他们一起爬上了峭壁，站在黑衣人刚才站过的岩石上。然后，他们一起钻进了裂缝，黑衣人就消失在那里。黑暗吞没了两人。

第四章

缓型突变异种

1

用讲梦话时抑扬顿挫的音调，枪侠语气舒缓地对杰克说：

“那晚，我们三个人在一起：库斯伯特、阿兰和我。按规定，我们不应该在那里，因为我们还只是孩子。用我们的一句俗话来说，我们那时都还裹着尿布呢。如果我们被发现了，柯特肯定会抽得我们遍体鳞伤。幸好，我们没被人看到。我猜，在我们之前去过那里的孩子也没人被发现过。男孩们肯定都偷穿过他们父亲的裤子，然后在镜子前装模作样大摇大摆，随后再偷偷摸摸地把裤子挂回到衣架上；我们那样做也是出于同样的心态。而父亲们假装没有注意到裤子的挂法和他们的习惯不一样，也假装没看到他们的儿子鼻子底下还有鞋油画的胡须的痕迹。你懂吗？”

男孩一言不发。自天暗了以后，他一个字都还没说过。而枪侠却相反，他急切地，甚至有些狂热地通过说话来打破寂静。自从他们穿过缝隙进入这片位于山脉下的地下王国后，枪侠从没回头再望一眼光明，但男孩不止一次地朝后望过。杰克的面颊成了枪侠判断天色变化的镜子：现在是微微的玫瑰色，现在是牛奶的乳白色，现在是苍白的银色，现在是暮霭的最后一缕暗红色，现在什么颜色都看不到了。枪侠擦燃一根火棒，他们继续往前走。

最后，他们停下来宿营。没有黑衣人的声音从前方传来。也许他也停下休息了。或者他继续在黑暗中飘向前方，不用点火也能在暗室中行走。

“播种节的轻快交谊舞会——有些老人也管这种舞叫考玛辣，是从‘米’这个词过来的说法——每年一次在西厅举行。”枪侠继续说，“正式的全称是‘祖先厅’，但孩子们都叫它西厅。”

他们听到滴水的声音。

“这是宫廷的习俗，就像所有的春季舞会都是种传统一样。”但枪侠对此不以为然，他从鼻子里喷出来的笑声被无情的墙面扩大回传成粗大的喘气声。“书里说，在过去，这是迎接春天到来的仪式，有时人们也管它叫新土或新鲜的考玛辣。但是文明社会，你知道……”

他讲不下去了，无法描述这个死气沉沉的名词中包含的变化：浪漫这一特质从人们的生活中消失了，但它残留的肉欲的阴魂却不散，一个靠着繁文缛节和纸醉金迷在苟延残喘的世界；播种夜也是传统的求爱日，但规整如几何图形的求爱礼仪被制定出来并让人们接受，取代了以前更真实、更疯狂、更贴近自然的求爱方式。现在他对那种原始的方式也只存有模糊的感觉了。空洞的壮丽气派取代了真正的激情，而正是那种激情曾建立起并长期维系着他们的王国。他在眉脊泗与苏珊·德尔伽朵体验到了那种真爱，但后来又失去了。*曾经有位国王，他好像告诉过男孩，名叫艾尔德，尽管经过那么多代，血液可能已经被稀释，但艾尔德的血仍然在我的血管里流动。不过，孩子，在光明的世界里，国王们的时代已经结束了。*

“他们使这种传统变得非常颓废。”枪侠过了半晌才继续说，“一出戏，或一场游戏。”他的声音中充满了鄙夷，就像一个禁欲主义者，更确切地说像个隐士，对声色犬马十分厌恶。如果此时光线亮一些，便能看到他脸上苦涩、悲痛的表情，由恨生痛，这才是真正发自内心的谴责。尽管岁月变迁，但他内心的力量没有减弱或消失。他仍缺乏想象力，性格丝毫没有改变，这也令人吃惊。

"但是舞会，播种夜的轻快交谊舞会……"

男孩没有说话，也没提问。

"所有的水晶枝形吊灯都点亮了，都是用电的水晶灯。灯火通明，如同一个光明的岛屿。

"我们偷偷地溜到一个很破旧的阳台上，人们都认为那些阳台随时会坍塌，很不安全。但我们都是孩子，男孩就是男孩。在我们眼里任何事都很危险，但那又怎么样？难道我们不是能永远活下去吗？我们是这样认为的，甚至当我们讨论要怎样轰轰烈烈地死去时都还是这样认为。

"我们站在很高的位置，往下能清楚地看到所有人。我不记得我们当中有人说过话。我们只用眼睛把一切都饮下去。

"大厅里摆着一张大石桌，枪侠和他们的妻子就坐在桌边看人们跳舞。几个枪侠也跳了舞，但为数不多，而且只是年轻的枪侠。我记得，那个为哈可斯行刑的枪侠也起身跳了舞。年长的枪侠都只坐着，我觉得那样的亮光都让他们有些窘迫，那些文明社会的亮光。他们都是令人敬畏的人物，是守护神，但在那群香鬓云影的美妇和骑士中间，他们看上去就像是马夫……

"有四张堆满食物的圆桌，一直旋转着。厨师的帮手们从晚上七点到第二天凌晨三点就一直在大厅和厨房间来回穿梭，端上食物，拿走空盘。那些桌子就像钟一样没停止过转动，我们老远都可以闻到烤猪、烤牛肉、龙虾、鸡、烘烤的苹果的香味。桌子不停地转，香味也一直变。还有冰激凌和糖果。有带着火焰的烤肉串。

“马藤坐在我的母亲和父亲一旁——在那么高的地方，我一眼就能认出他们——母亲和马藤跳了一支舞，他们慢慢地旋转着，其他人都退到一边，当舞曲结束时，那些人都鼓掌叫好。枪侠们都没鼓掌，但我父亲慢慢地站起来，朝她伸出一只手。她也伸出手，微笑着朝他走过去。

“那一刻显得无比沉重，甚至在高处的我们都能感觉到那种气氛。那时我的父亲已经掌控了他的那族人，你知道——枪侠一族——而且即使不是成为整个内世界的国王，他也快成为蓟犁的国王了。其他人都知道。马藤比任何人都要清楚……除了，可能除了佳碧艾拉·樊礼斯之外。”

男孩终于吱声了，他似乎有些不大情愿地问，“她是你母亲？”

“是。也叫做‘水的佳碧艾拉’，是艾伦的女儿，斯蒂文的妻子，罗兰的母亲。”枪侠说到这里张开双臂，做了个调侃的姿势，仿佛说*我就在这里，怎样？*然后双手又耷拉着放在腿上。

“我父亲是光明世界里的最后一个国王。”

枪侠低头看着自己的双手。男孩没有再说话。

“我记得他们跳舞的样子。”枪侠说，“我的母亲和马藤——枪侠们的谋士。我记得他们是怎么跳舞的。一起慢慢地转着，又分开，踏着古老的求爱步伐。”

他微笑着看着男孩说：“但这不表明任何事，你知道。因为权力以他们都不知情的方式交接了，但人们都了解这个事实。我母亲是这个权力的把持者和保护者的根枝。难道不是吗？当舞曲结束后，她走回到他身边，不是吗？而且击拍了他的手掌。人们不是鼓掌了吗？大厅里不是回响着那些俊男和他们的美妇们的掌声和欢呼声吗？不是吗？不是吗？”

远处黑暗中传来苦涩的滴水声。男孩没有说话。

“我记得他们跳舞的样子。”枪侠低声说，“我记得那个样子。”他抬头看着根本看不到的石顶，那一刻他看上去好像要大声喊叫，对着石壁嚎叫，盲目地朝着黑暗发泄——这些见不到光、发不出声的石头若有生命，此刻也会像寄生虫钻进肠子里那样钻到石壁深处。

“怎样的手会拿得起刀子要我父亲的命？”

“我累了。”男孩说，接着再也没话了。

枪侠沉默不语，男孩躺下，一只手放在脸颊和石头之间。他们面前的火焰摇曳了几下，就快灭了。枪侠卷了支烟。他仍然能够清楚地看到水晶灯，仿佛记忆长了眼睛；他似乎听到枪侠们之间的高声问候，隔着无望的时间的灰色海洋在空荡荡的大地上方回荡。想到光明之岛让他的心流血，他真希望自己从来不知道那个地方，从来不知道他父亲受辱戴“绿帽子”的事实。

烟从他嘴里和鼻孔中喷出来，他低头看着男孩。*我们只不过一直在地上画着大圆圈，*他想，*我们沿圆圈走着，又回到起点，而从起点我们再次出发：新的开始，这是日光对我们永远的诅咒。*

要过多久我们才能再看到日光？

他睡着了。

在他的呼吸变得平稳均匀后，男孩睁开眼，苦涩又充满爱怜地看着枪侠。最后一点火光在他的瞳孔中摇晃了一下，灭了。他闭上眼睛。

2

在沙漠中枪侠丧失了大部分时间概念，因为那里一成不变；

而在山底下这条不见天日的通道里，他失去了剩下的部分。他们没有任何办法来确定时间，时间这一概念变得毫无意义。从某种方面看，他们完全站在时间隧道之外。一天可以是一星期，而一星期完全可以是一天。他们往前走，他们睡觉，他们吃着根本填不饱肚子的食物。他们唯一的伴侣就是在石头中钻出通道的水流持续不断的轰鸣声。他们沿着水流走，口渴了就喝这含矿物质咸味的水，希望水里没有会让他们生病甚至要夺了他们性命的物质。有时候，枪侠认为自己看到了水底下飘忽闪现的灯光，就像灵火一样，但他猜这不过是自己脑袋里的幻象，他还没彻底忘记光明。不过，他还是提醒男孩不要踩到水里。

他脑袋里仿佛装着个测距仪，他总是本能地回想他们走了多远。

河边的路（差不多可以算作是条路，因为它非常平坦，只有些微微的凹陷）一直往前延伸，导向水流的源头。每走一段距离，他们便会看到石壁上借势雕出来的塔门，上面还有凹陷的吊环；也许这里曾经拴过牛或马。每个塔门上都有个金属制成的大肚酒壶，里面插着电火炬，只是现在这里早没了牛马的迹象，火炬也多年无光了。

当他们第三次坐下休整，准备睡觉时，男孩提出一个人去逛逛。枪侠可以听到杰克谨慎的脚步声和碎石轻微的碰撞声。

“小心点。”他说，“你看不到周围的情况。”

“我走得很慢。这是……天哪！”

“什么？”枪侠蹲起来，手放在一支枪把上。

杰克那里没有一点声音。枪侠使劲眯起眼看，但什么也看不清楚。

“我看这是条铁路。”男孩迟疑着说。

枪侠站起身，寻着杰克的声音走去，每走一步前都用脚尖轻轻试探，害怕有陷阱。

“这里。”一只手从黑暗里伸出来，摸着枪侠的脸。男孩对黑暗的适应性很好，甚至比罗兰都好。他的瞳孔能张得很大，直到一点颜色都不剩：枪侠擦亮微弱的火光时看到了他的眼睛，不觉一惊。通道中没有一点燃料，他们备着的已经差不多都烧成灰烬了。当对亮光的欲望无法满足时，他们发现一个人对光明的渴望会像对食物一样强烈。

男孩站在凹陷的石壁旁，石壁上铺着两条平行的金属管，延伸到黑暗深处。每条管道上都有黑色的瘤节，也许曾用来导电。石壁旁，离地面几英寸处，有锃亮的金属轨道。在这轨道上有什么通行过？枪侠只能想象到发亮的子弹，由电来控制，前头装着可怕的搜索探头，疾驰着穿越黑夜。他从来没听说过这样的东西，但失去的世界留下了许多惊人的玩意儿，正如留下了许多恶魔一样。枪侠曾遇到过一个隐士，他有台古老的汽油泵。就凭这，他成了一群牧羊人眼中的圣人。隐士会蹲在汽油泵旁，一只手紧紧地搂着它，口中念念有词，像是听不懂的经文。他有时会把仍然发亮的钢质喷嘴夹在腿当中，连接喷嘴的橡皮管已经腐化了。汽油泵尽管锈迹斑斑，但上面刻着的字还清楚可辨，然而那些字对当地人来说是含义玄妙神秘的铭文：阿莫科①。无铅。阿莫科的字样已经成为雷神的图腾，人们在“阿莫科”前杀羊祭神，并发出引擎的轰鸣声：隆！隆！隆—隆—隆！

枪侠想到废船，曾经的海洋变成了沙漠，只有毫无价值的废船矗立在沙漠中。

眼前的是条铁路。

---

① 阿莫科公司（AMOCO），是美国一家大型综合性跨国石油天然气公司，一九九八年被英国石油公司兼并。

“我们沿着它走。”他说。

男孩一言未发。

枪侠吹灭了火，躺下来。

当罗兰醒来时，男孩坐在他面前，就坐在一根铁轨上，默默地看着他。

他们就像盲人一样沿着铁轨朝前走，罗兰领路，杰克跟在后头。他们总用一只脚擦着轨道，来确保方向，这也是盲人的本能。右边奔流不息的水流是他们唯一的伴侣。他们没有交谈，始终这样走着，中间停下来睡过两次觉——睡觉的次数已经成为他们衡量时间的唯一方法。枪侠已无法条理清晰地思考，也不想有任何计划，他睡觉时也不再做梦了。

从他们开始沿着铁路走算起，在第三次睡眠后的行走过程中，他们撞到了一辆手摇的四轮小车。

在黑暗中，他们根本无法看到眼前有什么。小车撞在枪侠的胸口，而走在另一边的男孩则将前额狠狠地撞了上去，他疼得蹲在地上。

枪侠立即擦起了火。“你没事吧？”他听上去很生气，那么长时间没说话，枪侠被自己的声音吓了一跳。

“没事。”他正捂着脑袋。为了证明他说的是实话，他甩了甩头。他们转身去看到底撞上了什么。

那是一块平整的四方形金属板，稳稳地坐在铁轨上，中央有个可摇动的把手，下部连接着一串齿轮。枪侠一下子没明白这东西是做什么用的，但男孩立刻就看出来了。

“这是辆手摇车。”

“什么？”

“手摇车。”男孩不耐烦地说，“就像老卡通片里的一样。看着。”

他爬上车，握住把手。他想将把手往下压，但直到他把全身的重量都压在把手上才算成功了。非常缓慢地，小车无声地往前移了一英尺。

“很好。”一个微弱的机械的声音说。这让两人都吓得跳了起来。“很好，继续推……”机械的声音消失了。

“把手摇起来有些费力。”男孩似乎在为自己的无能道歉。

枪侠站到杰克身边，摇起把手。小车顺从地向前滑动了，又停了下来。“很好，继续推。”机械的声音鼓励他。

他感觉到脚下面有根轴在转动。这让他十分兴奋，机械的声音也同样让他高兴（尽管他认为没必要再听那个声音的指示了）。除了在驿站中看到的水泵，这是他多年来看到的第一台还能正常使用的机器。但同时，这让他有些忐忑不安。这会将他们迅速地带到终点。他肯定是黑衣人有意让他们发现这辆车的。

“真好，不是吗？”男孩说，声音里有种厌恶感。在一阵凝重的沉默中，罗兰可以听到自己体内的器官在运作，可以听到水滴声。

“你站这边，我站那边。”杰克说，“你得用力推，这样它会快速地转起来，那时我就能接上手了。你先推，然后我再推。这样我们很快就能动起来。懂吗？”

“知道。”枪侠说。他的双手无助而绝望地捏紧了拳头。

“那你得用力推，直到它的转速非常快。”男孩看着他，重复道。

枪侠眼前突然出现了一幅清楚的画面，他看到了中央大厅。那是在播种节的交谊舞会后一年左右，在经历了反叛、内战和入侵之后，中央大厅已成为一片废墟。接着这一画面被爱丽的身影代替，这个特岙的女人被穿透身体的子弹冲击得前俯后仰，子弹为什么要击中她？枪侠想不出任何原因……除非肢体的条件反射就是原因。接着，枪侠看到库斯伯特的脸庞，他大笑着沿山坡往下走，仍吹着号角，直到他倒在地上……然后是苏珊的脸，哭泣着，显得十分痛苦。*我的朋友们*，枪侠想，苦涩地笑着。

“我会推。”枪侠说。

他开始摇把手，机械的声音不停地重复(“很好，继续推。很好，继续推。”)他的另一只手在支持把手的柱子上摸索，终于他摸到了想寻找的东西：一个按钮。他按了一下。

“再见，伙计！”机械的声音兴高采烈地说，然后就陷入沉寂。这让枪侠松了口气。

3

他们在黑暗中向前滑行，速度要比步行快得多，他们也不用再像盲人那样摸索着探路了。机械的声音在中途说过一次话，建议他们吃些烘烤后裹上糖的苹果杏仁派，并说在辛苦了一天之后，没什么能像美食那样能犒赏自己了。在给了这条建议后，它再也没说话。

手摇车被埋在这里不见天日，总有些生锈和松动，在运转了一段距离后才开始变得顺滑。男孩也想出力，枪侠就让他摇一会儿，但多数时候他都是自己摇把手，一上一下，随着手的动作，肌肉也张合着。地下的水流始终陪伴着他们，有时近在脚边，有时远得只能靠水声辨别。有一段，水流发出雷鸣般的巨响，仿佛是水流冲进了某个大教堂的前廊。但也有一段，几乎一点水声都听不到了。

小车的速度很快，形成的风愉快地吹拂着他们的面庞。这似乎代替了视觉，又一次把他们放回到时间的框架中。枪侠估计他们的速度在每小时十到十五英里之间。他感觉铁轨始终在爬坡，尽管坡度小得几乎感觉不到。这让他精疲力竭，每次停下休息时，他都睡得像块石头。食物所剩无几，但他们都不担心。

对枪侠来说，即将到来的高潮让他十分紧张。这种感觉让他难以理解，但就和摇手摇车带来的疲倦一样真实，且越来越强烈。他们非常接近终点，同时也是起点……至少他非常接近。他觉得自己就像一个站在舞台中央的演员，还有几分钟幕布就要升起；他摆好姿势，重复着最早的几句台词，他听到——尽管看不到——观众们逐渐入席，折叠着手里的节目单。他内心龌龊的期待让他觉得腹中就像有个绷紧了的球，每天能让他迅速入睡的体力活倒是一个转移注意力的好方法。他每次都睡得像具死尸，没有受任何梦的困扰。

男孩的话越来越少，但就在他们受缓型突变异种攻击的前一晚——他们停下休息，这对他们来说就算是晚上——他很害羞地问枪侠他长大了会是怎样。

"我想多知道些你长大后的事。"他说。

枪侠正背靠着把手坐着，用日渐减少的烟叶卷了一支烟衔在嘴里。男孩问他时，他正要睡着——就像往常一样。

"你为什么想要知道?"他问，觉得很有趣。

男孩的声音显得很好奇也很倔强，好像是要掩饰他的窘迫似的。"我就是想知道。"停了一会儿，他补充道，"我一直想知道长大是怎么回事。我猜很多人说的多数都是谎言。"

"因为你以前听到的不是我的成长故事。"枪侠说，"我猜在上次跟你讲的事发生以后不久，我就算长大了。"

"当你挑战你的老师时。"杰克幽幽地说，"我想听那个故事。"

罗兰点点头。对，当然就是那一刻，他尝试跨过界线；这个故事大概所有男孩都想听。“不过，我真正长大成人应该是在我的父亲送我上路后开始的。我在途经的一个又一个地方经历着考验。”他想了一会，“有一次我碰到了一个非人的东西。”

“非人？我不懂。”

“你能感觉到他，但是无法看到他。”

杰克点点头，好像是明白了。“他是隐形人。”

罗兰扬起了眉毛。他从来没听到过这个词。“你们是这么叫的？”

“对。”

“那就这么叫吧。在当时，有许多人不让我那么做——害怕如果我触犯了他，他们都会被诅咒，但是那家伙太喜欢强奸。你知道这是什么意思吗？”

“知道。”杰克说，“而且我猜一个隐形的家伙大概对此会很在行吧。你是怎么捉住他的？”

“那个故事改天再讲。”知道不会再有其他日子了。他俩都清楚没有多少日子了。“两年之后，我在一个叫国王镇的地方离开了一个女孩，尽管我不想——”

“当然你会那么做。”男孩说，尽管语气仍很温和，但掩饰不了他的嘲讽。“你得去找你的塔，我没说错吧？得去赶路啦，就像我爸爸公司里的那些牛仔们一样。”

罗兰的脸一阵滚烫，幸好在黑暗中看不到他脸红的窘迫样，但当他说话时语气平稳得好像什么也没发生。“我猜，那是最后一部分。我是指，我终于长大的最后一个考验。当那些考验发生时，我一点都不知道那是我必经的成长过程。直到后来我才知道。”

他很不安地意识到自己在有意回避男孩想听的故事。

“我想，大概年龄也是成长的一部分。”他几乎有些不情愿地说，“是形式上的，几乎是格式化的；就像舞蹈。”他尴尬地笑着。

男孩等他往下说。

“一个人必须得在战役中证明自我。”枪侠开始了他的讲述。

4

炎热的夏天。

那年的盛夏就像个吸血鬼，土地全干涸了，佃农们的庄稼枯黄枯黄的，蓟犁的城堡里的田地被晒得一片雪白。往西再过去数英里，文明社会的边缘处，斗争已经开始。所有来自那里的消息都让人沮丧，但在炙烤着统治中心的热浪面前，它们都变得苍白而没有分量。牲畜围场中，几头牛目光涣散，懒洋洋地趴在地上。肉猪低声哼哼着，母猪、交配也激不起它们的兴趣，连磨快了为秋季准备着的屠宰刀它们也不多看一眼。人们都在抱怨税收和征兵，这跟往年一样；但在政治空洞的激情表演之下有种淡漠。蓟犁的中心就像一块磨损的破布，被践踏后，洗干净，挂在那里晾干了。系着这颗世界中心最后一块珠宝的绳子快磨断了。分崩离析的迹象到处可见。大地沉重地呼吸着，预示着即将来临的衰落。

那时罗兰还只是个孩子。他感觉得到这些变化，但并不理解。他觉得自己内心空得可怕，急切地需要找东西填满内心的空洞。

自那个总能为饥饿的男孩找来食物的厨子被吊死后，三年过去了；罗兰长高了不少，肩部、臀部也变宽了。现在，他十四岁，穿着褪了色的斜纹粗棉布长裤，和成年后的样子非常接近了：细长，精瘦，跑起来速度很快。他还是个处男，但西镇一个商人养的两个年轻情妇经常对他挤眉弄眼。他开始有反应，而且越来越强烈。想到她们时，即使是在凉爽的走廊里，他的背脊上都会冒出汗珠。

往前走就是他母亲的套间，他无意进去，只是想从那里经过再爬到屋顶上去。在那儿，他能享受微风，和手带来的快乐。

他经过母亲的房门时，一个声音叫住了他："你，孩子。"

那是马藤，父亲的谋士。他的着装十分随便，看上去有些可疑，这让罗兰有些不悦：他穿着黑色的马裤呢长裤，绷在腿上就像杂技演员的紧身衣，白色的衬衣敞开着，露出他无毛的胸部。他的头发乱蓬蓬的。

罗兰无语地瞪着他。

"进来，进来！别站在走廊里！你的母亲想跟你说话。"他的嘴角微笑着，但脸上的其他线条都显出嘲讽的表情。而他的目光，冷得能让人打颤。

事实上，他的母亲并没想在此刻见到他。她坐在起居室的窗户旁，从那里她能看到楼下院子里炽热的白色石块。她穿着一条宽松的长裙，是件只能在家里穿的睡衣似的长裙，裙子总从一只肩膀上滑下来，露出她雪白的肌肤。她只看了男孩一眼，仿佛不敢正视他似的，她微微的苦笑很快便隐去，就像秋阳掠过一池死水。在交谈时，她只看着自己的双手，而不是她的儿子。

他很少见到她，摇篮曲的调子（阒茨，栖茨，蓂茨）也在他的记忆中褪了色。但是他爱着这个"陌生人"。他感到内心产生了一种莫名的恐惧，对他父亲最亲近的谋士——马藤——他开始有种憎恨。

"你好吗，罗？"她柔声问儿子。马藤站在她身边，一只手放在她白色的肩膀和头颈之间，对着母子俩微笑。他褐色的眼睛在微笑时变得深不见底。

“好。”他回答。

“你的学习顺利吗？范内满意吗？柯特呢？”讲到第二个名字时，她的嘴唇抽动了一下，仿佛尝到了苦涩的东西。

“我在努力。”他说。他们俩都清楚他不像库斯伯特那样聪明得惊人，甚至没有杰米反应快。他是个埋头苦干型的学生，如同一个拿着大棒的武士般有些愚钝。甚至阿兰都比他学得好。

“大卫好吗？”她知道他很爱那只猎鹰。

罗兰抬头看着马藤，他仍挂着父亲般的笑容听着母子俩谈话。“它的黄金时期已经过去了。”

他母亲差一点就开始颤抖了；那一刻马藤的脸阴沉下来，他放在她肩上的手抓紧了。她转过脸看着窗外白晃晃的阳光，一切看上去都和往常没什么两样。

这是一个谜语[①]，他想，一场游戏。谁和谁玩这场游戏呢？

“你前额划破了。”马藤又恢复了微笑，一个指头指着柯特最近留下的疤痕。

（谢谢你，今天我受益匪浅。）

“你会像你父亲一样吗？成为一个战士，或者你就只是反应慢？”

这次，她的确发抖了。

“两者都是。”男孩说。他牢牢地瞪着马藤，痛苦地微笑着。即使在这里，他都觉得非常热。

马藤突然收起了微笑。“你能到屋顶上去了，孩子。我知道你在那里还有事要做呢。”

“我的母亲还没有准许我离开，你这个侍从。”

---

① 原文用的是 charade，指用诗、画、动作等凑成一个字的一种字谜。

马藤的脸扭曲起来，仿佛罗兰刚用皮鞭抽了他。男孩听到母亲悲哀、恐惧的喘息。她叫了他的名字。

但罗兰脸上痛苦的笑容没有变，他往前跨了一步。“你能为我做个效忠的姿势吗，侍从？凭你服侍的主人，我父亲的名义？”

马藤瞪着他，简直无法相信他说的话。

“出去。”马藤克制地说，“出去，用你的手去。”

带着他狰狞的笑容，男孩走了出去。

他关上门，朝着原路走回去，他听到母亲的嚎叫。那是人临死前哀号的声音。接着，难以置信的，他听到他父亲的仆人击打她的声音，警告她闭上鸟嘴。

闭上鸟嘴！

他听到马藤的笑声。

罗兰径直走向练习场，脸上始终挂着他痛苦的笑容。

5

杰米正从店铺里出来，当他看到罗兰穿过练习场的院子时，他跑过去想告诉他关于西边暴乱的最新消息。但等看清罗兰的表情后，他一个字也吐不出来了。他们还是婴儿时就认识了，孩童期间，他们彼此挑衅过，打过，一起在共同生活的城墙内进行过无数次的探索。

罗兰从他身边走过，朝杰米的方向瞪着，但没有看着他，脸上还是那个痛苦的微笑。他朝柯特的小屋走去，房间的帘子都放下来，抵挡着午后残忍的烈日。柯特习惯睡午觉，因为这样他才有体力在晚上钻进下城区某个肮脏的妓院尽情地满足他雄猫似的需要。

杰米的直觉告诉他将会发生什么，他既害怕又兴奋，不知道是该跟着罗兰，还是去找其他同伴。

接着他像是从被催眠的状态中清醒了过来，他朝主楼跑去，高声大喊着："库斯伯特！阿兰！托玛斯！"他的喊声在热浪中显得纤细微弱。他们知道，靠男孩特有的直觉，他们全都知道，罗兰会是他们当中第一个尝试越界的人。但，这来得太快了。

罗兰脸上可怕的微笑让他十分震惊，这要比任何关于战争、暴乱，或是巫术的消息带给他的刺激都更为强烈，比一张缺牙的嘴对着停满苍蝇的生菜讲出来的话重要得多。

罗兰走到老师的小屋前，一脚踹向大门。门向里弹开，撞到粗糙的石膏糊的墙壁上，又弹回来。

他从来没进去过。站在门口，他看到一个简陋的褐色厨房，里面有一张桌子，两把站得笔挺的椅子，两个橱柜。褪色的漆布地板上，从冰箱到挂着刀的柜子以及桌子之间，都是黑色的刮痕。

这就是这个公众人物的私人空间。这个破落的小屋里就住着这位有名的斗士，他喜欢在午夜狂欢，他训练了差不多三代人，而且把其中一些培养成枪侠。

"柯特！"

他猛踢了一下桌子，让它滑过房间撞到挂着刀的柜子上。几把刀纷纷从架子上掉下来，叮当声大作。

一阵沙哑的声音从里面的房间传来，是人尚未完全苏醒时清喉咙的声音。罗兰没有往里走，心里清楚这只是个幌子；他知道在他踢开门的那一刻，柯特就已经醒来了，瞪着他的独眼站在卧室门边，只要入侵者放松警惕朝门里跨一步，他就会拧断那人的脖子。

“柯特，我需要你，侍卫！”

听到他说高级语，柯特猛地把门推开。站在罗兰面前的是个长着弓形腿的矮胖男人，他只穿着内裤，露出了他结实的肌肉，而且全身从头到脚布满伤疤。他挺着个将军肚，但罗兰凭经验知道他的肚子如同弹簧钢，既坚挺又充满弹性。他的头发一根不剩，头颅骨似乎都变了形，眼放怒火地看着罗兰。

男孩按正式的规矩向他行了礼。“无须再教我了，侍卫。今天，我要给你上课。”

“这为时过早，毛孩。”柯特很随便地回答，但说的也是高级语。“依我判断，这早了两年，还不是最佳时机。我只问一遍，你要打退堂鼓吗？”

男孩只是微笑着，还是那个痛苦骇人的笑容。柯特曾在决定荣辱的战场上，在血流成河、鲜血都将天空映红了的沙场上见到过这种笑容——也许只有这个笑容才是唯一能让他信服的回答。

“太可惜了。”教练叹了口气，“你可是最有潜力的学生——我得说，是近二十四年来最好的一个。想到你被击垮，不得不踏上那条流亡之路，这让人悲哀。不过，世界已经开始变了。黑暗时代已骑在马背上了。”

罗兰仍然没有说话（即使那时柯特要他解释，他也无法讲清楚），但是那一刻，他僵直的笑脸略略放松了一些。

“我们还是得坚持血的界线，不管西线有无暴乱。孩子，我是你的侍从。我听到了你的命令，现在我全心地表示服从——如果将来再也没有机会效忠你的话。”

柯特，这个掌掴过他，踢过他，让他流过血，辱骂嘲讽过他的冷血教练，现在单膝跪地，朝他低下了头。

男孩抚摸着他颈背上坚硬的肌肉，眼前这一幕让他难以置信。“起来，侍卫，以爱的名义。”

柯特慢慢站起来，在他这张毫无表情的面具之下也许藏着痛苦。“这是无谓的牺牲。收回你的话，傻小子。我打破自己的承诺。收回你的话，再等几年。”

男孩没有说话。

“好吧；如果你坚持这样，我们就这样办。”柯特的声音变得有些干巴巴，他公事公办地说，“一小时后，带着你选的武器。”

“你带你的棍棒？”

“我一直带着。”

“柯特，有多少根棍子从你手里被拿走？”实际上他是试探着问：有多少男孩走进大厅后面的方形院子后，能够带着准枪侠的头衔出来？

“今天，我的棍子不会离开我的手。”柯特缓慢地说，“我很遗憾。孩子，机会只有一次。过于心急是要付出代价的，这和那些不值一提的蠢人付出的代价没什么两样。你就不能再等等？”

男孩想起马藤站在他面前的样子。那个微笑。他关上门后，从屋里传来的殴打声。“不。”

“好吧。你选择什么武器？”

罗兰没有回答。

柯特笑了，露出了他参差不齐的牙齿。“这样的开始倒还算聪明。一个小时后见。你知道你将再也见不到你的父亲、母亲，也不会看到你的子孙了吗？”

“我知道流放意味着什么。”罗兰低声说。

“走吧，一个人静思一会儿，想想你父亲的面容。这会对你有好处。”

男孩转身离去，没有往回看一眼。

6

谷仓的地窖阴冷潮湿，和外面烈日下相比判若两个世界。这儿有蜘蛛网和地下水的气味。狭小的窗户略高出地面，几缕阳光射进来，光柱中灰尘飞扬，但阳光并没有带进来任何暑气。男孩把猎鹰放在这里，它看上去挺自在。

大卫再也不是空中的霸主了。三年前，它的羽毛就失去了耀眼的光泽，不过它的眼神依旧咄咄逼人。人们总说，一个人不可能让猎鹰成为朋友，除非他自己也是个猎鹰似的人物，总是独身一人，永远只是个匆匆过客，没有朋友也不需要朋友。猎鹰可不会买爱情或是道德的账。

大卫已经显出老态。罗兰真希望自己是只年轻矫健的鹰。

"嗨。"他柔声唤大卫，将手伸向系着猎鹰的横条。

猎鹰踱到男孩的手臂上，一动不动地站在那里。它并没有带头罩。男孩从口袋里摸出一块干牛肉。大卫灵巧地从他手指间啄起肉干，一伸脖子肉干就消失了。

男孩小心地抚摸着大卫。若这让柯特看到，他不会相信自己的眼睛，不过柯特也不信男孩到了挑战他的时候。

"我知道你今天会死去。"他继续抚摸，"我知道你今天会成为牺牲品，就像我们训练你时给你的那些小鸟一样。你记得吗？不记得？没关系。过了今天，我就是一只猎鹰，今后每年此时，我都会向长天放枪来祭奠你。"

大卫沉默地站在他的臂膀上，没有眨眼，对它的生死毫不在意。

"你老了。"男孩沉思了一会说，"也许你并不是我的朋友。

就在一年前，你甚至都会啄出我的眼珠，而不会对这肉干感兴趣，对不对？那会让柯特大笑。但是，如果我们能够一起靠近……靠近那个戒心很重的人，近得让他来不及怀疑……那会是什么，大卫？年龄还是友谊？”

大卫没有出声。

男孩给鹰套上头罩，找到挂在横条末端的皮带系在鹰爪上。然后他们离开了谷仓。

7

大厅后面的院子其实不能算作真正的院子，只是条绿色的走廊，郁郁葱葱的灌木形成了它的四面墙。不知从何时起，成人仪式就一直在这里举行。甚至柯特和他之前的教练马克都不知道这一习俗可以追溯到何时，而马克就在这里，被一个过度兴奋的学徒刺死。许多男孩从东端走出去，这意味着他们成为了男人，而他们的教练总是从东端进来。院子的东部面对着大厅，面对着那个充满光亮、诱人的文明世界。但更多的男孩从西端进来，还从西端出去，遍体鳞伤，常常还鲜血淋淋，永远都无法被看作真正的男子汉。西端面对着的是农田和农田旁的棚屋；再往远处，是无人居住的森林；越过森林便是伽兰；而伽兰西边就是墨海呐沙漠。成为男人的孩子能够从黑暗中走出来，学会适应光明和责任。而失败的孩子只能后退，永远地后退。院子里的绿草地非常平整，就像游戏场地。院子长五十码，正中央是一小块除尽了草的土地，这里就是界线。

通常，院子的边沿都会挤满挑战者紧张的亲戚和旁观者。一般人们对挑战的结果会有比较准确的预测——通常男孩们会在十八岁挑战他们的教练，迎来成人礼；那些到了二十五岁还没有提出挑战的人往往沦为平庸的市井之徒，只靠些许地产维生，这些人没有胆量面对这样孤注一掷的挑战，在这里会失去一切的可能性吓得他们只能苟且偷生。而今天，院子里只有杰米·德卡力，库斯伯特·奥古德，阿兰·琼斯和托玛斯·惠特曼。他们挤在学徒入场的西端，张大着嘴，都吓坏了。

“你的武器呢？傻小子！”库斯伯特声音嘶哑，他生气地说，“你忘了你的武器！”

“我带了。”男孩回答。他有点好奇，想知道他疯狂的举动有没有传到主楼，传到他母亲——和马藤那里。他的父亲出去狩猎，几天内不会回来。这一点让他有些难过，因为他觉得在父亲那儿，即使不能得到准许，至少也能赢得理解。“柯特来了吗？”

“柯特在这。”声音从院子的另一端传来，一身短打的柯特踏入他们的视线。一条厚实的皮带绑在他的前额，以防止汗水流入眼睛。他系着一条肮脏的腰带，试图保持上身挺直，手里抓着一根硬质木材做成的棍子，一端削得非常尖锐，另一端呈抹刀形，磨得很钝。按照规矩，他开始念应答祈文。在场的所有孩子，沿着他们父亲的血脉一直追溯到祖先艾尔德，人人都知道应答祈文，甚至从孩童时起就已用心背诵了每个字，以便某一天他们能抓住机会成为真正的男人。

“你来这里的目的严肃吗，孩子？”

“我为了严肃的目的而来。”

“你来这里之前，是从你父亲家中被赶出来的？”

“确实如此。”除非他战胜柯特，不然他回不了家。而如果他被打败，他将永远被放逐。

“你来这里，带了你挑选的武器吗？”

“我带了。”

“你的武器是什么？”这是教练的优先权，他有调整战略的机会，不管学生用的是弹弓、弓箭，还是长矛，都不会让他措手不及。

“我的武器是大卫。”

柯特怔了一下。他非常吃惊，也许被弄糊涂了。这对罗兰有利。

可能会有利。

“那你准备好对付我了吗，孩子？”

“准备好了。”

“凭谁的名义？”

“凭我父亲的名义。”

“报上他的姓名。”

“斯蒂文·德鄯，艾尔德的血脉。”

“那就显一显身手吧。”

柯特走入院子，木棍从一只手传到另一只手中。旁观的男孩们一阵唏嘘，眼睁睁地看着他们的小领袖靠近柯特。

我的武器是大卫，教练。

柯特猜到罗兰的用意了吗？如果猜到，他完全懂了吗？如果他把罗兰的心思看得一清二楚，那罗兰就没有任何希望了。这全靠出其不意——当然也得看猎鹰能否尽力使出它的招数。当柯特拿着木棍朝罗兰劈头盖脑砸下来时，大卫会不会只慵懒地坐在他的手臂上，毫无扑腾几下的兴趣？或者，它会遗弃罗兰，振翅飞向自由的天空？

他们越走越近，但尚未越过界线，男孩冷峻的手指解开猎鹰的头罩。它落在绿色的草地上，柯特止住脚步。他看到老斗士的目光落在大卫身上，瞪大的眼睛中充满诧异，但慢慢被会意的光芒取代。现在他明白了。

"哦,你这个小傻瓜。"柯特几乎是从喉咙里挤出了这几个字。听到他这样跟自己说话,罗兰勃然大怒。

"冲向他!"他大叫,朝大卫举起手臂。

大卫飞起来,像一颗无声的褐色子弹,羽毛短硬的翅膀拍了一下,两下,三下,它扑到柯特脸上,鹰爪扑腾着,尖嘴啄下去。鲜红的血滴溅起来,飞扬在炙热的空气中。

"啊!罗兰!"库斯伯特兴奋地狂叫着,"第一滴血!第一滴血,滴在我的胸脯上!"①他使劲敲打着自己的胸口,留下的淤青一周后都未褪去。

柯特失去平衡,朝后踉跄了几步。他高举着木棍,毫无目的地挥打着。猎鹰只是模糊一团,羽毛被木棍形成的气流吹动着。

同时,男孩一个箭步朝前冲去,他伸直了手臂,捏紧拳头。这是一次机会,很有可能是他仅有的一次机会。

不过,柯特的反应实在太快。猎鹰已经挡住了他百分之九十的视线,但他又举起木棍,抹刀一端朝前。这时柯特残忍地做了唯一能扭转局势的决定。他的肱二头肌毫不留情地屈伸着,拿木棍朝着自己的脸拍打了三下。

大卫落到地上,羽毛折断,身子都变了形。一只翅膀痛苦地狂拍着地面。猎鹰冰冷的眼睛盯着教练血流不止的脸,残忍的目光让人发寒。柯特的一只瞎眼从眼眶里突出来,毫无光芒。

男孩结实地朝柯特的太阳穴踢了一脚。这应该能结束一切,但是没有。柯特的脸失去了生气,但只是一瞬间;很快他又猛冲起来,想抓住男孩的脚。

罗兰急忙往后跳,但被自己的脚给绊倒了。他仰面摔在地上。他听到远处杰米惊恐的尖叫声。

---

① 在成人仪式的格斗中,有人洒第一滴血时,观众会这么喊。

柯特随时都能朝他扑来，结束这场争斗。罗兰已经失去了他的优势，师徒俩都清楚。那一刻，他们互相对视着，教练低头看着他，左脸上仍血喷不止，瞎眼几乎睁不开了，只露出一条白缝。今晚，柯特去不了妓院狂欢了。

有东西拼命地在啄男孩的手。是大卫，此时不管能够到什么，它都会盲目地撕咬。它的双翅都折断了，它仍然还活着已让人不可思议。

男孩像拿石块一样一把抓起它，顾不上它尖利的喙从自己手腕上撕下一缕缕肉。当柯特像只展翅的雄鹰向他扑来时，男孩把猎鹰向上扔去。

“大卫！猎物！”

那时，柯特完全挡住了他面前的阳光，巨大的影子朝他砸下来。

8

猎鹰在他们俩之间扑腾，男孩感到有只长着老茧的拇指朝他眼眶戳来。他推开手指，同时伸出腿，用大腿骨挡住了柯特朝他大腿根部劈来的膝盖。他用手连续朝着柯特的脖子猛劈了三掌，感觉就像打在石头上。

柯特痛苦地咕哝了一声。他的身体抽动了一下。罗兰模糊地看到有只手挣扎着去抓掉在地上的木棍，他一个屈体，伸脚把木棍踢得老远。大卫的一只爪子牢牢地抓住柯特的右耳，另一只无情地抓打着教练的脸颊，那儿顿时变得鲜血淋漓。热乎乎的血喷洒了男孩一脸，闻起来就像切断的铜块。

柯特的拳头击中了猎鹰，打断了它的脊骨。又一拳，它的脖子断了，朝一个角度扭曲着。但鹰爪仍紧紧地抓着柯特不放。柯特的右耳已经不见了，只剩一个红色的窟窿通向柯特的头颅骨。第三拳柯特把猎鹰打飞了，终于扫清了面前的障碍。

就在那一刻，罗兰伸直手掌对准教练的鼻梁，使尽全部力气劈了下去，打断了那根脆弱的骨头，鲜血喷涌。

柯特出其不意地伸手抓住男孩的臀部，试图把他的裤子拉扯下来缚住他的双腿。罗兰打了个滚，挣脱了柯特。他看到柯特的木棍，一把抓起来，起身跪着。

柯特也直起身子，跪在地上，他咧嘴笑了。令人难以置信的是，他们现在又回到界线的两侧面对着对方了，不过两人的位置已经互换，柯特此刻是在罗兰进场时的方位。老斗士的脸上满是鲜血。他的独眼拼命地挤着，想看个清楚。他的鼻子被打歪了，耷拉在一边。面颊被撕得血肉模糊，没被猎鹰扯下来的肉还挂在脸上。

男孩举着教练的木棍，就像一个专业的棒球选手等待着投掷过来的皮棒球。

柯特做了两个假动作，然后突然径直朝他奔来。

罗兰早准备好了，丝毫没有被这最后一个花招蒙骗住，其实两人心里都明白这实在是拙劣的伎俩。木棍在空中滑出一条低平的弧线，正中柯特的头颅，发出沉闷的重击声。柯特应声倒下，他侧着身子看了看男孩，表情木讷，令人捉摸不透。一小口痰从他嘴里喷了出来。

“不投降就是死路一条。”男孩说，觉得嘴里像是塞满了湿棉花。

柯特笑了。他几乎神志不清了，也许接下去的一周，他会昏迷不醒，只得待在小屋里，靠人照顾了。但是此刻，他硬撑着，用尽了他无情无畏一生中的最后一点力量。他在罗兰的眼里看到他的需要，尽管隔了一层血帘，他还是能明白罗兰迫切的需要，需要他的肯定。

"我投降，枪侠。我微笑着向你屈服。这一天，你让人们记住了你父亲和他的祖先们的面容。你创造了一个奇迹！"

柯特的独眼闭上了。

枪侠轻柔但坚定地摇了摇柯特。其他伙伴都聚到他们身边，他们的手颤抖着，想拍打他的背部，想把他拉起来拥抱他，但他们迟疑地缩回手，感觉到他们之间有一条新的鸿沟。但这种感觉并不奇怪，毕竟他和其他的男孩之间一直都存在着鸿沟。

柯特的眼睛转了几下又睁开了。

"钥匙，我的继承权，教练，我需要它。"枪侠迫切地说。

他的继承权就是枪，还不像他父亲用的枪那么重——特意用檀木包的枪柄让它们特别沉——但枪，都是一样的。只有少数人才有权持枪。按照古老的规矩，他从现在起就得离开母亲的怀抱，到营房的拱顶下寻求庇护，带着他新的武器，镍钢做的沉重累赘的长管枪。在他的父亲成为真正的枪侠前，这种枪也伴随他度过了学徒期，而他的父亲现在已是统领——至少在名义上。

"为何你的需要那样吓人？那样迫切？哎，我担心的就是这点。这么迫切的要求会让你变得愚蠢。然而你还是赢了。"柯特喃喃自语，仿佛在说着梦话。

"钥匙！"

"用猎鹰这主意真不错。不错的武器。你花了多长时间才把那畜生训练好啊？"

"我从来没训练过大卫。我与它为友。钥匙！"

"在我的皮带下，枪侠。"眼睛又合上了。

枪侠将手伸到皮带下面，感到来自柯特肚子的压力，原先的肌肉现在都松弛下来。钥匙挂在一个铜圈上。他紧紧地捏在手心里，努力克制着自己疯狂的欲望，才没把钥匙高举起来，欢呼胜利。

他站起来，这才转身招呼同伴，此时柯特的手摸索着朝他的脚伸来。枪侠害怕柯特给他最后一击，全身肌肉一下子都绷紧了。但是柯特只是抬头看着他，结着硬痂的手指招呼他。

“我要去睡一会。”柯特平静地低语，“我要走过那条路。也许一直走到路尽头的开阔地。我不能再教你了，枪侠。你超过了我，比你父亲当年挑战我时还年轻两岁，你父亲当年已经是最年少的枪侠。但是，你还得听我一句劝告。”

“什么？”他非常不耐烦。

“将那个表情从你脸上抹去，傻小子。”

这让他吃了一惊，但立即就按照柯特说的变了表情（当然，就像我们所有人一样，他并不能看到自己表情的变化）。

柯特点点头，轻声说了一个词：“等待。”

“什么？”

柯特十分费力地慢慢吐出几个字，这显得他好像是一个字一个字地强调着：“放手让这个字眼和这个神话先你而行。有人会死抱着它们不放。”他的目光掠过枪侠的肩头，“也许那些人都是傻瓜。让你的影子长出头发。让它变成黑色。”他的笑容非常怪异。“若有足够的时间，话语甚至会让巫师着魔。你懂我的意思吗，枪侠？”

“我想，我明白。”

“这是我对你最后的教诲，你会牢记吗？”

枪侠站直了身子，沉思的表情已经预示了他成人后的样子。他抬头看着天空。天色变深了，呈现紫色。白日的热气慢慢消散，西边传来几声闷雷，暴雨将至。天边，叉形的闪电戳刺着连绵山脉平静的侧影。再往远处，升起的是鲜血的喷泉，那里充满着疯狂。他觉得很疲惫，不仅仅是在肉体上。

他低头看着柯特。“教练，今晚我会埋了我的猎鹰。晚些时候，我会到下城区，去告诉妓院里那些等着你的人你今天来不了。也许，我会给其中一两个些许安慰。”

柯特痛苦地张开嘴，他笑了。然后，他闭上眼，睡着了。

枪侠站起来，对他的同伴说：“找个担架来，把他抬回屋里。再找个护士。不，两个护士。行吗？”

他们只是怔怔地看着他，仿佛都被施了魔咒无法醒来。他们盯着罗兰看，以为会看到他头上火焰形成的花冠，或他身上任何魔术般的变化。

“两个护士。”枪侠重复道，对着他们笑了。他们也对罗兰微笑，但十分紧张。

“你这该死的卖马的！”库斯伯特突然大叫出来，咧嘴笑着，“你没给我们留下一点肉，从骨头上都挑不出来！”

“明天，世界也不会变得两样。”枪侠微笑着引用这句古老的格言。“阿兰，你这个黄油屁股！快走！”

阿兰赶忙去找担架；托玛斯和杰米一起去大厅的医务室。

枪侠和库斯伯特对视着。他们一直是最亲密的朋友——确切地说，就他们各自不同的个性而言，他们已经达到了他们可能达到的最亲密程度。库斯伯特目光中掠过一丝沉思，枪侠想告诉他等一年或甚至是一年半后再挑战教练，不然他会被送往西方战场，但他努力克制住自己没说出口。他们一同经历过种种艰险，枪侠不敢贸然说出这样的话，他害怕自己脸上的任何表情都会被误认为是傲慢。*我也开始学会谋划了*，他想，有些不悦。他又想到马藤，想到他的母亲，这时他给了同伴一个狡猾的笑容。

我要成为第一个，他第一次有这么明确的想法，其实以前也

有过这个想法，但都被自己看成是痴心妄想。我就是第一个。

“我们走吧。”他提议。

“非常荣幸，枪侠！”库斯伯特有些调侃地说。

他们离开了围满灌木的院子，从东端走出去；托玛斯和杰米已经带着护士回来了。她们穿着胸前有一抹红色的白色纱罗长裙，看上去像鬼魂似的。

“要我帮你一起埋猎鹰吗？”库斯伯特关切地问。

“好，那太好了。伯特。”

然后，夜幕降临，同时暴风雨开始袭击；震耳欲聋的雷声卷过天空，闪电带着蓝色的火焰冲洗了下城区弯曲的街道；被拴在围栏旁的马匹都低垂着头，小股水流沿着它们的尾巴流下来。那时，枪侠正和一个女人睡在一起。

一切进行得很快，枪侠感觉很好。然后他们并排躺着，没有说话。外面下起了冰雹，砸得屋顶窗户砰砰作响，但一阵就过去了。楼下，其他屋子里有人在用繁音拍子弹奏《嗨，裘德》。枪侠陷入了沉思。音乐声停止了，屋里非常安静，只有冰雹拍打玻璃的声音，就在他快睡着那一刻，他第一次想到也许他会是最后一个枪侠。

9

枪侠并没有对杰克交代所有的细节，但也许男孩自己差不多能拼凑出整幅画面。枪侠早就意识到这个男孩感觉极其敏锐，他和阿兰非常相像。枪侠记得阿兰擅长体察别人的感觉，会和别人有心灵感应，他们那时都说他有点灵气。

“你睡着了？”枪侠问。

“没有。”

“我告诉你的，你都懂吗？”

“懂吗？”男孩故作吃惊地嘲讽道，“懂吗？你是不是在开玩笑？”

“没。”枪侠有些不悦。他从来没跟任何人说起过他的成人仪式，因为他对那次挑战心里还存有疙瘩。当然，猎鹰是完全没有争议的武器，但毕竟这算是要手段，而且是种背叛，是他许多背叛中的第一次。告诉我——我真的能把这个男孩扔到黑衣人手里吗？

“好吧。我懂。”男孩最后说，“那是场游戏，对不对？成人是不是一直得玩游戏？每件事都不得不成为另一种游戏的借口？有没有男人是真正地成人了，而不只是从年龄上看是长大了？”

“你并不理解每件事。”枪侠说，努力克制着他慢慢升起的怒火。“你还只是个孩子。”

“当然。不过我知道我对你意味着什么。”

“意味着什么呢？”枪侠问，声音绷得很紧。

“打牌时的筹码。”

这让枪侠恨不得拿起块石头砸烂男孩的脑袋。但他只是平静地说：

“去睡吧。孩子需要睡眠。”

他耳边突然响起马藤的声音：出去，用你的手去。

他僵直地坐在黑暗中，想到事后可能会深深地痛恨自己，他感到厌恶和畏惧。（他有生以来第一次有这种感觉。）

10

他们醒来后继续赶路，铁轨的走向有些变化，他们离地下河越来越近，在那里他们遭遇了缓型突变异种。

杰克看到第一只缓型突变异种时，吓得大声尖叫。

枪侠专注地摇车时，视线始终注视着前方，杰克的尖叫让他朝右边瞥了一眼。车的下方，有个腐烂的磷火般的绿色物体，枪侠可以感觉到它微弱的脉搏。好长时间以来，他的嗅觉第一次开始有感觉——他闻到些臭味，湿湿的。

他看到的绿色物体其实是张脸——如果仁慈些，那勉强可以被称为脸。扁平的鼻子上方是昆虫的节肢似的眼睛，毫无表情地看着他们。枪侠感到五脏六腑一阵涌动，连私密部位都在怵颤。他摇把手的节奏微微放快了些。

发出绿光的脸消失了。

“见鬼了，那是什么?”男孩问，朝枪侠靠近了些。“那是——”话语卡在了喉咙里头，因为这时他们从三个微微泛绿光的身影旁经过，它们就在铁轨和看不见的水流之间，毫无反应地望着他们。

“它们是缓型突变异种。”枪侠解释道，“我看它们不会给我们带来麻烦。也许它们被我们吓呆了，就像我们被——”

正在说话间，一个身影动起来，拖着脚步朝他们走来。那张脸看上去就像个饿坏了的白痴。赤裸的身体就像棵树，所有的枝条和触须都绞拧在一块，形成无数个节瘤。

男孩又发出尖叫，像只受惊的小狗那样抱住枪侠的腿。

那东西一只触角似的手臂伸过来，在手摇车的平板上乱抓。它散发出阴湿黑暗的气味。枪侠放了把手，拔出枪。一颗子弹穿过了那张白痴脸的前额。它跌落在铁道上，身上沼泽磷火的光芒慢慢暗淡，就像被乌云吞食的月亮。枪弹发出的火光与他们久已习惯的黑暗对比如此鲜明，亮光似乎都刻映在了视网膜上，久久没有褪去。飘散开来的火药味火热、粗野，与这片被埋葬的黑暗显得格格不入。

又出现些身影，数量更多。它们并没有明显的向小车发起攻击的势头，但这群丑陋的家伙好奇地伸长了头颈，无声地将铁轨包围起来。

“看样子你得帮我摇车了。”枪侠说，“你行吗？”

“可以。”

“那就做好准备。”

男孩紧贴在他身边，摆好了姿势。只有当这些变异物从身边经过时，男孩才从眼角瞥到它们，他并不左顾右盼，不想有意地找寻绿色的身影。小男孩心里的恐惧被放大膨胀，但他的本我仿佛设法从他的毛孔里钻了出来形成了一层保护膜。枪侠暗自思忖，这男孩有那种灵气倒也不是不可能。

枪侠保持摇车的节奏，并不想加快速度。他知道，那会让变异物们察觉到他们心中的恐惧，但他怀疑即使察觉到他们的恐惧，那些变异物也并不见得就会袭击他们。毕竟，他和杰克是光明世界的产物，是完整健康的造物。它们肯定恨死我们了，他猜，不知道它们是不是也对黑衣人充满了同样的憎恨。也许不是，或许他经过这里时就像一道黑影飞过，根本没让它们察觉。

听到男孩的喉咙底发出哽咽的声音，枪侠几乎很随意地转过头。四个变异物正踉跄着朝他们冲来，其中一个正想方设法要抓住车子。

枪侠放开小车的把手，以同样的梦幻般随意的动作拔枪射击。他击中了领头的变异物，子弹射在它头上。变异物发出哭泣似的哀叹声，开始咧嘴大笑。它的手软绵无力，像条鱼；手指合不到一起，就像在干裂的土地中埋了很久的手套。另一个变异物死尸般的手触到男孩的脚，开始拖他。

男孩的尖叫在石英壁形成的黑暗子宫中回响。

枪侠打中了变异物的胸膛。它也咧开嘴大笑,垂涎黏液沿嘴角流淌。杰克已经滑到了车的边沿。枪侠一把拉住他的手臂,但自己也几乎失去了平衡。他没有想到变异物如此强壮。枪侠朝紧拉不放的变异物头上开了一枪。变异物的一只眼睛失去了光芒,就像是蜡烛被吹灭了,但是它的手仍未放松。他俩无声地拉扯争夺起杰克扭动的身躯。这些变异物使劲地拽着杰克,就好像他是一块如愿骨①。它们的愿望毫无疑问就是一顿美餐。

手摇车速度慢下来。其他变异物形成的包围圈越缩越紧——有的一瘸一拐,有的也许失明了。大概,它们都在找寻耶稣,希望他能带来救赎,能将这些痛苦的生命从黑暗中拯救出去。

这是男孩的末日,枪侠无比冷静地对自己说,这就是黑衣人所说的末日。放了他的手,继续摇车,不然拉着他,我也会被埋在这里。男孩的末日。

他猛地拽了杰克一把,朝变异物的腹部开了一枪。在那令人窒息的瞬间,变异物的手攥得更紧,杰克又开始朝边缘滑去。这时,变异物那像裹着泥般的手指松了开来,它仰面摔倒,仍然咧嘴笑着,被减速的车抛在身后。

"我以为你会放开我的手。"男孩开始抽泣,"我以为……我以为……"

"抓住我的皮带。"枪侠说,"使出你的力气抓紧了。"

杰克的手穿过枪侠的皮带,牢牢地抓住;他停止了哭泣,但身子仍不自主地抽动着。

枪侠恢复了摇车的节奏,小车的速度开始加快。变异物被

---

① 西方的迷信说法,两人同扯此骨,扯到长的一段的人可以有求必应。

甩下一点距离，它们呆呆地看着小车走远，从它们的面目中几乎辨别不出人类的痕迹（或许它们本来就不是人类），这些脸发出的微弱磷光就像是在强大压力之下的深海鱼的光芒；这些脸上没有愤怒，没有憎恨，只有如弱智般半清醒的惋惜。

"它们散开了。"枪侠松了口气。他的小腹和私密处绷紧的肌肉也放松了一些。"它们——"

有几个变异物搬了石块放在铁道中央。道路被封死了。要扫清障碍恐怕不难，一分钟就应该能解决，但他们得停下来。必须有一个人得下车搬开石块。男孩哀叫了一声，抓紧了枪侠的皮带。枪侠放开把手，手摇车无声地滑向石块。小车轰的一声停住了。

变异物们又围上来，几乎是气定神闲的，仿佛它们只是碰巧途经此地，在梦幻般的黑暗中迷失了方向，碰到小车上有人，便想借问个路。一个该死的古老岩壁底下的街角集会。

"它们会捉住我们吗？"男孩镇静地问。

"绝不会。安静一下。"

他环视着周围的石块。当然，这些变异物明显不够强壮，它们根本搬不动这些巨石来挡住他们的道路。只可能是些小石块，只会刚够让他们停下车，让有人——

"下车。"枪侠以命令的口吻说，"你必须得搬开石头。我会掩护你。"

"不。求你了。"男孩小声说。

"我不能给你把枪，我也不可能边搬石块边开枪。你必须得下车。"

杰克的眼珠疯狂地转动着；那一刻，随着他想法的变化，他的身体也抖动着。然后他跳下车，捡起石块朝左右扔，他头也不抬，速度极快。

枪侠拔出枪，观察等待着。

两个变异物鬼鬼祟祟地徘徊着，靠近男孩，伸出生面团似的手臂去拉杰克。枪侠扣动扳机，一道红白色的强光打破黑暗，也刺痛了枪侠的眼睛。杰克尖叫着，继续扔着石块。枪侠眼前光影跳跃着，什么都看不见。眼前只有影子和强光留下的余像。

一个变异物，磷光弱得几乎看不到，它如同夜魔①一般突然伸出橡胶似的手臂抓住了杰克。它的眼睛大得几乎占去了半个头颅，不停地转着，流出黏液。

杰克又开始尖叫，扔下石块，转身挣扎。

枪侠朝声音开枪了，根本没有时间担心他的视觉可能会辜负他的双手；两个头只有几英寸的距离。倒下的是变异物。

杰克疯狂地扔着石块。变异物围成圈，慢慢靠近，再往前靠近一点就会触手可及。它们身后不断有同伙赶上来，数目不断增加。

“好吧。上来。快！”枪侠对杰克喊。

男孩刚挪动脚步，变异物就冲上来了。杰克跑到车边，挣扎着往上爬；枪侠已经开始摇车，车往前跑动。双枪已经插回了枪套。他们必须赶快前进。这是他们唯一的机会。

可怕的手拍打着小车表面的金属。男孩现在两只手都攥着枪侠的皮带，他将脸紧紧地贴在枪侠的背上。

一群变异物跑到铁轨上，它们脸上还是那种毫无思想、随意而期待的表情。枪侠感到自己的肾上腺素急速升高；小车沿着轨道飞一般冲进黑暗中。他们以全速撞飞了四五个可怜的家伙。它们就像腐烂的香蕉被人从柄上打掉那样飞出去。

一个又一个不停地飞入无声的黑暗中。

---

① 西方文化中，夜魔是鬼一样的怪物，经常惊吓孩子。

漫长的沉寂后，男孩抬起了脸，感受着车速形成的风。他仍心有余悸，但忍不住想了解现在的状况。枪弹的火光仍在他眼前晃动。他什么都看不见，除了周围的黑暗；什么声音也没有，除了水流潺潺。

“它们不在了。”男孩说，突然害怕在黑暗中轨道就那么到了尽头，害怕那时他们被迫跳下车，跳入嶙峋乱石中摔伤。他坐过汽车；有一次他父亲在新泽西州高速公路上车速达到九十英里，被警察拦了下来，警察假装没看到父亲夹在驾照中的二十美元，给了他一张罚单。但是男孩从没有过像现在这样的坐车经历，耳边是狂风，眼前什么也看不见，前后潜存的危险让他心慌，水流的声音就像一个人的笑声——黑衣人的笑声。枪侠的手臂就像发疯了的人类工厂里的活塞。

“它们走了。”男孩小心地说，话还没到嘴边就让风给卷走了。“你可以慢下来了。我们把它们甩远了。”

但是枪侠没有听到。他们疾驰着驶入前方未知的黑暗。

11

接下去的三“天”中，风平浪静，什么也没发生。

12

第三次休息后，他们继续赶路，这一“天”他们不知道已走了多少路程，一半？四分之三？他们只知道自己并不疲惫，还能往前赶一段。突然小车颠簸了一下，仿佛有东西在车身下给了重重一锤;小车摇摆着,他们不由自主地倾向右边,原来铁轨改变了方向,转向左方。

前方有亮光,虽然很微弱,但在已经习惯了的黑暗世界中突然看到光感觉非常奇异,就好像它是一种全新的元素,跟土、火、水或空气完全不同。眼前的微光没有任何颜色,但能被察觉到,因为他们无须再靠触摸便能辨认面容轮廓。他们的视觉在适应了黑暗后对光亮特别敏感,在离光源至少五英里开外,他们便注意到了微光。

"尽头。那就是尽头了。"男孩紧张地说。

"不是。那不是。"枪侠如此肯定的语气听上去倒令人生疑。

不过,他们的确没有到达尽头。他们看到了亮光,但那不是日光。

靠近光源时,他们第一次看到左边的石壁全部被推倒,许多条铁轨和他们所在的铁轨相交汇,形成一张复杂的蜘蛛网图形。铁轨被光照着,像是锃亮的光轨。一些轨道上停着棚车、客运车,轨道边甚至还有个依势而造的站台。这些让枪侠心里七上八下,就好像是西班牙式大帆船被困在了地下的藻海里。

小车向前行驶时,亮光也不断增强,照得眼睛有些刺痛。但所幸亮光增强的速度还不算太快,让他们得以有些时间来适应。他们从黑暗到光明的行进就好像是潜水员从海底深处慢慢回到海面的过程。

前方,离他们越来越近的像是一个巨型的飞机库。正面有一系列入口,大约有二十四个,都发着黄光;当他们慢慢靠近时,那些入口也从玩具大小的窗户逐渐变为高度达二十英尺的开口。他们从当中的一个入口进去。头顶的梁架上刻着一些文字,枪侠猜有好几种不同的语言。他惊奇地发现自己看得懂最后一种；高等语就是从它演变过来的。上面写着：

十号轨道通往地表，指向西

里面的光更强了；所有的轨道在这里通过一系列的转辙后合并到一起。有些交通灯仍然亮着，永远闪着红绿黄三种光。

他们从凸起的石墩间驶过，一定有数不尽的车辆曾经从这里经过，它们排的气把石墩都熏黑了。然后他们看到了一个像是中央集散站的地方。枪侠让小车慢慢停下来，四下张望。

"这就像地铁站。"男孩突然冒出一句。

"地铁？"

"算了。我讲的东西你不会懂。我自己都不知道我在讲什么。什么都记不得了。"

杰克爬下车，站在开裂的水泥地上。他们看到一些废弃了的货摊，那儿可能曾经卖过书报；一家鞋店；一家兵器店。枪侠看到左轮手枪和步枪，一下子变得十分兴奋；他凑近了才看到枪管里都灌满了铅；不过，他还是忍不住拿起一张弓，抡到自己背上，还背起一桶箭，他一掂就知道这些箭的重心都不标准，完全不能用；还有一家女性服饰店。某处有个风扇在不停地转着，也许是换气用的，它大概已经转了几千年——不过或许转不了多久了。风扇每转一圈都会发出吱嘎声，这提醒着人们即使在最严格控制的条件下，永动机也只是个傻瓜的梦想。空气有种被机械化了的气味。男孩的鞋子和枪侠的靴子形成的回音之间相差半个音阶。

男孩突然喊："嘿，嘿……"

枪侠转身向他走去。杰克站在一个书亭前，呆若木鸡。里面，角落旁，有一具干尸。它穿着蓝色的制服，衣服上有金色的滚边——看上去像列车员的制服。在干尸的腿上放着一份保存完好的古老的报纸，当枪侠碰到报纸时它一下子就变成了灰粉。

干尸的脸就像一只干枯脱水的苹果。枪侠小心翼翼地碰了一下它的脸颊，飘起一阵灰粉。当灰粉落定后，他们透过脸颊上的窟窿可以看到干尸的嘴巴里有一颗金牙闪闪发光。

“毒气。”枪侠喃喃自语，“以前人们制造了一种毒气，可以让人变成这个样子。范内对我们说过。”

“那个教你们书本知识的人?”

“对，是他。”

“我猜以前人们用毒气打仗，用毒气杀人。”男孩语气阴沉地说。

“我猜你是对的。”

他们又看到十几具干尸。除了两三具之外，其余的都穿着蓝色滚金边的制服。枪侠猜测，毒气正是在这里交通流量最小的时刻被投放的。也许在遥远的过去，这个车站曾是军队战略部署中的军事要地。

这个想法让他隐隐地感到不安。

“我们最好继续往前走。”他边说边向十号轨道和小车走去。但是男孩倔强地站在他身后。

“不走。”

枪侠吃惊地转过身。

男孩的脸颤抖着，五官都挤到一块去了。“只有我死了，你才能得到你想要的。我会自己做个了断。”

枪侠态度含糊地点点头，他恨自己要做出的决定。“好吧，杰克。”他温和地说，“祝天长，夜爽。”他转身走到石墩旁，轻松地跳下去，站在小车上。

“你跟某个人有交易。我知道你有!”男孩对着他的背影大叫。

枪侠没有回答。他小心地把弓放到伸出车板的 T 形杆前方，以防发生任何意外。

男孩捏紧了拳头，气得脸都扭歪了。

你骗这个孩子是多么容易啊，枪侠对自己说，他敏感的直觉——他的灵气——让他一次又一次得出这个结论，然后你一次又一次地帮他否定了那个结论。这对他来说究竟有多难——毕竟，他除了你没有任何其他朋友。

他突然有一个很简单的想法（几乎就是个幻象），他所需要做的就是改变自己的态度，掉转头，带上男孩，让他成为一种新的力量的中心。寻找塔也不必使用这种低劣的丢脸的手段，不是吗？等男孩长大成人后再重新踏上寻塔的征途也不迟。那时，他们两个根本就不用再将黑衣人放在眼里，可以把他像个廉价的发条玩具那样扔到一边。

当然，他玩世不恭地自言自语，当然。

他突然冷静下来，他知道掉头回去意味着两个人都会死——也许还有比死亡更可怕的下场：与那些变异物一同被埋葬在黑暗之中。所有的器官都会退化。也许，在他们变为灰烬后，他父亲留下的枪还会静静地躺在这里生锈；也许哪天被后人发现后被当做辉煌的图腾，就像那只汽油泵被族人奉为神灵的化身一样。

别那么懦弱，枪侠，他违心地强迫自己。

他伸手拉住把手，开始摇车。小车离开了石墩。

男孩尖叫着：“等等！”他撒开腿就跑，斜穿过轨道，期望在前面的黑暗处拦住小车。枪侠有种想加快车速的冲动，好在杰克跑到交汇点前就将他甩在身后，但他心中还是有些迟疑。

他终于没有加速，相反，当杰克跳起来时，他一把抓住了他的手臂。杰克紧紧地抱住他，这让他的心跳急剧加速。

尽头不远了。

13

水流的声音变得十分响，甚至在他们的睡梦里都充满了水的轰鸣声。枪侠突发奇想，让杰克代他摇车，而他玩起了弓箭，把一端系着白线的劣箭射入黑暗中。

这把弓同样十分劣质，尽管它被保存得十分完好，但它的拉力和准星都很差，枪侠想不出能改进的办法。即使重新将弓弦绷紧，朽木也发不出什么弹力，箭不可能飞得很远。但他射出的最后一根箭回来时箭身潮湿，而且滑溜溜的。男孩问他这里和水流之间的距离时，他只是耸耸肩，但心里清楚这腐烂的弓木不可能把箭射出六十码开外——能射到六十码已经十分走运了。

然而，水流的轰鸣变得越来越响。

在离开车站后的第三"天"的行程中，他们注意到远处又出现了微光。他们进入了一条长长的隧道，石壁上都是奇怪的磷光，潮湿的石头表面一闪一闪的，就像是星际中千万颗小型的星暴。男孩把它们叫做*霓虹管*。他们觉得眼前的景象就像在怪异的鬼屋中，有种超现实的色彩。

封闭的石壁仿佛形成了自然的扩音器，将水流的轰响扩大了轰炸着他们的耳朵。往前走，石壁往后倾斜，路变宽了，枪侠判断他们就快到交叉路口了。但奇怪的是水流的声音一直是恒定的，并没因为空间的开阔而改变。道路向上延伸的角度越来越明显了。

铁轨穿过这些神秘的亮光笔直向前。在枪侠看来，这些*霓虹管*就像收割节集市上能卖出好价钱的沼气管；而杰克想到了城市里霓虹灯做成的没有尽头的流苏装饰。借着亮光，他们俩都看到将他们封闭了那么久的岩石在前头突然断开来，在末端裂开形成了一对几乎对称的半岛形状，再过去就是一片漆黑——那是水流上方的罅隙。

轨道继续向前，手摇车驶上了年代久远的栈桥，而这段由木柱架托着的悬木之下便是万丈深渊。往前，似乎在万里之外，有束针眼大小的亮光，不是以前看到的磷光或荧光，而是真真切切的白光。它小得就像一块黑布上用针戳穿的一个孔眼，但是它具有的分量却重得骇人。

“停下来。”男孩乞求道，“求你了，就停一分钟。”

没问为什么，枪侠让手摇车慢慢滑停。水流持续不变的轰鸣同时从头顶和脚下传来。潮湿的岩块表面的闪光突然变得十分可憎。他突然觉得空间狭小得让他窒息，这是他待在黑暗中这么长时间以来第一次有幽闭恐惧感。他迫不及待地想出去，他不想被活埋在这里，他对自由的强烈渴望此刻没人能够阻拦。

“我们会继续往前走。”男孩停顿了一会继续说，“这就是他想要的？让我们摇着小车出去，越过……那里……然后摔下去？”

枪侠知道这不是黑衣人的目的，但还是说：“我不知道他想要什么。”

他们跳下车，谨慎地朝悬木的边缘走去。他们脚下的石路一直是持续的上坡，但突然转为向下延伸，地面突然脱离了轨道，不见了。轨道独自向前延伸，穿越黑暗。

枪侠跪在地上往下看。他依稀辨认出大梁和支柱形成的复杂网状结构，所有的梁柱都插入咆哮的水中，不可思议地支撑着轨道越过黑暗的空间，在半空中形成一道优雅的弧线。

他能够想象时间和水流这两个致命的因素对钢柱所起的作用。他不知道梁柱还剩下多大的支撑力。一点儿？几乎没有？

一点没有？他眼前突然浮现出干尸的脸，看上去十分结实的皮肉被他的指尖轻轻一点就化成了粉末。

“我们得步行。”枪侠头也没回地说。

他以为男孩会再次退缩，但他走到枪侠前面，踏上了悬在半空中的轨道。他很沉着地走过焊接在一起的钢板，脚步非常自信。枪侠跟在他后头，他做好了准备，如果杰克踩空了，他随时会伸出手拽住他。

枪侠感到额头上冒出一层细汗。梁柱已经腐蚀了，程度非常严重。他走每一步，梁柱都会发出开裂声；脚下咆哮的水流猛烈地冲击着，轨道有些摇晃。我们是杂技演员，他想。看呀，母亲，下面没有网。但我在半空中飞。

他蹲下过一次，察看他们踩着的钢板。它们被锈迹包裹着（他的面颊告诉了他钢板生锈的原因——新鲜空气，腐蚀的好朋友；他们现在肯定非常接近地表了），一记重拳就能让钢板开裂。他听到从脚下传来一声警告式的吱嘎声，觉得钢板准备好了要裂开，但他没有理会，继续往前走。

当然，男孩的体重至少比他轻一百磅，对他来说还比较安全，除非钢板的情况随着他们的行进越变越糟。

在他们身后，手摇车模糊的影子已经跟背景融在了一起。左边的石墩向前延伸了二十码左右，右边的石墩早就消失了。但现在周围什么都没有了，他们孤零零地站在半空。

起初，他们觉得针眼大小的白光对他们像是嘲讽，因为它始终没有变化（也许它在以他们向前推进的速度向后退——不过那倒真是魔法了），但逐渐地，枪侠意识到白光在变宽，显得更为明显。白光仍然在他们上方，但是轨道在慢慢向上接近亮光。

男孩发出一声惊叫，突然向一边倒去，手臂像风车一样缓慢地画着圈。他在边缘摇摆了好一会儿才恢复平衡，然后他继续向前迈开步子。

"差点撞到我了。"枪侠轻声说，没表现出任何感情。"那里有个洞。如果你不想掉下去，就跨过它。西蒙说像巨人般地跨一大步。"

枪侠知道这个游戏，名叫"母亲说"。他经常和库斯伯特，杰米和阿兰玩这个游戏。但他什么也没说就跨了过去。

"走回去。"杰克说，一点笑容也没有。"你忘了问'我可以吗？①'"

"我请你原谅，但我不会回去。"

男孩脚下的钢板几乎完全脱落了，懒洋洋地向下挂着，完全靠一枚铆钉悬着。

向上，仍然向上。这段路程就像是在噩梦中，比看起来的不知要长多少；空气变得十分凝厚，就像太妃糖，枪侠觉得自己不是在走路，而更像是游泳。他不由自主地一次又一次揣测钢板和水流之间可怕的距离。他像发疯似的幻想着每个细节，幻想如果掉下去会怎样：大声尖叫，钢板下滑，整个身体滑到一边，手指疯狂地抓根本不存在的扶手，靴跟拼命地踢腐蚀的钢柱——然后，往下掉，也许大腿之间会尿湿一片，因为他的膀胱会控制不住，风吹拂他的脸庞，弄乱他的头发，活像漫画中的怪物，眼皮还会上翻，深色的水迎接着他，非常快，甚至比他的尖叫声更快——

脚下的金属不停地发出抱怨声，他不紧不慢地继续往前走，小心变换着他的重心。在那种关键的时刻，他努力不去想掉下去的经过，不想他们已经走了多远，或是前方还有多长的路。他尽量不去想他可以牺牲男孩的生命达到自己的目标，毕竟，他等

---

① "我可以吗"是"母亲说"这个游戏中要说的话。

待已久的荣耀此刻已近在咫尺。如果他能够完成这场交易，那他会得到多大的解脱啊！

“前面缺了三块钢板。”男孩冷冷地说，“我要跳过去。这里！就是这里！格罗尼默[①]！”

枪侠看着他映衬着白光的侧影，别扭地弓着背，伸展着手臂，像只伸开翅膀的鹰，就好像如果所有的办法都行不通，他还可以飞。他落到另一端，整条轨道在他的重量下像喝醉了酒似的摇晃。脚下的金属发出了抗议，一阵断裂声后有块东西掉了下去，紧接着是水花飞溅声。

“你过去了吗？”枪侠问。

“对。但钢板锈得厉害。也许就像某些人的想法一样。我觉得，你再要向前的话，它可撑不住你了。我可以，但你不行。回去，往回走，让我一个人待着。”

他的声音很冷酷，但掩盖不了他的歇斯底里。枪侠可以感觉到杰克的心跳，就像他跳回到小车上自己拉住他时一样。

枪侠跨过缺口。一大步就解决了问题。像巨人般的一大步。母亲，我可以吗？可以，你可以。男孩无助地颤抖着。“回去。我不想让你杀了我。”

“看在对耶稣爱的分上，向前走。”枪侠粗声说，“如果我们站在这里聊天，那肯定会掉下去的。”

男孩摇摇摆摆地往前走，他手指张开，双手前伸，不断地颤抖着。

他们沿着轨道往上走。

的确，钢板的腐蚀程度更严重了。现在他们更频繁地遇到

---

① 格罗尼默(Geronimo)，是美国一位传奇式的印第安人。他带领部落英勇地抵御美国和墨西哥军队或拓荒者对家园的侵袭。

一块、两块，甚至三块钢板都缺失的情况。枪侠担心他们最终会被无法逾越的鸿沟阻拦，被迫掉头往回走，或是冒险踩着仅剩的钢轨走过去，他不知道自己面对着深壑玩杂技会不会头昏眼花。

他强迫自己尽量朝着上方的白光看。

白光多了层色彩，是蓝色。再靠近些，颜色变得更加柔和，让石壁上的荧光黯然失色。还要走五十码？一百码？枪侠说不清楚。

他们不停地走，枪侠忍不住低头看着自己的脚，机械地从一块钢板踏到下一块。当他再次抬头时，看到白光已经变成了一个洞，那儿不仅是光源，而且是一个出口。他们几乎就能重见天日了。

还有三十码，不会超过三十码了，短短的九十步，他们能走过去，也许他们还会赶上黑衣人。也许在刺眼的日光下，他脑袋里罪恶的花朵会枯萎，那样什么都会成为可能。

突然，日光被挡住了。

他惊恐地抬起头，就像只鼹鼠从洞穴中向外偷看那样，他看到一个侧影，将日光全部吞噬了，只留下几抹蓝色，勾勒出他的肩膀和大腿之间的叉形区域。

"孩子们，你们好啊。"

黑衣人的声音经过石壁形成的天然扩音器被放大，在石洞中回响着。他兴致勃勃的问候真是莫大的嘲讽。枪侠赶忙伸手去摸口袋里的颚骨，但却到处都找不到，也许丢在哪儿了，也许是早已消耗光了。

他低头对着他们大笑，笑声产生了重重回音，就像波浪灌满了石洞。他们被包围在笑声中。杰克大叫了一声，手臂又一次像个风车似的在空中画着圈。他摇摇欲坠。

脚下的钢板出现了裂缝，开始一节一节地崩塌；像只有做梦时才会看到的那样，钢轨变得扭曲倾斜。男孩猛地跌了下去，一只手甩起来，像只黑暗中飞翔的鸥鸟，向上，再向上，他抓住了一根钢轨；他悬挂在深渊之上，深色的眼睛盯着枪侠，无助，不知所措。

“帮帮我。”

黑衣人吼了一声，回声隆隆：“不要再玩游戏了。过来，枪侠。不然你就永远追不上我了。”

所有的筹码都摊在桌上，每张牌都亮了出来，除了最后一张。男孩摇晃着，这是一张活生生的塔罗牌，“悬吊的人”①，腓尼基的水手，迷失在冥河般的波浪之间。

等一下，就等一会儿。

“我过去吗？”

他的声音如此响亮，让思考变得很困难。

“帮我。罗兰，帮帮我。”

钢轨扭曲得更厉害了，中间开始断裂，一个个裂痕尖叫着，威胁着——

“那我走了。”

“不！你**不能**！”

枪侠的双腿带着他猛地向前迈了一步，打破了他这些天来一直无法挣脱的麻痹状态；他迈了真正的一大步，跨过了悬吊着的男孩。他的脚步落在下滑坠落的钢板上，奔着跑向光明，在黑暗沉寂的生命中是光明在他的脑海中刻下了塔的影子……

突然进入了一片寂静。

侧影已经不见了，甚至他的心跳都消失了，他看着钢轨的裂

① 塔罗牌(Tarot)是一种西洋占卜用的牌，它的起源众说纷纭，有谓源自古埃及，有谓和吉卜赛人有关，有谓源自希伯来人。“悬吊的人”是其中一张牌，代表双鱼座，是牺牲、灵的力量。

纹向远处波及，整条轨道开始松动，跳起了最后一支慢舞，飘向深渊。他的手触摸着石壁——地狱光亮的入口；身后，是死寂般的安静，男孩的声音从深壑中传来。

“去吧。在这个世界之外还有其他的世界。”

整条钢轨都挣脱开，沉沉地往下掉；枪侠扶着石壁，支撑着爬出石洞，日光、微风将他带入了一种新的现实，他觉得卡安排着这一切。他扭转头，那一刻觉得试图做杰纳斯[①]让他万分痛苦——但是石洞里似乎什么也没发生，只有一片时不时被落下的钢板打破的寂静，因为男孩落下时没有叫喊。

罗兰已经来到地面上，他发现自己其实是在一片陡坡之上，面前是块草地。黑衣人抱着手臂，站在那儿。

枪侠站在日光中，头晕目眩，他面无血色，肿胀的眼睛目光游离，刚才爬出石洞时他的衣服上沾满了白色的粉灰。他突然想到，也许在前方的路上，他的灵魂会一再堕落，会让刚才发生的一切显得微不足道，然而他还是迫切地想摆脱刚才的场景，他要穿越条条通道，走过不同城市，从一张床到另一张，来忘却那一幕；他会忘记男孩的脸，在女人堆里和杀戮中将它埋葬，只有当他进入最后一个房间时，才会发现它透过烛光看着自己。他变成了杰克；而杰克也化为枪侠。他觉得自己的这种变化就和狼人[②]相似。在梦魇中，他会变成杰克，说着他那奇怪的城市里的语言。

这就是死亡。是不是？是不是？

他走得很慢，蹒跚着走下堆满石块的陡坡，朝黑衣人走去。在烈日的炙烤下，路径变得模糊，仿佛这里从来没有过路。

---

① 杰纳斯（Janus）是罗马神话中的守护门户的两面神，头部前后各有一张面孔。

② 狼人（werewolf），神话中变成狼的人，特别是在夜晚会变成狼，生性也会变得残暴，要噬人血吃人肉。据说狼人自身也为这种不由自主的变化十分痛苦。

黑衣人举起双手，用手背将兜帽褪下，大笑起来。

“现在！”他大声说，“不是终曲，而是前奏的尾声，不是吗？你进展很快，枪侠！你进展很快！噢，我是多么佩服你啊！”

枪侠以让人眼花缭乱的速度开了十二枪。枪弹发出的强光让日光都黯淡不少，火药的爆炸声从他们身后陡坡的石面上反弹回来。

“好了，好了，”黑衣人笑着说，“哦，好了，好了，好了，你和我，我们一起能创造了不起的魔力。你杀了我就等于杀了你自己。”

他朝后退了几步，看着枪侠。他微笑着召唤他：“来。来。过来。母亲，我可以吗？可以——你——可以。”

枪侠拖着破旧的靴子跟在他后面，等着听他的预言。

第五章

枪侠与黑衣人

1

黑衣人带他来到一个古老的屠场。枪侠立刻就明白这是什么地方:墓地,放置骷髅的地方。发白的头颅骨面无表情地瞪着他们,有各种动物的颅骨——牛、郊狼、鹿、兔子、貉獭。从这边雪花石膏般木琴状的骨骼来看,一只母雉是在啄食的时候被杀的;那边有一具娇小的鼹鼠骨头,也许是一只野狗为了取乐咬死了它。

墓地就位于山面斜坡的一块洼地之上,再往前,地势变得平缓,枪侠看到那里长着短叶丝兰和矮枞树。头顶的天空一片湛蓝,比他过去十二个月中看到的蓝色都要柔和;有一些难以言状的景象表明大海就在不远处。

我在西边,库斯伯特,他自己都有些难以置信。如果这里还不是中世界的话,至少我已经十分接近那里了。

黑衣人选了一块古老的硬木墩坐下。他的靴子由于沾上了灰尘和这里的骨灰而变得花白,想到这些是骨灰让枪侠有些不安。他又罩上了他的兜帽,但枪侠还是能清楚地看到他四方的下巴和落在他下颚上的阴影。

罩在兜帽阴影中的双唇挤出一个微笑。“拾点木柴,枪侠。山的这边还算暖和,但在这个高度,寒气会像把刀子那样对人的肚子使坏。这里本身就是个死亡之地，不是吗？”

“我会杀了你。”枪侠说。

“不，你不会。你不能。但是你能去捡些木头来纪念你的以撒①。”

枪侠不懂他指的是谁。他一言不发地去拾了些木柴，就像个普通的帮厨。这里能烧火的木柴都很细。这边的山坡上不长鬼草，而硬木都烧不着火。况且这里的硬木变得都像石头。最后，他抱着一捆形状相仿的木柴回来，木头上都撒满了粉碎的骨灰，就像在面粉里滚了一圈。太阳已经躲到最高的一棵短叶丝兰后面，开始带上些红色的光芒，它透过树杈冷冷地看着他们。

“太好了！”黑衣人夸他，“你真是太杰出了！多机智！多有办法！我向你敬礼！”他咯咯笑着，枪侠把木柴往他脚边一扔，扑起来一阵骨灰。

黑衣人没有被吓着，也没跳起来；他开始架木柴烧火。枪侠看着熟悉的象形符号慢慢成形（这次，是新鲜尚未烧过的），出了神。木柴搭完了，它就像一个小而复杂的双层烟囱，约莫有两英尺高。黑衣人朝天举起胳膊，从宽大的袖口中抖落出形状姣好的手，他很快缩回手，食指和小指向前伸出构成了狠毒的眼光②这一古老的手势。木柴上方出现了蓝色的火苗，他们的火堆被点着了。

“我有火柴。”黑衣人语气轻松，“但我想大概你会喜欢这小魔术。这是为了你，枪侠。好了，现在烧晚饭吧。”

他的长袍抖动了几下，一只除净了皮毛、洗净了内脏的肥硕的兔子落了出来，掉在土里。

---

① 以撒（Isaac），基督教《圣经》中的希伯来族长。

② 按照迷信说法，这会造成伤害。

枪侠默默无语，开始烤兔子。太阳下山了，一股令人垂涎的香味飘散开。紫色的云影饥饿地在黑衣人选定的这片洼地上游荡。当兔肉有些焦黄时，枪侠的肚子无助地咕咕作响；但是当兔肉烧熟，肉汁被吸透了，他却无语地将整只兔子递给黑衣人，而自己在几乎扁平的背包中翻找了半天，拿出最后一点肉干。肉干很咸，就像眼泪的味道，刺痛了他干裂的嘴唇。

"这一姿态毫无意义。"黑衣人说，他被逗乐了，但努力佯装出生气的样子。

"那又怎样？"枪侠说。他嘴里有许多溃疡，是多天来缺乏维生素的结果，发苦的咸味让他龇牙咧嘴，像是无奈的苦笑。

"你是不敢吃魔法变出来的肉？"

"对，正是。"

黑衣人又将兜帽推开。

枪侠默默地看着他。一直被兜帽遮掩的面容多少有些让他失望。这张脸非常普通，甚至有些英俊，并没有一点疤痕或任何特殊之处能让人察觉此人曾经历过恐怖的时代，参与谋划了惊天的秘密。他的头发是黑色的，长短不一。他的前额很高，深色的眼睛十分明亮。他的鼻子没有特征，难以形容，但饱满的双唇十分性感。他苍白的肤色倒是和枪侠十分接近。

枪侠最后说："在我想象中，你要老得多。"

"为什么？我几乎是长生不老的，就像你，罗兰——至少目前是。我本可以选择一张你更为熟悉的面容，但是我最终决定以我的真面目会你——啊——这是我生来就具有的面容。看，枪侠，日落。"

太阳早不见了，天边仅剩的光线阴沉，就像快熄灭的火炉中的余光。

"你要过很长时间才会再看到日出。"黑衣人说。

枪侠记得在山脉底下的石洞中的黑暗，他抬头看着天空，此时已是繁星点点，组成的星座依稀可辨。

“现在这已经没有关系了。”他轻声说。

2

黑衣人洗牌时纸牌就像在手指之间飞舞。这副牌格外厚，牌背面的花纹旋转着，让人眼花缭乱。“这些是塔罗牌，枪侠——算是一种。是我在一副标准的塔罗牌上增加了我自己创造的花色。你得仔细地看。”

“我应该看什么？”

“我会预示你的未来。必须翻七张牌，每次一张，而且得和其他牌放在一起。自从蓟犁强盛，夫人们在西边的草坪上玩九柱戏那些日子以来，我就没有用过我的塔罗牌。而且我猜我可从来没有看到过任何一个有你这样命运的人。”嘲讽的语气又慢慢回到他的声音当中。“你是世界上最后一个冒险家。最后一个斗士。这会让你很满足吧，罗兰！但是当你重新开始你的征途时，你并不知道你现在离塔楼有多近。各个世界都在围绕着你的头旋转。”

“重新开始，你为什么这么说？我从来没停止过我的征途。”

这次，黑衣人的笑声是从心里发出来的，但他没说是什么让他觉得好笑。“告诉我，我有怎样的未来吧。”罗兰催促他。

他翻了第一张牌。

“悬吊的人”，黑衣人解读道。夜幕降临了，尽管他没罩兜帽却也看不清他的表情。“仍在这里，和其他牌都连接不上，这象征了力量，不是死亡。你，枪侠，就是这悬吊的人，永远向前跋涉，从童年到成年越过了许多沟壑，但你的目标永远没改变。你早已将一个和你共同前行的人扔进了一条深沟，不是吗？”

枪侠没有作答。他翻了第二张牌。

“水手！注意看这清秀的眉毛，干净的脸颊，痛苦的眼神。他淹死了，枪侠，没有人扔出一根绳子。男孩杰克。”

枪侠皱了皱眉头，但仍然什么都没说。

第三张牌上，一只狒狒大笑着跨坐在一个年轻人的肩头。年轻人的脸朝上，眉宇之间充满着痛苦和恐惧，就像一张经过设计的鬼脸。凑近了仔细看，枪侠看到狒狒手里握着根鞭子。

“这是囚徒。”黑衣人解释。火焰跳跃着，投在扛着狒狒的年轻人脸上的光影摇曳，这让他看上去像是处于极度恐惧中，五官都扭曲在一起。枪侠眨了眨眼睛，目光离开纸牌。

“这有一点让人沮丧，是吗？”黑衣人仿佛忍不住就要窃笑出声了。

他翻了第四张牌。一个裹着头巾的妇人正在摇纺车。枪侠已经两眼发花，看上去她像是在狡黠地微笑，但同时又在哭泣。

“影子女士。”黑衣人稍做评价，“在你看来，她是不是有两张脸？她的确有。至少有两张脸。她打破了蓝盘！”

“什么意思？”

“我也不知道。”至少——此时此刻——枪侠感到他的对手说的是实话。

“你为什么给我看这些牌？”

“不要问！”黑衣人尖锐地说，仍然带着笑容。“不要问。看着就可以了。就把这当成是没有意义的仪式，如果这样的想法能够让你放松的话。就像是教堂。”

他嗤笑一声，翻了第五张牌。

一个割稻人咧嘴笑，白骨般的手指紧握着把镰刀。“死神。”

黑衣人简单地说，“但不是找你的。”

第六张牌。

枪侠看着纸牌，腹中突然一阵蠕动，像是有种奇怪的期盼。恐惧和喜悦搀杂在一起，使此时的感情难以言状。这让他觉得想呕吐但同时又想跳舞。

“塔。”黑衣人轻声解释道，“这就是塔了。”

枪侠的牌占据了图形的中央位置；接下来的四张牌都位于它的四个角上，就像卫星绕着颗恒星。

“这张牌会被放到哪里？”枪侠问。

黑衣人把“塔”放到了“悬吊的人”之上，把第一张纸牌完全覆盖起来。

“这意味着什么？”枪侠问。

黑衣人没有回答。

“这到底意味着什么？”他粗声问，像要快失去控制了。

黑衣人还是没有回答。

“你这该死的！”

黑衣人对此没有理会。

“那我就自认倒霉吧。第七张是什么？”

黑衣人翻了第七张牌。一轮红日升起在湛蓝的天空。丘比特和精灵们围绕在它周围。日光照耀着大地，太阳下方就是一大片红色的土地。玫瑰还是鲜血让土地染成了红色？枪侠难以判断。也许，他想，两者同时映染着大地。

“第七张牌是生命。但不是给你的。”

“它在整个图形里能放哪儿？”

“这你现在还不能知道。”黑衣人说，“我也不知道。罗兰，我并不是你最终要找的那个人。我只不过是他的使者。”他毫不在意地用手指将最后一张纸牌弹到快熄灭的火堆里。纸牌烧焦了，卷曲起来，最后融入火焰中。枪侠感到他的心在颤抖，胸膛里像是充满了冰块。

“现在你睡一会。也许你会做梦，想到那些事。”黑衣人悠闲地说。

“我的子弹做不了的事，也许我的手能行。”枪侠话语刚落，他的双腿就盘绞起来，整个人腾起来，越过篝火，双臂前伸，向黑衣人抓去，这动作突然得让人措手不及。但黑衣人微笑着，身体迅速膨胀，飘忽着沿着一条充满着回声的长廊离去。整个世界充满了他嘲讽的笑声，而枪侠摔下去，奄奄一息。他睡着了。

枪侠进入了梦境。

3

宇宙是空洞的。没有一样东西在移动。也没有物体被移动。

枪侠在空中飘浮着，不知道自己在哪儿。

“让我们来点儿光。”黑衣人毫无感情的声音从某处传来。面前就有了光。枪侠冷眼看着这一变化，觉得多了些光倒是个不错的主意。

“现在让头顶的黑暗有繁星的点缀。下面再要些水。”

这些也都发生了。他飘浮过一望无垠的海洋。头上是闪烁的星空，但是他现在看到的星星没有一颗是曾在他的生命中为他指引过方向的。

“土地。”黑衣人要求道，于是又出现了土地；延绵的大地从水里伸展出来。土地是红色的，由于太过干旱，裂缝就像经脉一样遍布于大地之上；贫瘠的土地毫无生命迹象，到处都是喷着岩浆的火山，仿佛一个丑陋的少年像棒球似的头上长满的巨大青春痘。

“好吧。这只是个开端。我们还要些植物。树木，草和田地。”

这一切都出现在眼前。到处都有恐龙漫步，它们咆哮吼叫着，互相吞食，有的陷在冒着气泡、气味熏人的柏油潭里。茂密的热带雨林随处可见，巨型蕨类伸着它们锯齿般的叶片向天空招手，一些长着两个脑袋的甲壳虫趴在叶片上。枪侠清楚地看到这一切，他觉得自己就像个巨人俯身看着这些生物。

“现在，带来人类。”黑衣人轻声说，但枪侠开始跌落……却是向上跌落。这片巨大肥沃的土地开始卷曲起来。人们都说过地平线其实卷成一个圆圈，他的老师范内告诉他们在很久以前就有人证明了这点。但是这——

越来越远，而且越落越高。他惊奇地看到陆地分成了几块，而且形状各异；像发条一样旋转着的云朵出现在眼前，他的视线变得模糊。大气层就像胎盘的液囊包裹着整个世界。太阳慢慢从地球的上方出现——

他大叫一声，赶忙伸出手臂挡住眼睛。

“让这里充满光！”

这再也不是黑衣人的声音。喊声十分洪亮，引起了重重回音，它响彻天际，填满了星际之间的空间。

“光！”

继续跌落。

当他飞远时，太阳慢慢变小。一个红色的星球从他身边嗖地一声飞过，他看到星球表面刻着许多河道，两颗卫星狂热地绕着它旋转。接着他看到一些石头飞速地转着形成了带状，围绕着中心一颗巨大的星体，星球表面沸腾着，喷发着气体，看上去体形过大难以保持平衡，最终它变成了扁球形。又过来一个星球，周围是一条光环，光芒耀眼，就像一颗宝石周围镶嵌着针状的冰晶。

“光！让这里——”

其他星球飞过，一个，两个，三个。再远处，一个由岩石和冰块组成的球体孤独地围绕着一颗恒星旋转，星球周围一片黑暗，而星球本身也不比一枚发暗的硬币来得光亮。

再过去，只剩一片黑暗。

“哦，不。”枪侠的声音显得很闷，在黑暗的空间里没能产生任何回音。这里比深夜还暗，比黑色还黑。与此相比，一个人灵魂的最黑暗的夜晚却就像晌午，在山脉下的那段黑暗只不过是光亮面上的一个污点。“够了。求你，这就够了。够了——”

“光！”

“够了。够了，求你——”

星球都开始变小。所有的星云聚集到一起，最后只剩下一抹光痕。似乎整个宇宙都被吸引到他周围。

“求你了，够了够了够了——”

黑衣人在他耳边低语，他讨好般地劝告说：“那就放弃你的承诺。抛开一切和塔有关的念头。走你自己的路吧，枪侠，要拯救你的灵魂可需要下许多功夫。”

他回过神来。他完全被黑暗包裹着，黑衣人的话语像股电流穿过他的全身，让他不停地颤抖着。他振作起来，对黑衣人的提议做出了坚决的回答：

“永远不！”

“那就让这里充满光！”

周围确实出现了光，最原始的光亮，强烈得像把锤子砸下来。在这样猛烈的光照下，没有人能保持清醒；但在意识完全消失之前，枪侠清楚地看到一样东西，他始终坚信这样东西具有无与伦比的重要性。他被激怒了，这反而让他更用力地攥紧了那样东西；在强光照瞎他的眼睛、瓦解他的神志之前，他试图从内心深处寻求庇护。

他逃离了强光的照射，也远离了光亮的暗示，由此他又回到了自己原来的状态。其实，其余人也会这样做；即使是那些最优秀的人。

4

他醒来时仍是黑夜——他并没弄清楚这是同一天晚上，还是已经过了一整天。他支撑着坐起来，发现自己还躺在原地——他早先发狂般向黑衣人扑过去后摔倒的地方，他看到沃特·奥·迪姆(罗兰追踪黑衣人的途中，有不少人这么叫他)坐过的那个木墩。但他不见了。

一阵绝望涌上心头——天哪，这一切又得从头开始——就在他感到心寒时，黑衣人从他背后说："我在这里，枪侠。我不喜欢离你太近。你老说梦话。"他嘲笑了枪侠一番。

枪侠挣扎着起来，跪在地上。他转过身。篝火烧得只剩些余烬和一堆灰，烧尽的木柴留下了熟悉的图案。黑衣人就坐在一旁，啃着剩余的那点油腻的兔肉，起劲地直咂嘴，吧嗒声不免让人有些反感。

"你表现得不错。"黑衣人放下兔肉，说，"我从来没能让你父亲做这个梦。他醒来后会流口水，说胡话的。"

"那是什么?"枪侠问，他的声音含糊，微微颤抖。他觉得自己若想站起来，腿也会不听使唤。

"宇宙。"黑衣人像什么也没发生似的说。他打了个饱嗝，把兔骨扔进火堆，骨头表面的油脂起先变得闪亮，很快就变成黑色。墓地上起了阵风，呼啸着。

“宇宙？”枪侠茫然不解。这个词他可一点儿都不熟悉。他的第一反应还以为黑衣人在念诗。

“你想要塔。”黑衣人说，但听上去像是个问题。

“是的。”

“但是你不该得到它。”黑衣人说，微笑的嘴角边是毫不遮掩的残酷神情。“不论你是典当了你的灵魂还是彻底地把它给卖了，都没有人会在乎。上次，这就差点逼得你乱了方寸，这我都看在眼里。这样的话，还没走多远，塔便会毁了你。”

“你对我一无所知。”枪侠平静地说，黑衣人的微笑消失了。

“我让你父亲成功，但我又毁了他。”黑衣人冷冷地说，“我化成马藤，接近你的母亲——这早就让你猜疑了，是不是？——而且占有了她。她就像根柳枝对我弯腰臣服……然而（这大概让你欣慰）这根柳枝从来没断裂。不管什么情况下，卡注定了的一定会发生。我是黑暗塔现在的统治者派得最远的仆臣，地球都握在这位国王红色的手掌中。”

“红色？为什么你说他有红色的手？”

“别在意。我们不谈论他，然而你若继续问下去，你知道的会比你愿意了解的还多。伤害过你一次的东西就会伤害你第二次。这并不是开始，而是开端的结局。如果你能记住这点，便会受益……但是你从来记不住。”

“我不懂你说什么。”

“对。你不懂。你从来就没明白，你也不会明白。你没有任何想象力。在那一方面，你就像个盲人。”

“我看到的是什么？我在梦的最后看到的是什么？它是什么意思？”

"它看来像什么?"

枪侠没出声,若有所思的样子。他伸手去找烟叶,但一点都不剩了。黑衣人没自告奋勇用他的巫术或仙法来填满他的烟袋。也许以后他能在自己的"生长袋"①中找到烟叶,但现在看来这"以后"可遥遥无期了。

"那里有光。"枪侠最后说,"刺眼的白光。然后——"他哽住了,瞪着黑衣人。他身子微朝前探,一种异样的表情清楚地写在他的脸上,那不会是伪装或否定,那是敬畏或惊讶。也许两者并没有区别。

"你不知道!"他的嘴角浮现一丝笑容,"噢,能让人起死回生的了不起的巫师,你居然不知道。你是个赝品!"

"我懂你为什么这么想。但是,我不知道……什么。"

"白光。"枪侠重复了一遍,"然后——一片草叶。仅仅一片草叶就填满了万物。而且我很渺小,像尘土那样微不足道。"

"草。"黑衣人合上双眼。他拉长了脸,形容枯槁。"一片草叶。你肯定吗?"

"当然。"枪侠皱起眉头,"不过是紫色的。"

"听我说,罗兰,斯蒂文的儿子。你在听吗?"

"是的。"

就这样,黑衣人开始讲述。

5

宇宙(他说的)包罗万象,而且存在着一个深奥的矛盾,人们

---

① 生长袋(grow bag)是种有魔力的口袋,它里面能够长出东西,满足人的心愿。

凭有限的思维难以把握这个矛盾。就像活着的大脑不能想象一个非存活状态下的大脑——尽管它会认为它能够设想到——有限的思维无法理解无限的事物。

仅仅是宇宙的存在这样一个简单的事实就打击了实用主义者和浪漫主义者的气焰。曾经有一个时代，那至少是在世界开始变化的几百年前，那时的人类掌握了足够的科学技术，能让他们从现实这根巨大的石柱上敲凿下来一些碎片。即使是那样，科学创造的假光（如果你愿意，也可以称之为知识）也只照耀着少数几个发达的国家。一个公司（或叫做阴谋集团）在这方面就是个楷模；它管自己叫北方中央电子。尽管人们掌握了的表面上的现象日益增多，但几乎没有任何对现象背后的洞察理解。

"枪侠，我们的祖先，不知多少代之前的先人，他们征服了会让人或器官腐烂的疾病，那时这叫做癌症；他们几乎能让人永葆青春；他们登上了月球……"

"这我可不相信。"枪侠的声音不带任何感情。

对此，黑衣人只是微微一笑，他回答道："你不用相信。但事实就是这样。他们发现或创造了其他几百个神奇的小玩意儿。但是这些充分的信息并没能让他们产生任何深层的理解。没有一首永世传诵的颂歌写给人工授精创造的奇迹——那是用冰冻的精子培育婴儿——也没有颂歌是描写用太阳能作动力的汽车。几乎没有人认识到现实中最真实的原理：新的知识总是将人们引向更为恐怖的奥秘。对大脑的生理上的知识掌握得越完全，灵魂存在的可能性就越小，但研究的本质又让它存在的可能性变大了。你懂吗？当然你不明白。你已经到达了你的理解能力的极限。不过，不要紧——这和我要讲的主题关系不算密切。"

"那你的主题到底是什么？"

“宇宙最大的一个奥秘不是关于生命，而是大小。大小尺寸包围了生命，而**塔**则包围了大小尺寸。孩子总会有无穷的好奇心，他问：爸爸，天空上面是什么？父亲会说：黑暗的太空。孩子问：太空外面呢？父亲说：星系。孩子问：星系外面呢？父亲答：另一个星系。孩子问：那一个星系外面呢？父亲说：没有人知道。

“你明白了吗？大小让我们无可奈何。对一条鱼来说，它生活的湖泊就是它的宇宙。如果这条鱼被钩着嘴离开了银色的有限存在，来到一个新的宇宙，那里空气会让它淹死，光线是疯狂的蓝色，它会怎么想？为什么那些不长鳃的二足动物要把它塞到令它窒息的盒子里，还替它盖上潮湿的水草来夺去它的性命？

“有人可能会截下一段铅笔尖，把它放大观察。这时眼前呈现的事实会让他目瞪口呆：铅笔尖并不是实心的；它由几百亿个不断旋转运动着的原子组成，这些原子就像是宇宙中的星球。在我们肉眼看来实心的东西其实就像一张松弛的网，所有组成它的物质由引力吸引在一起构成了网状结构。如果以原子的实际大小为标准，这些原子之间的距离就有几里格[①]，有的就像深渊，甚至望不到边际。原子本身是由原子核、旋转着的质子和电子组成。我们甚至能够进一步分析亚原子微粒。再下去会是什么呢？超光速粒子？不存在任何物质了？这当然不可能。宇宙中的万物都拒绝这“没有物质存在”之说；试图找到终点，证明物质到这一点就再也不可分了，这是最大的荒谬。

“如果你向宇宙外围飞去，到达了它的极限，你会不会看到那儿挂着一块牌子说：**尽头？**不会。也许你会看到圆形的硬质物体，就像小鸡孵化出来前，从内部看到的鸡蛋那样。如果你啄

① 里格，长度名，在英美约为三英里。

破那层物质(或许你会找到一扇门),怎样的强光会奔涌穿透过你在宇宙尽头打开的缺口?当你朝缺口外面张望时发现,我们的整个宇宙只不过是一叶草上一个原子的一部分,这有没有可能?你会不会突然想到烧掉一根嫩枝的同时你其实是焚毁了无穷无尽的存在中的一个?具有这样一种存在方式的无限物并不是只有一个,而是有无限个。

“也许你看到了我们的宇宙在一系列的物质中所占的位置——就像一叶草上的一个原子一样。我们所能看到的一切,从显微镜下的病毒到遥远的马头星云,所有这些会不会都只是位于一叶草之上,而这叶草只能在时间长河中存在短短的一季?如果这叶草被镰刀割断了,那又会发生什么变化?如果这叶草开始枯萎,它的腐烂会不会渗透到我们的宇宙和我们的生活中来,让我们世界中的每样东西都变得焦黄干枯?也许这已经开始发生了。我们总说世界开始变了;也许我们真正想表达的意思其实是它开始干涸。

“枪侠,想一想,这种概念让我们变得多么渺小!如果真有一个上帝看到这一切发生,他真能为这无穷种蚊子中的一种主持正义吗?当一只麻雀比漂浮在深邃太空中的一个氢原子还要小时,他的眼睛真能看到这只麻雀掉落吗?如果他的确能看到……那这位上帝又该有怎样的特性?他能住在哪里?他又怎么可能居于无限之外?

“想象一下墨海呐沙漠的沙子,你曾经穿越那片沙漠找我,假使有万亿个宇宙——注意不是世界,而是宇宙——存在于那里的每一粒沙子中;而且每个宇宙里又有无数个世界。从刚才一叶草的角度出发,我们就像是巨人俯身看着这些宇宙;你只需甩动一下你的靴子,便会将十亿百亿个世界踢进黑暗中,而这根链条永远找不到尽头。

“大小，枪侠……大小……

“然而再进一步设想。假设所有的世界，所有的宇宙都在唯一的一个连结点、唯一的一座塔门、一座塔里汇合。在这座塔里面，有阶梯一直通往神性。你敢顺着阶梯爬到顶吗，枪侠？在无穷无尽的现实之上，某个地方会有一个房间，你觉得这可能吗？……

“你不敢。”

在枪侠耳边，这句话不断回荡着：你不敢。

6

“有人就敢上去。”枪侠说。

“那会是谁？”

“上帝。”枪侠轻声回答，他的眼睛闪着光芒。“上帝就上去了……也许是你说的那个国王……也许……房间是空着的吗，预言者？”

“我不知道。”黑衣人脸上掠过恐惧的阴影，像红头兀鹰的翅膀那样柔软黑暗。“而且，我不会问。那可能不太明智。”

“害怕被当头劈死？”

“也许害怕的是最后的清算。”

黑衣人沉默了一会儿。这一夜特别漫长。银河清晰可见，十分壮观，但星与星之间的黑暗没有光亮能够填补，深邃得让人心惊。枪侠不知道若此时漆黑的天空一下子被劈开条裂缝，强光涌进来，他会有何感受。

“点火。”他说，“我有些冷。”

“你自己搭火，管家今晚放假休息。”黑衣人浅浅一笑。

7

枪侠打了个盹儿，醒来时发现黑衣人看着他，目光贪婪、病态。

“你瞪什么呢？”这是柯特常说的话，“看到你妹妹的臀部了？”

“我当然是看着你。”

“别这样瞪我。”他松了松木柴，让火烧旺些，但破坏了完美的象形图案。“我不喜欢别人这样看着我。”他朝东方望去，想知道是否有日出的迹象，但黑夜没有尽头。

“你等不及看到亮光。”

“我生来就习惯光明世界。”

“啊，对啊！我竟然忘了你来自哪里，我真无礼啊！但我们还有很多要谈，你和我。因为这是我的主人，我的国王交给我的使命。”

“那个国王到底是谁？”

黑衣人笑了。“就你和我，我们还是开诚布公吧。别再撒谎了。”

“我以为我们刚才讲的都是实话。”

但黑衣人仍坚持强调他的观点，好像没听到罗兰说了什么。“我们就坦诚相见吧。不像朋友那样，而是两个相互匹敌的对手。罗兰，这样的条件可是很难得的。只有站在同一水平线上的对手才会讲真话，我一直就这么认为。朋友、爱人之间只有永无止境的谎言，他们完全陷在照顾彼此感情的罗网之中。那多让人头疼啊！”

"我不想让你厌烦，就让我们讲真话吧。"这一晚，他可没少讲话。"那你先告诉我你用妖术到底是要做什么。"

"魔法，枪侠！我的主人用了魔法，来延长这一夜，直到我们谈话结束为止。"

"那要多久?"

"很久。我没法给你答案，因为我自己也不清楚。"黑衣人站起来，低头看着火堆，余烬的火光映在他脸上，光影变化形成各种图案。"你可以提问。我会尽我所知来回答你。你追上了我。这很公平；我以为你永远赶不上我。但是别忘了，你的征途才刚开始。提问吧。这样我们很快就能转入正题。"

"谁是你的国王?"

"我从来没有见到过他，但你一定要见他。不过，在你见到他之前，你必须得先会会'永生的陌生人'。"黑衣人的笑容里毫无任何歹毒的怨艾，"你得杀了他，枪侠。不过，在我看来，没人会乐意接这个担子。这不会让你好受。"

"如果你从来没见过你的国王，你的主人，你是怎么认识他的?"

"他总是来到我的梦中。我曾住在一个遥远的国度，那时我贫困潦倒，他化做一个年轻人来到我的梦里。几十个世纪之前，他就让我明白了我的职责，而且允诺给我诱人的回报。在我能羽化登仙之前，在我年轻时以及成人以后，我帮他做了许多事。你是让我登峰造极的任务，枪侠。你是我的顶峰。"他笑出声，"你看，有人很把你当回事呢。"

"这个'陌生人'，他有名字吗?"

"噢，人们给他起过名字。"

"那他叫什么?"

"莱尚。"黑衣人的声音很轻，东边山脉所在的地方有一阵岩滑，声音打断了他的话，又有一只美洲狮像女声般的尖叫划破了寂静。枪侠打了个颤，黑衣人也缩紧了身子。“不过我知道这也不是你想知道的。做长远的打算可不是你的天性。”

枪侠知道下一个问题想问什么；这个疑问啃噬了他整整一晚上，而且在过去的几年里也一直折磨着他。字眼已经在唇边滚动，但他又咽了下去……至少现在还不是时候。

“这个‘陌生人’也是塔的仆人？就像你一样？”

“是的。他使一切变得黑暗，他会变色。他存在于所有的时间当中。然而，还有一个比他更厉害的人。”

“是谁？”

“别再问了！”黑衣人大叫一声。他的声音变得十分冷峻，但转而又变成了哀求的口吻。“我不知道！我也不想知道。谈论末世界的事物会导致一个人灵魂的毁灭。”

“过了‘永生的陌生人’就是塔，和塔里面存在的所有东西？”

“是。”黑衣人像耳语般低声说，“但所有这些都是你不该问的。”

这是句实话。

“好吧。”枪侠说，然后问了世界上最古老的一个问题，“我会成功吗？我能走到底吗？”

“如果我回答了这个问题，枪侠，你会杀了我。”

“我早该杀了你。你自己招的。”他的双手落在磨光了的枪把上。

“这些枪打不开门，枪侠；它们只会让门永远地关上。”

“我必须往哪里走？”

“朝西边。到海边去。世界的尽头正是你应该开始的起点。曾经有人教导过你……那个你在多年前就打败的人——”

“是，柯特。”枪侠不耐烦地插嘴。

“他对你的忠告是等待。这个主意真糟糕。其实那时，我已经开始实施颠覆你父亲的计划。他把你派出去，等你回来时——”

“我不想听你讲那段事。”枪侠打断他的话，而他耳边突然出现了母亲的歌声：蜡烛包包，亲亲宝宝，宝宝带着你的篮子来这里。

“那就听我讲这些事：当你回来时，马藤已经往西边去了，加入了叛军。不管究竟发生了什么，所有人都这么说，你也就这么相信了。不过，他和某个巫师给你设下了一个陷阱，你中了他的计。好孩子！尽管那时马藤早已离去了，但有一个人会时常让你想起他，不是吗？这个人穿着僧侣的衣服，剃的头发让他看起来像个忏悔者——”

“沃特，”黑衣人话音未落，枪侠就反应过来了。尽管这一晚上他已经听了无数千奇百怪的事，这个赤裸裸的真相仍让他吃了一惊。“是你，马藤就根本没离开过。”

黑衣人笑了：“听候你的吩咐。”

“现在，我应该杀了你。”

“这就不大公平了。再说，那一切都已经是历史了。现在我们就应该心平气和地谈谈往事。”

“你从没离开过。”枪侠仍难以接受这一事实，“你只不过是换了样子。”

“坐下。”黑衣人做了个手势邀他坐到身边，“我会跟你讲一些故事，你愿听多少我就讲多少。我想，你自己的经历可要丰富得多了。”

“我不讲我自己的事。”枪侠喃喃自语。

“但今晚你一定得讲。只有这样，我们才能理解。”

“理解什么？我的目的？这你是知道的。找到塔就是我的目的。我发过誓。”

“不是你的目的，枪侠。你的思维。你对过去有倔强的记忆，那些往事一直慢慢地刺激着你的记忆神经。历史上，从来没有人像你这样，也许在天地万物的历史上都找不到像你这样的人。

“现在是时候让我们谈谈了。到了回顾历史的时候。”

“那你就开始讲吧。”

黑衣人抖了抖长袍宽大的袖子，一个锡箔包着的包裹抖落出来，皱褶形成了多个表面，折射着余烬的光芒。

“烟草，枪侠。你想抽几支吗?”

他能够拒绝兔肉，却无法抵挡烟草的诱惑。他迫不及待地打开锡箔。里面有切得很细的烟叶，还有卷烟用的绿色叶片，仍然十分湿润。过去十年里他都没看到过那么上等的好烟。

他卷了两根烟，在末端咬了一口来释放烟草的香味。他递给黑衣人一支。他伸手接过，两人都从火堆里抽出一根仍有火焰的枝条。

枪侠点燃了烟，深深吸了一口，一股芬芳直入心肺。他合上双眼，享受着烟叶带给感官的愉悦。他长长吐了口气，感到心满意足。

“这烟怎样?”黑衣人问。

“非常好的烟叶。”

“好好享受享受。也许这是你在将来很长一段日子里抽到的最后一根烟了。”

枪侠对这话并没上心。

“很好。那就开始吧。”黑衣人的兴致也不错，“首先，你得理解塔一直就矗立在那里，而且总有不少男孩都知道塔的存在，并向往能找到它，他们的这种渴望比得到权力、财富和美女都要强烈得多……这些男孩始终在寻找能通向塔的大门……”

8

他不停地讲着，讲了一夜。只有上帝才知道他还有多少故事没讲完（或者他讲了多少真话），但后来枪侠也记不起他讲过些什么……就他实际的思维来判断，黑衣人讲的话没有多少是有意义的。黑衣人又一次强调他必须走到海边，向西走上二十英里就能到了，在那儿，有人会为他注入一种神力，他会将一些人从其他世界吸引到身边。

“不过，这样说也不完全准确。”黑衣人把他的烟蒂揿在篝火的灰堆里，“没有人会为你注入任何一种力量，枪侠；这种力量就在你体内，我不得不告诉你，是因为你牺牲了杰克，而且因为这就是我们的法则；万物的自然法则。水肯定是朝山下流，而你必须知道这一点。你身边会多出三个人，我知道……但我其实不在乎，而且我也并不想知道太多。”

“三个。”枪侠念叨着这个数字，想起了森林中的神谕。

“那以后，你会有不少乐趣！不过，到那时，我也早已不存在了。再见，枪侠。我的任务到这里就完成了。链条仍然在你的手中。当心，别让它缠住你自己的脖子。”

好像周围有力量驱使着他，罗兰突然说：“你还有一件事情要交代，对吗？”

“是。”他笑望着枪侠，目光深邃，他向枪侠伸出一只手，说，“让这里充满光亮。”

于是光亮驱走了黑暗。这时，光的出现让枪侠感觉很好。

9

罗兰醒来时，发现自己还躺在篝火的残迹旁，但他已经老了十岁。鬓角边的黑发变得稀疏，那里出现了几缕如同秋天的蛛网一般的灰发。他脸上的线条刻得更深，皮肤也更加粗糙。

他曾经捡来的木柴变得就像石头，而黑衣人则变成了一具咧嘴笑着的骷髅，身上的黑袍也腐烂了，就像块破布，让这个尸骨遍野的地方又多了一些骨头、一个头颅。

难道这真是你吗？他想，我还有些怀疑，沃特·奥·迪姆……我对你可不敢全信，你曾经不是也变成过马藤嘛。

他站起来，环顾四周。突然，他将手伸向前一晚还是他的同伴的遗体（如果这真是沃特的遗骨的话），那一晚之后，不知为何一晃十年就过去了。他打碎了头颅，拿起微笑着的颚骨，塞到牛仔裤后面左边的口袋里——用这块来代替遗失在山下黑暗中的颚骨，再合适不过了。

"你跟我说了多少谎话？"他问。他敢肯定，黑衣人说了许多谎话，但他能原谅这些谎言，因为和它们搀杂在一起的还有不少真话。

塔。在前方的某个地方，它在等他——它是时间的连结点，是大小的连结点。

他开始向西边走，背对着喷薄而起的红日，他意识到他走过了生命中一段重要的历程。"我爱你，杰克。"他大声喊了出来。

他的关节开始变灵活，步履加快了。到了那天傍晚，他已经来到了大地的边缘。他坐在海滩边，荒凉的海滩向左右延伸，望不到尽头。波浪不断涌来，拍打着海岸。夕阳沉下，为水面镶嵌了一条宽宽的金边。

枪侠坐在岸边，抬头望着变得黯淡的光亮。他想着自己的梦魇，看着繁星出现在天际。他的目的没有改变，他的心也未动摇；他的头发现在变得稀疏，两鬓灰白，被海风吹乱了；父亲留下的镶包着檀木的双枪服帖地挨着他的臀部，只有铁硬的质感提醒着这双致命武器的存在；他有些孤独，但并不觉得孤独是种可耻的感觉。夜幕降临了，世界仍向前变化着。枪侠等待着黑衣人所说的那一时刻的到来，那时自己身边会增添几个生命。他做着长长的黑塔之梦，有一天，他会趁着暮霭逼近那座塔楼，吹响他的号角，进行一场让人难以想象的最后的决战。